见微知著

厦门大学学生新闻实践作品选集

厦门大学新闻学系 ● 编

主编：殷 琦　孙慧英
编委：唐次妹　吴琳琳　叶 虎

图书在版编目（CIP）数据

见微知著：厦门大学学生新闻实践作品选集 / 厦门大学新闻学系编；殷琦，孙慧英主编. -- 厦门：厦门大学出版社，2024.12

ISBN 978-7-5615-8833-8

Ⅰ．①见… Ⅱ．①厦… ②殷… ③孙… Ⅲ．①新闻-作品集-中国-当代 Ⅳ．①I253

中国国家版本馆CIP数据核字(2022)第189699号

责任编辑　王鹭鹏
美术编辑　张雨秋
技术编辑　朱　楷

出版发行　厦门大学出版社
社　　址　厦门市软件园二期望海路39号
邮政编码　361008
总　　机　0592-2181111　0592-2181406(传真)
营销中心　0592-2184458　0592-2181365
网　　址　http://www.xmupress.com
邮　　箱　xmup@xmupress.com
印　　刷　厦门集大印刷有限公司

开本　720 mm×1 020 mm　1/16
印张　19.75
插页　2
字数　345千字
版次　2024年12月第1版
印次　2024年12月第1次印刷
定价　60.00元

本书如有印装质量问题直接寄承印厂调换

厦门大学出版社
微信二维码

厦门大学出版社
微博二维码

序

我们开始编辑这本学生的实践作品集时，正值厦门大学百年校庆，习近平总书记寄言"希望厦门大学全面贯彻党的教育方针，切实落实立德树人根本任务，为党育人、为国育才，与时俱进建设世界一流大学，全面提升服务区域发展和国家战略能力，为增强中华民族凝聚力和向心力，为全面建设社会主义现代化国家、实现中华民族伟大复兴的中国梦作出新的更大贡献。"正是在总书记这样的激励之下，我们希望通过这些作品将当代厦大青年人的新闻理想和社会价值观较为全面立体地呈现出来。

站在百年未有之大变局之中，年轻人要勇于为时代画像，为时代立传，为时代明德，作为新闻学子，就必须以扎实的采访和真实的文字去记录时代风貌。如是，新闻实践活动就是培育用专业笔触去客观记录时代的优秀新闻人才的重要渠道。

增强"脚力、眼力、脑力、笔力"，是习近平总书记对宣传思想战线工作人员提出的殷切希望，也是新闻学子们提高专业能力的根本方法。厦门大学新闻传播学院的专业课程紧密结合理论知识与实践，本书收录的作品集结了近年学生们在参加"大学生返乡调查"社会实践活动以及学习新闻采访、新闻写作、新闻编辑、深度报道、财经新闻、社会调查与非虚构写作等课程中采写的优秀作品。

当我们翻开近二十万字的学生作品和采访手记，欣喜之情油然而生。从学生们的字里行间中，我们看到"光"与"善"，体会到学生们对国家，对社会，对家乡，对心灵，对人性的关注，感受到新闻的温度和热度，也看到未来新闻人的专业精神。

这本实践作品集的出版,是对新闻学子专业水平的检验,也为当代年轻人开辟一扇观察社会的窗子。三十二篇作品包含着的三十二个透视社会的视角。在这些年轻人的笔下,一个个发生在身边的变化、一位位具鲜活个性的人物、一个个值得思考的现象、一张张反映现实的照片、一段段跃然纸上的文字,呈现不同的风景线。如果说哲学家笛卡儿所说的"我思故我在"带有唯心色彩,我们不尽然仿效,但新闻学子在实践上却应该"我思考我记录故我在""我在故我思考我记录"。

学生们利用假期利用课余时间,迈开双脚丈量祖国大地,用双眼洞悉社会变迁,开动脑筋思考社会问题,在键盘上敲击出美妙的文字用以书写时代。他们思考"二十年后谁来种地",思考"城中村的未来",思考"移动互联网时代带来的冲击";他们关注由于疫情"按下暂停键"的边境城市,关注具有地方特色的"土楼的历史与希望",关注城中村改造中"被连根拔起的城市乡愁";他们怀着满满的善意去观察"抑郁症群体的心灵深处",观察"陪聊产业的背后故事",观察"占卜经济的财富密码"……他们从社会、经济、文化各个视角搜集信息,不断追问,这个世界怎样才能更美好,而这正是新闻记者的神圣使命。前路有光,以真见长,这些作品,无论是其对时政的敏感,对实地考察的深入,还是对人物描写的细致,对问题思考的角度,都让人们看到成为优秀的新闻人的坚定步伐。

"不积跬步,无以至千里;不积小流,无以成江海",中华民族伟大复兴要靠年轻人一步一个脚印地去实现,年轻人就要把青春写在祖国大地上。在注重素质教育的今天,"内美"与"修能"缺一不可,这也是新闻学教育的一贯宗旨。尽管我们处于媒介生态和传播方式发生巨变的时代,但遵守新闻业的基本法则仍然很重要,人们对于高品质新闻的需求一直未变,这也是发展国家文化软实力的重要一环,是讲好中国故事的重要途径。因此,我们更要鼓励年轻人在马克思主义新闻观的指导之下积极走出去,接触社会,接触人,写出有思想、有深

序

度、有温度、有品质的新闻作品,做有信仰、有情怀、有担当的年轻新闻人。美国著名记者、CBS的迈克·华莱士曾这么说,"记者的一生,哦! 那真是精彩绝伦。总是有人为你付学费,送你周游世界","优秀的记者在挖掘真相过程中起着极其重要的作用,那是一项崇高的使命。为人们投下一束光,而这束光能够清洁整个世界"。记者为公众带来有用的新信息,改善人们的生活,让我们的世界变得更美好。我们新闻学子应该为自己的专业感到自豪,这是一个散发着光与热的专业。希望这个作品集的出版,能激励更多的新闻学子不负时代,不负青春,相信只要付出汗水,就一定会有收获。

厦门大学于一九二二年建校之初即设有新闻学部,本作品集也是百年新闻学的献礼之一,其中"返乡调查篇"收录十二篇作品,"人文厦门篇"收录八篇作品,"社会观察篇"收录十二篇作品。站在新闻学教育的第二个百年之初,此一作品集的出版,不仅仅是新闻实践教育阶段性的成果展示,更是我们砥砺前行的新起点。后续我们将继续遵循思政育人、实践育人、创新育人的宗旨,培养新时代的新闻人。

本书能顺利出版,要感谢厦门大学及新闻传播学院各位领导对学生实践活动的大力支持;感谢唐次妹老师、叶虎老师、吴琳琳老师对学生作品的指导与精彩点评;感谢所有付出努力的新闻学子;感谢新闻学系所有教师为培养学生专业理论知识和实践技能做出的贡献,是老师和同学们的共同努力,不断推进厦门大学新闻学专业走向"一流"。

最后,我们还要特别感谢为此书的编撰耗费了大量精力和时间的温璐同学。

是为序。

二〇二二年八月

返乡调查篇

003 〉乡村观察：二十年后谁来种地
　　——广西玉林容县古泉村返乡调研　　　　　　　　　唐心阁
010 〉自掘坟地的老蟹，进退维谷的村庄　　　　　　　　　黄孝光
029 〉城中村里挣扎的亲情与希望　　　　　　　　　　　　唐心阁
039 〉一位乡村医生的大年初一　　　　　　　　　　　　　周筱雅
048 〉互联网大潮涤荡下，一座川东小镇的嬗变与坚守　　　潘森军
064 〉满洲里
　　——第二次按下暂停键　　　　　　　　　　　　　　李天昊
074 〉二帅兄的战争　　　　　　　　　　　　　　　　　　李天昊
081 〉关于土楼：在历史与希望之间　　　　　　　　　　　高宏雨
094 〉一则迟到的消息，一张迷路的奖状，一名过去的航天人　张欣仪
102 〉蒙尘的"莆田鞋"标签，未来待被擦亮　　　　　　　邹雨欣
109 〉走过寒冬，梧桐花开在绿色矿山
　　——贵煤转型发展在路上　　　　　　　　　　　　　余盈洁
116 〉拥有两百只狗、三十只猫是种什么样的体验　　　　　张欣仪

人文厦门篇

131 〉人与木偶：千载风云掌中留　　　　　　　　林　虹　魏　琦
139 〉傀儡人生　　　　　　　　　　　　　　　　　　　　黄吴葳

001

154 〉 潘维廉:厦门第一"老外"	年　广
164 〉 为流动儿童点亮一盏灯	
——走访厦门市湖里区高殿公益图书馆	何小豪
168 〉 百人合力送王船巡境　千人齐心祈厦港平安	
——厦门沙坡尾举办第十届厦港"送王船"活动	李天昊　蔡佳莹
171 〉 记住泥窟:被连根拔起的"城市乡愁"	林　毅
189 〉 被需要的面线	陈　熙
196 〉 海上有白鹭	
——厦门足球史话	李天昊

社会观察篇

215 〉 聚焦"心灵感冒"患者:我和我的"独角戏"	朱晗钰　章立汸
219 〉 听见她说:镜子、焦虑与怪兽	何小豪
227 〉 爱、死亡与怪兽:一个躁郁症患者的自白	李沁桦
237 〉 一次性陪伴:虚拟恋人伪装下的陪聊者	达格妮
249 〉 数读|第十年,陆生赴台求学按下暂停键	冯韦隽
261 〉 那些在生育歧视中"失踪"的中国女性	陈静文　等
274 〉 古早味的台湾免税市场,为何山寨泛滥	詹远航
285 〉 课外班在大学	车儒昊
291 〉 "利义",宗亲会的矛盾乱象	伍　杨
295 〉 占卜背后有何财富密码	陈　佳
303 〉 青春心向党　百年薪火传	易蜀鋆
305 〉 党史动漫以趣促学,红色教育以新促行	蔡佳莹

308 〉 **后　记**

返乡调查篇

乡村观察：二十年后谁来种地

自掘坟地的老蟹，进退维谷的村庄

城中村里挣扎的亲情与希望

一位乡村医生的大年初一

互联网大潮涤荡下，一座川东小镇的嬗变与坚守

满洲里

二师兄的战争

关于土楼：在历史与希望之间

一则迟到的消息，一张迷路的奖状，一名过去的航天人

蒙尘的"莆田鞋"标签，未来待被擦亮

走过寒冬，梧桐花开在绿色矿山

拥有两百只狗、三十只猫是种什么样的体验

乡村观察：二十年后谁来种地
——广西玉林容县古泉村返乡调研

唐心阁

年轻人不再下地

芦苇的纤毛在阳光中缓缓起伏，家养的大黄狗横躺在门前静静地睡着了，鸡群从屋后走到屋前，踩着枯叶的沙沙声，一会儿啄着土，一会儿又跃上门前那矮矮的桂花树。同样的光景，日复一日，年复一年，乡村时光的流动是这样缓慢，仿佛循环到静止。

广西玉林市容县的古泉村，同中国其他千千万万的乡村一样，平时就任这静谧而寂寥的时光流淌，热闹并不是常态。有劳动能力的年轻人不在村庄常住，留下来的只有老人和正在上小学的孩子。很多田地上都盖了三层的小洋房。曾经肥沃的水田被黄土覆盖，依着田埂砌起水泥边界，无声地宣告着又一栋新房即将拔地而起。

去打工的年轻人对建房子并不陌生。"他们大多是出去打工、承包基建致富。种养致富的几乎没有。"七十五岁的古泉村村民唐立忠这样说。成为一个小老板，赚了钱，回乡在自家的田地起上一栋小洋房，这成了村民们心中"出息了"的标准之一。

大刀阔斧前进的城镇化，硬化了黄土路，荒芜了远山的田地，也将一代又一代农村子弟连根拔起，吹向远方。他们像一株株生命顽强的狗尾巴草，种在城市的角落，每逢年节，便又会飘回乡里，短暂地在广袤的农村土地上呼吸两口故乡带着小院角落青苔味的潮湿空气，接着又一头扎进城市烟尘的怀抱里，继续青春的奋斗。

村里自建的小洋房（唐心阁摄）

"我们不是没有给他们鸡苗和种子,只是他们第二天又转手卖掉了。打工挣钱是一个,还有一个原因是种养收益没有保障,风险高。"一直在容县各村进行精准扶贫下乡调研的工作人员许翔宇如是说。种自家土地不是致富的途径,这个村的年轻人普遍背井离乡也出于现实考虑。中国人已经习惯用"空气根"在飘浮中吸收营养,"安土重迁"渐渐地从集体记忆中褪色。

老人的种地情结

"我们村里有个种地能手,他不出去打工,脑子灵活,有本事,也能生活得很好。"一位在杂货铺前抽烟聊天的村民告诉笔者。从埕前地上满是红色爆竹的杂货铺前走过,几个牙齿不全的老人坐在村里水沟的桥上晒太阳,他们戴着老旧的毛线帽,佝偻着背,时不时与路过的行人搭话消遣时光。过了桥就到了"种地能手"暂住的地方,之所以说"暂住",因为他原来的砖瓦房正在改建小别墅,他和妻子暂住在这一间二十多平米的平房中。

"种地能手"名叫唐旭深,他是在中国出生的马来西亚华侨后裔,容县是小有名气的侨乡,古泉村中也有侨联,这样的出身不足为奇。唐旭深如今已六十

乡村观察：二十年后谁来种地

一岁,从远处略一望去,并无白发,虽头顶有些秃,但是有神的双眼和矍铄的精神让人不敢相信他是已经花甲的老人。走进他的小平房,入目的是琳琅满目的农机配件,排列齐整,横梁上吊着型号不同的垫片,原来他经营着一个小型修理铺,卖各种五金配件。

简易的会客厅与里间的床铺隔开,会客厅中放有一张茶几和一条木质沙发,沙发上垂挂着衣物。沙发的正对面是一台老式电视,电视左侧放着机顶盒。空间狭小,但功能齐全,勤勉持家是主题。

"我经营化肥农药,跟果农打交道,帮他们施肥,处理病虫,提供技术服务。"坐在那条木质沙发上,唐旭深娓娓道来:"现在村里种砂糖橘,(虽然)沙田柚我们村少一点,但是我卖(肥料)是卖到其他村啊。种砂糖橘都是外地的人来租我们村的田种,村里人都很懒,不做的。"

"我自己就有六亩多(地),也承包别人的田来种,总共是七亩多。因为我是卖肥料种子的,我要作出示范来,产量比较好的。"唐旭深解释道。他和妻子都还在种地,农忙之苦在他们看来是家常便饭,他们为这样的生活和自己的成就而感到满足。

说到成就,古泉村里有一件关于唐旭深的事迹,在容县各村传为美谈。

"前一年吧,有一个公司卖种子,用那种子育出来的禾苗都病了,得了'苗瘟',长不起来了。人家不愿意要了,(因为)没办法救了,我配了两种农药,喷了以后,(稻谷)也能收割了,只是(产量)稍微低一点。县农业局、农技站三次来照相,县里面通报。"

将看似没希望的病禾苗医好了,得到县里的重视,唐旭深更加坚信自己的眼光和经验,他在农业技术的道路上越走越远,也越做越有自信。他种的干稻谷,亩产达到1 200～1 500斤。

"明年早稻我打算用有机化肥,种植有机大米。现在那个果树,肥料我卖的是有机肥,种得很好,我拿一个柚子给你吃吃看。"说着,唐旭深转身回屋抱出一个金灿灿的沙田柚。说来这柚子不仅"金玉其外",内里的果肉也很大片,酸酸甜甜,湿润多汁。据唐旭深说,这个柚子是容县评出的"十佳沙田柚户"李绍文用他卖的肥料种的。"现在这种环保有机肥,(种的)果实效果很好,我女儿在玉林师范学院管行政,她说有好几所大学的教授和校长说要吃我们容县的沙田柚,问我有什么最好的,他们要吃用有机化肥种的。我寄了三百多斤,他们说没有吃过这么好吃的容县沙田柚。"说这话时,唐旭深满脸自豪。

"种地能手"唐旭深在他的修理铺中（唐心阁摄）

悉数古泉村的变化，种植的作物不可漏掉。从以前主要种水稻，到现在主要种经济作物，如百香果和火龙果，村民的种植观念随着社会发展发生日新月异的变化。

"不过现在农民对种地（兴趣不大），因为出去打工工钱高，很少人种田。现在他们不追求产量，就是能种上，自己能收一点就行了。不像我们，一种下来就要追求产量。"身为"种田能手"的唐旭深平静地说。

农民没有固定的收入，常住的村民都是哪里有钱得就去哪里，他们靠出卖劳动力换得收入。唐旭深的主要收入来源是经营化肥、自己种地以及开农机拉货，等等。现在古泉村里仍然种地的，都是五六十岁的老人，而七十多岁以上的则是自己在家宅旁边开一块小菜园，种些四季时蔬。像唐旭深这样纯粹的农民，古泉村里已经越来越少了，而且毕竟夕阳无限好，只是近黄昏，老人们对土地的感情深厚，但也不希望下一代继续种地。再肥沃的土地也留不住人心，传统的乡土中国正在快速地蜕变。

向城市看齐的乡村文化建设

村里的各种变化都趋向主流，向先进的城市靠拢。村里建起4G信号发射塔,几乎每村每户都用上了智能手机,老人虽然不用上网功能,但是用它来打电话是非常普遍的。两成的住户家里都有了小轿车,村里也修建了村委会大楼、卫生室、篮球场以及娱乐设备这样的公共设施。虽然村里面不统一供应自来水,但是每家每户都有抽水的铝合金水桶,有统一的垃圾处理,基本的卫生需求已经可以保障。

入夜,村委会前的广场灯火通明,节拍紧凑的音乐破空而来,广场舞也在农村大妈中流行起来,很多的奶奶级别的女性也加入进来。

"跳广场舞是自发的,五年前就开始了,先是网上学,看专业的录像。由五十岁左右的(妇女)在教,开始只有三四个人,现在过年能到二十多人(一起跳)。"领舞的村民崔战雄兴致高昂:"以前我妈骨质疏松,床都起不了,来跳跳以后身体好了,也和别人说说笑笑,精神明显好了。"

篮球场上为村春节运动会篮球赛而加紧练习的青年说,现在他们九零后都不赌博了,喜欢打篮球是受村里的氛围和传统带动,他认为现在古泉村越变越好。看着他们着装统一,聚精会神,一旁的老人有感而发:"以前都没有统一的队服啊,现在服装也有了,球鞋也有了。"

古泉村 2017 年春节运动会(唐心阁摄)

古泉村春节运动会上的篮球比赛（唐心阁摄）

新农村的建设，让许多户村民过上小康生活，新一代的农村青年在城市人面前不再自卑和胆怯，每一位村民都切身感受到，村貌发生了翻天覆地的变化，对自己的生活也越来越有自信了。

但是，在这城镇化的进程中，传统散户的农耕文化正在凋零。随着"农二代"离开土地，村民精神生活向城市看齐，那些原来年节会到村民家为他们还愿作法的"道士"也已双鬓斑白，后继无人。对土地的那种依赖和热爱已经无法真切地传到下一代的心里，这就从根源上阻碍了原汁原味的小农文化的发展，从这个意义上来说，古老而传统的乡土文化正在一寸寸地消失。

二十年后谁来种地

早在2009年，国土资源部就提出"保经济增长，保耕地红线"，坚持实行最严格的耕地保护制度，耕地保护的红线不让碰。2008年印发的《全国土地利用总体规划纲要（2006—2020年）调整方案》，对全国及各省（区、市）耕地保有量、基本农田保护面积、建设用地总规模等指标进行调整，对土地利用结构和布局进行优化。

然而就笔者在古泉村观察到的情况看,散户农民处置自己分内的土地随意且无约束,有很多私下交易土地的行为。农耕文化无法在年青一代中普遍地传承,种地被看成"没出息",年青一代已离土地越来越远,二十年后谁来种地?

"这些土地应该承包出去,搞规模化、机械化生产。"许翔宇告诉笔者,上头有政策,有专家,实际又是另外一回事。古泉村虽紧邻公路,出入方便,近年来也有外面的人租种村中土地,但并不成规模,大量的远山田地仍被荒废,占田起房之后四分五裂的土地没有市场。再者,租出去的土地由于地形和土壤限制,大多都种植经济作物,像唐旭深那般种稻谷的情况几乎没有。

中国在变,乡土农村也在变,劳动力的输出和基础设施建设的展开等都是必经过程,正是这无法阻挡的潮流使大量的农村土地失去原有的价值,那些隐藏在乡野间的传承的、待传承的乡土文化也逐渐失落。随着传统农业的渐渐凋零,掌握着更优种养技术和更具规模的土地的大户也许会成为粮食生产的主力军,这个新崛起的人群又会产生不一样的"乡土文化"吧,不过,这将是一个漫长的过程,也许在下个二十年,也许在更遥远的未来。

指导教师点评——叶虎

仓廪实,天下安。习近平总书记强调:"对我们这样一个有着十四亿人口的大国来说,农业基础地位任何时候都不能忽视和削弱,手中有粮、心中不慌在任何时候都是真理。"该篇返乡报道从古泉村这一入口切入,通过对比年轻人和老人对土地情感的亲疏,通过揭示种地面临的深层困境,得出"再肥沃的土地也留不住人心,传统的乡土中国正快速地蜕变"这一结论。不仅如此,作者还对乡土文化的逐渐失落予以反思。总体看来,该篇报道问题意识较强,对一些问题的剖析具有一定的说服力,能够激起人们对"二十年后谁来种地"这一疑问的深刻反思。

自掘坟地的老蟹，进退维谷的村庄*

黄孝光

导语

枣树坑是闽西的一个自然村落。这个村落似乎独特，又似乎典型，是万千"留不下的乡村"的一个缩影。而老蟹的命运如同枣树坑，期许的转变尚未发生，人却衰老了。

留守

老蟹给自己挖了一个坟。

坟落在半山腰的平地上，平地内侧放着一块石头，石头代表未来安放墓碑的位置。

每次经过，老蟹都会往那儿看一眼。某次，他蹲了下来，一寸一寸地向后挪移，直到贴近石块，瘦骨嶙峋的身躯于是蜷缩如一个婴儿。他竖起大拇指、立在眼前，扭转脚尖，左右移动。最终他摆正身体，视线沿着拇指的方向，直射向对面的山岗。

他对这个选址很满意："右边有行路，左边有横岸，四面围拢，正前方有出口。"客家人依山筑坟，讲究庇佑后辈，而判断风水好坏的尺度之一，便是坟地的地形。

---

* 所有对枣树坑村民的称呼，均为客家语中的常用名。

自掘坟地的老蟹，进退维谷的村庄

坟地中的老蟹（黄孝光摄）

老蟹所在的村庄便是一块风水宝地。村庄名叫"枣树坑"，坐落在一个偏僻独立的山谷。山谷弯弯绕绕，曲径通溪，溪水向东南流往十五公里外的南阳镇，得名"南阳溪"。不过镇里没有亲友在这儿的年轻人，大多不知道枣树坑在哪儿。

枣树坑盛产毛竹，腊月里，冬笋是各家各户的必备美食。腊月廿五，验完坟地后，老蟹进山挖笋。

挖冬笋可是门技术活。冬笋埋于地下，挖笋就像挖地雷。笋匠口中流行一个词语——明波三笋；"波"指土地裂痕，裂痕越明显越好，"三"指笋的数量多。另一个判断依据为竹叶，竹叶越茂密，长笋的可能性越高。

虽在山间奔走了七十九年，老蟹并不擅长挖笋。他的视力不好，右眼曾因为白内障，花了八百块，却被邻乡的庸医治瞎了。于是老蟹采用地毯式搜索的办法，漫山遍野地刨。一个小时后，他刨到第一颗"地雷"。他抽出别在腰后的柴刀，斩断连着冬笋的根茎，然后用锄头将笋连根撬起。他特别开心，笑起来时眼睛眯成一条缝。

清风吹过，竹林簌簌作响，偶有野猪出没。未通村路之前，村里人好抓野货为食，几乎每家都有一把火铳。老蟹自不例外，年轻时，他抓野货、熏烟引蜂，"赶山种田"。年近古稀，他又偶得偏方，学会用草药和米酒研制眼药水；他买了一个黑皮包，包袋上挂着一个大喇叭，在乡镇集市之间奔走兜售。

011

老蟹挖到的第一颗"地雷"（黄孝光摄）

老蟹没怎么出过远门。较远的一次发生在1972年，他陪妻子去县医院待产，妻子在分娩后离世。那年发大水，老蟹于是给新添的幺女取名"水连"。水连被医院里另一个流产的妇人抱养，自此断了音信，十几岁后才和老蟹相认。

村里另一位绰号"捻玉子"的老人，也几乎一辈子守在村里。

八十七岁高龄的捻玉子，七岁时以七十大洋的价格被卖到旧县，十六岁嫁至枣树坑。因为生活习惯等差异，她跟丈夫并不合拍，于是走上终生孤老的命运。

枣树坑分为"内场"和"外场"，分处山谷的深处和中段。内场是枣树坑村民最早聚居的地方。1953年，随着族群的扩大，住所愈加紧张，包括捻玉子在内的六七个家庭，合力在外场建造回字形"大屋"。外场地形更加开阔，剩下的村民后来也都搬了出来。建"大屋"那年，二十一岁的捻玉子试图逃走改嫁，结果失败了。

眼下她丈夫住在三儿建的新屋里，捻玉子则独居于"大屋"的东外厢房。大屋是村里面积最大的建筑，也是深具客家特色的回字形住宅：中有天井，前有屏风，后有厅堂，左右两边是双排对称的厢房。

近些年来，伴随村民的外迁潮流，"大屋"已然空空落落，并且在去年冬天坍塌。左右两边的厢房垮了一半，房梁横七竖八地堆放在长满杂草的天井中，

自掘坟地的老蟹，进退维谷的村庄

正屋厅堂背后也破了一个大洞，墙土伴随冬日的寒风，从破洞灌进来。土堆前方立一长条大凳，大凳上陈设一个竹制香炉，香炉上插满燃尽多时的香梗，是"大屋"里硕果仅存的生机。

捻玉子正跟丈夫大声问话（黄孝光摄）

大屋东侧厢房（黄孝光摄）

013

大屋正面天井和厅堂（黄孝光摄）

去岁七月，捻玉子的丈夫在一场大病后双目失明，不得不由捻玉子照顾。捻玉子每天伺候丈夫一个火桶、一盆洗脸水、两顿饭。等过完年，捻玉子打算让在泉州的儿子把丈夫带走，否则"留在这边会饿死"。几乎每个圩日，她都要步行几公里到村外搭车，去镇上买菜，买米，买豆腐，买猪肉，卖草药。她所有的生活费用，就是政府每月几十元的老人补贴。

出 走

腊月廿六的清晨，捻玉子低着头，背着十多斤重的白萝卜，一步一步地从山坡上走下来。

"我的儿孙全都要回来，我要去新屋里等他们。"捻玉子说。她背上那一蛇皮袋萝卜，便是为儿孙们准备的。

她和丈夫抱养过三个孩子。长大后，三儿在枣树坑建了新屋，后来到泉州买了房定居，他归在捻玉子丈夫名下；次子搬迁至南阳，育有一子名"潮汕"，他们和捻玉子较亲；长子来自捻玉子的娘家，长子的儿子也已四十多岁了，去年春节回来过一次，和捻玉子重聚时泪眼相向。

自掘坟地的老蟹,进退维谷的村庄

放下萝卜后,捻玉子倚靠在丈夫家的半截铁门上等待。她的等待差点落空,直到中午,孙子潮汕接了好友文华的劝告电话后,决定回来接她去镇上住些日子。

捻玉子在丈夫家(黄孝光摄)

文华是老蟹的第二个孙子,和潮汕一样不爱待在村里。初中毕业后,他出去打工,过年了回一趟家。家里没网络,没手机信号,玩伴也不多;人多时,他甚至没有地方睡觉。家里穷,只有一个不透光的厨房、一个只容得下一张饭桌的客厅,以及四个分布在阁楼不同角落里的卧室。于是他回来后,多半在别人家里睡觉,或者去镇上游逛。

文华的哥哥金木则在镇上租了房。金木通常只在除夕夜回家睡一晚,今年,他媳妇干脆带着孩子回娘家过年了。

枣树坑留不住女人,捻玉子年轻时想走没走成,现在村里越发没了规矩和束缚。"大屋"西外厢房里有个小伙子陆续带回过三个女人,每个女人各自为他生了一个孩子:大女儿十多岁了;二儿子的妈妈生完孩子后,回自己老公家了;第三个孩子则跟着爸妈在外面过。老蟹斜对面家的大儿媳,因为钱被公公管着,没有财务自由,走了;绰号"土地生"的第一个媳妇,因为土地生进了监狱而离开。

015

从左至右为文华、老蟹、文华母亲（黄孝光摄）

出走的不只女人。与其他村庄类似，年轻人与中年人常年在外打工。与其他村庄不同的是，他们不但打工，甚至稍有积蓄便举家外迁，所以村里留守的儿童和老人也不多。

枣树坑已历经四次迁徙。村内有两次：五六十年代从内场迁到外场；新世纪后，从泥筑老屋迁到砖砌的楼房。跨村迁徙也有两次：两百多年前，自南向北，自张屋迁徙到内场拓荒；最近的十来年，自北向南，自外场迁徙到镇上。

枣树坑原有四姓——温、陈、许、张，张氏兴起后，其他三姓悉数迁走。

经统计，村里目前共五十九户，其中迁到村外的有二十九家；外迁的地点，以镇上为主。老蟹挖笋那天，重发生夫妇正在搬运家具，他们是2016年外迁的第五家。然而搬迁时，重发生绷紧的脸上并无喜悦。

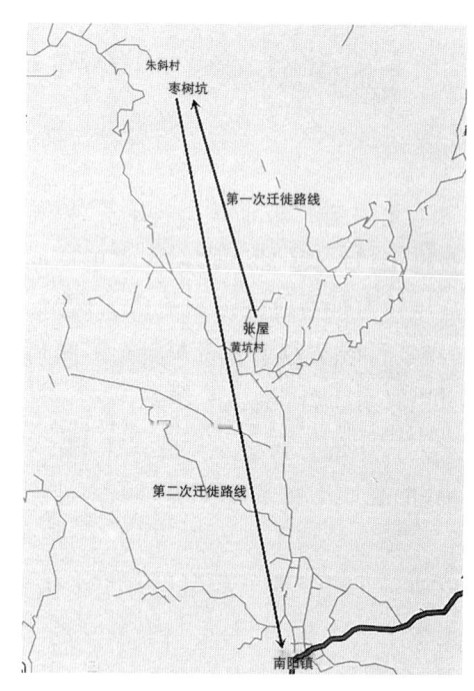

枣树坑的张氏人口来源示意图

自掘坟地的老蟹，进退维谷的村庄

正在搬家的重发生夫妇（黄孝光摄）

女人出走了，小孩子没有了妈；年轻人出走了，老人没有了孝顺他们的子女；老人跟随年轻人出走了，村里空荡荡的。

鸡群比人群更加热闹（黄孝光摄）

有些被弃置的老房子成了杂物间或养殖场。无人守护时,公鸡甚至公鸭学会了看家护院。陌生人一旦走进,公鸡啄人,公鸭则摇起尾巴,摊开翅膀、伸长脖颈,发出"哧哧"的声音,将不速之客赶出家门。

番鸭逐客(黄孝光摄)

交 错

文华走到小山顶上的一户宅院,偶遇过来喂鸡的婶婶。
婶婶:"来到这里好像是更舒服哦,光线更好。"
文华:"天气更冷一些时坐这儿晒太阳非常舒服。"

婶婶:"我个人呗更喜欢这儿。老人家,哈哈哈哈。年轻人的话,肯定觉得交通不方便。"

文华:"我也很喜欢。"

婶婶:"就是路不通,什么都白讲。"

文华婶婶家的旧宅(黄孝光摄)

山谷中有限的平地上挤满房屋。老宅的房间错置,多家混居,即便已成危房,也因为邻里间的利益纠葛,而无法重建利用。尚且能住人的,则因为隐私观念的强化,也多被村民竭尽全力地抛弃了。

追求"独门独栋"的村民见缝插针,在河流,在山坡,在荒废的田野上,建起形状各异的现代楼房。没有采光不要紧,家门口通不了摩托车不要紧,客家人讲究的风水也无暇顾及,胡乱能住就是。就像文华婶婶家的新屋,已被其他家的房子包围,面积狭窄,黯淡无光,门口过道只有一米来宽。比起她山上旧宅,似乎只剩下"交通便利"这一个优点了。

文华家正面的视线也被围墙阻隔;透过左前方小路破出的缝隙,可以望见对面山上的一栋土房,那是乔木的老家。1989年生的乔木是村里第三个大学生,如今在福建工程学院做行政。他打算在福州买房:"我们也不想去折腾了,折腾那么多,还不如去南阳买一套房子得了。我们搬下去,是走投无路了,被逼无奈。大家都搬出去了,还有几个人会想留下?"

见微知著:厦门大学学生新闻实践作品选集

外场全景(黄孝光摄)

乔木家旧宅,双层瓦房(黄孝光摄)

自掘坟地的老蟹，进退维谷的村庄

想留下的多是老人。某日傍晚，捻玉子站在大屋门口叹息说："年轻人，自己的屋舍，不要嫌难看，不要嫌不好，到了日子就要回来，成家落业，对不对？南阳一路上来，千家万户都要过，为什么我们就那么可怜过不下去？我不肯信。"

老蟹的想法类似："在外面没有地方种菜，一根菜丝都得买。"他在家干农活，儿子儿媳在工地打工，两个孙子则一个跑快递，一个跑运输。虽然后辈的工作脱离土地，老蟹还是希望两个孙子多去山上走走，辨清自家的林地。

老蟹给自家竹子刻上的记号（黄孝光摄）

有些成功出去的人也会想回来。

村民"水来狗"爱抽烟，烟蒂随地扔，被大儿媳嫌弃。别扭多了，有过那么几次，他独自回到枣树坑居住。给儿子办婚宴时宾朋满座的旧宅，如今已物事皆非。厨房的墙壁依旧灰黑色，灶头上的锅盖却不见了。客厅里的电话线垂挂着，"平安家庭"的贴纸褪去红色。院子中央，平地积成土坡，狗窝上爬满青苔。

见此情形，想必水来狗会怀念起以前热闹的光景。乔木说，早年虽然人口密集，但有一个好处："村里有什么事，大声喊一声就通知到了，老蟹以前还有个大喇叭，拿个大喇叭喊，全村人都听见了，根本都不用打电话！"

水来狗家的客厅（黄孝光摄）

出　路

　　车子进村，一路上需要拐二十几道弯。鸣笛的哔声混着鸡鸣和犬吠，断断续续地在空谷回荡。

　　那条村路长二点三公里，连接了村庄和村外公路，是1997年村民用石炮轰出来的。春节多雨，山路泥泞，拜年的人走到村里时，鞋上往往沾满淤泥。直到2012年，村民挨家挨户找亲戚和政府筹资，才铺上水泥路。

　　2016年，政府给村里装上自来水管道，移动公司也终于给接通2G信号。类似基础设施的建设，远远落伍于其他村。

　　落后的原因是，枣树坑处在社会资源分配的末端。1963年春，中国开展"四清"运动，工作队为了减少干部数量，要求小队并大队。枣树坑本是公社直属的生产大队，在运动中被迫并入朱斜村，以至于今日以自然村的名义，由朱斜这个行政村管辖。

　　除了公共设施建设，教育也明显落后。文华上小学时，需翻山越岭，耗费一个多小时才能到朱斜小学。如今朱斜仍然保留一二年级，枣树坑村民费尽

自掘坟地的老蟹，进退维谷的村庄

工夫将小孩转学到镇上，虽免了行路的艰难，学习上并无多大改善。鼎盛时期，枣树坑逾有四百村民；迄今为止，考上大学的只有七人。

去朱斜村的公路，右为枣树坑入口（黄孝光摄）

山路通往朱斜村（黄孝光摄）

村里的良田也荒废尽了，种田这一技能即将失传。至于老祖宗传下来的根业——金桔，辉煌时产量超过十万斤，如今因为销路中断，沦落为秋冬时节山里面的零星点缀。老蟹的儿子曾费了六年的工夫在家打理金桔。他一直认为自家落后他人,纯粹是因为那几年没去打工。

老蟹的儿子有空闲便会去镇上做摩的司机(黄孝光摄)

金桔之外,毛竹也是村里的经济物种,不过不值钱,大约一百根一吨,每吨五百元。前年老蟹还卖过杉树,每立方约八百元。某次他辛苦从山中一根根扛出的木材,却因人举报被林业局没收。

村民们于是想方设法寻找更好的出路。重发生当起了羊倌,他自制了一把折叠椅,每天坐在山窝里看羊。养羊并不容易,他媳妇常讲那句俗语:"养马得骑,养牛得闲,养羊跌烂膝头皮。"黄羊跋山涉水无所不能及,吃坏了老蟹家的菜地和树苗,引起了村民的愤怒和抱怨。

老奔虽然搬走了,但偶尔会跟年轻人聚在一起讨论村务。去年,他和"村里最有钱的老板"谋划,想在村里搞漂流:"旅游能带动经济发展,也顺便可以将村庄规划一下。"但漂流给各家带来的利益并不均等,村民间无法协调,项目便淹没在老奔一次次端起又放下的茶杯中。

重发生家的羊舍和他自制的折叠椅（黄孝光摄）

乔木认为希望在于政府："如要讲保护农村,政府必须有一条,配套设施得跟上去,交通给人家治理好,该有的生活保障给人家提供好,自来水你看去年才给人家牵上,村民都搬走一半了。不要等消失了你再给人家补救！谁还会再想往农村迁徙呀！大家搬走了,你政府就更不想投入了。政府思维从来不是保护农村,而是消灭农村,走向城市……"

南阳镇共计二十个行政村、一百五十二个自然村落,类似枣树坑这种情况的不在少数。譬如联山村,它比枣树坑更偏远,迁走的人口也有五六成。该村有四百多年种茶历史,政府于是提出经济救村的对策：将联山村废弃的宅基地改造成农地或农田,每亩提供两三万元的补助；同时提供专项资金,成立合作社或公司,以集体经济的运作模式打造岩茶业。

南阳镇副镇长张纪锦认为,这样能够"吸引在外打工的人、毕业大学生、小老板等回来搞经济",但因为村里无人牵头而尚未实行。

枣树坑适合种植金桔,可向镇里提出申请。村民老奔听说有补助后略微激动,但得知需要拆迁老屋及有足够的规模,他便转移话题。发展规模经济是关乎村民生计的大事,要做大量说服工作,若经营失败,必然会遭村民怪罪。老奔心中并无人选,他二哥河金生是村支队队长,算是村里唯一的干部了,但老奔认为他常年在家,"想法比自己更加保守"。

联山村茶农（黄孝光摄）

良策难寻，老蟹转而寄托于信念。他卧室的门上贴着一张老虎画像和几道红纸或红布制的灵符。房间很小，只容一床居；房间很暗，唯有穿过墙洞的一缕微光和夺门而入倾泻在床沿的光线。

房间里宝物很多。在一张用木板架成的桌子上，放着三座神像——土地公、娘娘和财神爷。三仙连排站立，三仙背后，还靠着一个刻在瓷砖上的灶君像。

老蟹床前的神坛（黄孝光摄）

自掘坟地的老蟹，进退维谷的村庄

神像旁还有一个铜钹，那是唱经用的。2017年正月初四，在此逼仄隐秘的空间中，在他外孙的央求下，老蟹唱起了经。经文简短，不过二十秒的时间；吟唱的声音却不减殷切，如同老蟹自掘的坟地，藏着他对子孙用心良苦的祝福。

作者手记

这是一篇几乎被我遗忘的回乡笔记。2017年的春节，一个毫无实践经验的新闻学子，凭着自己对当时火爆的非虚构文体的粗略感知以及在唱衰乡村的舆论氛围下盲从的情愫，将选题方向对准老家人。那时候不会预见到，两个月后自己将北上进入专业的新闻机构实习，继而以自己参与采写的人物报道为研究对象完成自己的毕业论文，并在隔年毕业后如愿成为深度调查记者。

而今回看这篇稿件，无论主题、立意、标题、结构、语言……槽点密布，惨不忍睹。举个例子，譬如理性、客观、平衡、克制等新闻上的写作要求，几乎没有做到。它是一篇过于个人化而缺乏公共阅读价值的作品。

这些其实在重读的预料之中。出乎意料的是，透过当年的稚嫩，我还看到可贵而今淡却的热情和真诚。时过境迁，文章所述早已物是人非，但采访时候的情境恍如昨日，个中人物的困境、挣扎、温情和无奈，都鲜活而可感。自己当时在选题上投入的好奇、热情、期望，也同样历历在目。

一个新闻人注定不断和采访对象相遇、告别，然后在文字中重逢。我怀念和文中名为"捻玉子"的老人一起晒太阳的时光。某种程度上，这篇稿件是我踏上新闻道路的前奏，感谢新传学院提供宝贵的平台和机会。

指导教师点评——叶虎

该篇报道以较为冷峻的笔触对以枣树坑为代表的客家山村中的人和事进行叙述和反思,揭示出"女人出走了,小孩子没有了妈;年轻人出走了,老人没有了孝顺他们的子女;老人跟随年轻人出走了,村里空荡荡"的现实光景。作者擅于通过家庭关系的变迁折射时代的发展,在不断的挣扎和求索中探求前方的出路。报道将文学性表达融入其中,可读性较强,催人深思。

城中村里挣扎的亲情与希望

唐心阁

许多人的厦门一日游,是为了寻找一段罗曼蒂克的邂逅。然而这六个孩子的厦门一日游,却是为了一场长久的告别。

这六个孩子都来自厦门市湖里区一个不起眼的"城中村"——安兜社。这个暑假,是他们小学毕业后在厦门过的最后一个暑假。9月开学,他们不得不回到原籍老家读初中。2017年7月11日,六名身穿蓝马甲的志愿者带着这六个孩子,举行了一场特殊的"厦门告别游"。

林欣怡和她的好朋友张盼也参加了这次告别游,她们是在安兜社里一起长大的好伙伴。在纪念照片上,这两个小女孩面朝着金黄的沙滩和湛蓝的大海,向蓝天比出拳头和"V"字。

从流动到留守

林欣怡的妈妈肖丽敏坐在茶桌前,时不时抬头瞥一眼挂在墙上的时钟:"还有十五分钟,欣怡就要去学校了。"她自顾自地说着,然后拿出手机,给女儿发去一条语音。

今年9月,林欣怡告别了她生活十二年的厦门,辗转回到老家泉州安溪。安溪是满山都开垦成茶园的地方。夏日阳光灼灼,一行行茶树是画在山丘上的等高线,每座静默的山峦上都种着一两棵遗世独立的桂花树,偶尔能听到一阵嘈杂的引擎声由远及近,接着一辆摩托一骑绝尘。从厦门到安溪只需要短短三个小时车程,然而城市的熙攘也几乎在这三个小时内滤尽,蜿蜒而去的水泥公路给茶山送去喧闹的最后一丝余韵。

肖丽敏夫妇老家都在安溪,他们是邻村人。欣怡满月后,肖丽敏就抱着她来到厦门与丈夫汇合。对于在厦门长大的欣怡来说,老家安溪是陌生的"故乡"。也许她现在仍然怀念拥挤喧嚣的安兜街道,但她已别无选择。相较于去年岛内有553个初中学位缺口,今年则翻了一倍,达到1 363个,而林欣怡则不幸地成为其中之一。

为了应对越来越多的随迁子女就地入学的问题,自2014年起,厦门市对于小学阶段的随迁子女实行积分入学政策,按照积分高低派位,因积分较低而无法派到学位的孩子就得回到原籍老家就读。

林欣怡在家排行老大,她的弟弟、排行老三的林宇恒去年因为未通过积分评估,无法在厦门上小学,回老家读小学一年级。然而,林宇恒的情况并非个案。今年,岛内湖里区公、民办学校一年级没有新增学位,且报名开始刚两天,报名人数已超过该区本年可提供的学位量。而每年均有26 000多名外来娃要在厦门就读小学一年级,学位已严重短缺。

相较于其他留守在老家读小学的孩子来说,林宇恒也是幸运的。今年肖丽敏就托熟人找到安兜附近的一所小学,正好因学生转走而空出一个学位来,几番疏通,小儿子最终得以转入厦门念书。

相较于弟弟的一年留守,欣怡对厦门的这份告别,至少要持续六年之久,她想再次回到厦门。告别游那天,欣怡在一张小纸片上写下心愿:我的梦想,考上厦门大学,做设计师。

对于欣怡来说,厦门才是她名正言顺的故乡,而自己却是老家的异乡人。从幼儿园起,欣怡就生活在普通话环境中,父母并未教她说安溪话,以至于回到老家的她竟听不懂闽南语。

"现在她回去就是躲在家里,不怎么出去,我说:你干嘛不去跟人家坐一坐,玩一玩?她说,讲话跟他们又沟通不来。"肖丽敏无奈地说:"我三个小孩子,从出生就是在外面,一直在厦门长大到现在。除了过年回去老家,顶多七八天又出来。很少待到半个月左右。"短暂的老家时光并未给林欣怡创造出更多讲方言的机会,她无法融入初中同学们用闽南语进行的对话中。

欣怡初中就读的是寄宿制学校,每周五晚上才能放学回家。回到家的欣怡便迫不及待地和以前在厦门的朋友们视频。"她们这一帮小伙伴关系很好,跟张盼两个人像绑着似的。张盼她妈妈跟我讲,她们两个一放学回去就是发微信,视频通话。两个人视频时会说:'你有没有变样?有没有变样?'"肖丽敏说。

在乡下，欣怡和奶奶一起生活。奶奶是"空巢老人"，经常干农活打发时间，早晚都在打理园子里的蔬菜。还在厦门的时候，母亲帮欣怡打点好三餐，而在老家，一切都得自己来。周末奶奶忙碌的时候，欣怡也学着自己做饭。

"学习、生活都靠她自己了。"肖丽敏说。

为生命争取未来

像中国千万零落在一线城市里的城中村一样，林欣怡生活了十二年的安兜社里也布满违章搭建，各式各样。在保留原先村庄狭窄道路的基础上，加盖的房屋，如俄罗斯方块一样彼此镶嵌、簇拥。游走其间，就会生出迷路的彷徨，若是抬头仰望，心中则有块垒难消。然而这里也有一个柳暗花明处：一个占地一百八十平方米的小型公益图书馆——安兜图书馆，就安然地静立在这个城中村里。

还在安兜时，欣怡和张盼也经常放学后结伴去安兜图书馆写作业。父母平常没时间陪她们，周末她们就一起窝在图书馆里看书。对于这些孩子来说，城中村里的图书馆无疑是承载童年回忆的重要场域，在这里，他们得到了另一种温暖的陪伴。

这座图书馆是厦门岛内第一座城中村图书馆，它的前身是厦门市湖里区国仁工友之家的阅读点。由于资金来源不稳定，历经几番艰难的挣扎后，设在安兜的工友之家也未能坚持下来，阅读点一度撤销。在公益人丁勇的带领下，仍坚守在安兜社的图书馆于2016年10月5日重新开馆。2017年7月，丁勇带领的"鸟巢阅读计划"团队在湖里区金山街道西潘社开设了第二家公益图书馆——西潘图书馆。

在2017年暑假"厦门告别游"的相册上，高瘦的丁勇频频出现在孩子们的身后，仿佛静默的守护神，守护他们在厦门的最后一段童年时光。

丁勇不是一个油腻的中年男人。尽管后移的发际线也昭示着他经历岁月洗礼的无奈，但是这个总和孩子们待在一起的"丁叔"，时刻显示出本该焦虑凝重的中年难得有的活力。

他原是一个捧着"铁饭碗"的人，大学毕业后在国家电网工作。虽然岁月静好，但是这种在既定轨道上的工作却让他感到迷茫。直到2011年12月25日，他说，这一天，他决定了一生要去的事——公益。

2012年2月,他向单位递了封辞职信,跑了出来。数年寒暑,由东到西,丁勇跑遍中国许多地方,经常上山下乡地做调研,搞公益。

也正是在这一年,只身一人外加一个大背包,丁勇一头扎进安兜。他的生活极尽勤俭。丁勇自己坦言:初到安兜的三个月,每天只吃炒饭,五块钱一份,几乎不买个人用品。如今几年过去了,炒饭摊还在那,一份炒饭也从五块变成了六块,从付现金变成刷微信,丁勇仍是老板娘的常客。更重要的是,安兜图书馆就开在不远处的巷道里,那儿有一群遇到停电也迟迟不肯离去的孩子们。

在安兜和西潘两个图书馆门外,都挂着一块小黑板。每逢周末,这两块黑板就会被彩色的粉笔字填满,图书馆里的欢声笑语也必将如期而至。临近圣诞的一个周六,"面包书读书会"的志愿者化身穿着红袄子的圣诞老人,与孩子们做游戏,做圣诞袜;也有来自大学的志愿者给孩子们捎来为平安夜准备的苹果,还跟他们一起读绘本故事,做手工。到了晚上,一双双小眼睛就会凑到活动室,眨巴眨巴地期待一场电影……

公益图书馆虽小,却也不断吸引着社会各界的爱心能量。来到这里的访客,有从事不同职业的志愿者——乐善好施的企业家、扛着摄像机媒体记者,等等。丁勇来者不拒,带他们参观图书馆,在逼仄的道路中钻来钻去,他似乎迫切地想要启发人们:不要忘了,繁华的城市里还有众多渺小的生命在角落里挣扎。

傍晚的时候,安兜社的主街道仿佛活了过来,人流从无数条毛细血管一般的小巷中冒出,汇入潮水一般的人海之中,人海之内总还能听到喇叭撕扯般的长鸣。丁勇说:"我们做这个城中村图书馆直接的目的是为来图书馆的这些孩子服务,更重要的是,它是一个窗口,更多人可以走进来,了解城中村人的生存状态。它也成为一个平台,更多人可以进入这个平台来,通过我们的努力,为更多人的生命做点什么,为这个社会、国家做点什么。"

有朋友来问丁勇的母亲:你理解你儿子所做的事吗?

母亲回答:我们都是中华人民共和国公民,既然希望国家好,有些事总要有人做。

"鸟巢阅读计划"每个月都会披露财务信息,报表会发到每一个为其捐赠过的人的手机上。每月的报表上,都能看到丁勇的捐款。他将做义工的工资,除去生活用度开销,全都捐给机构。

有孩子曾经跟丁勇开玩笑:"丁叔,你做的都是只亏不赚的事。"

丁勇说："虽然我现在只亏不赚,一直在贴钱进去。但是我们挣的是你们这些孩子、这个社会的未来。"

"这个世界有时需要一点'傻'的精神。"丁勇认真地说道。

做"陪伴"的公益

第二个正式加入"鸟巢阅读计划"的伙伴是刚大学毕业的张成军,孩子们都爱喊他"小海哥哥"。西潘图书馆开馆之后,他便成了馆长。

对于占地面积同样不大的西潘图书馆来说,馆长的事务则更显琐碎。开馆,维持秩序,协调孩子们之间的矛盾,给孩子们讲故事,引导他们读书,记录财务开支……高峰时期,西潘图书馆的人流量甚至高达三四十人,多是幼儿园阶段的孩子。"(对付)这种小朋友你没什么办法,基本上没有任何规则意识的,这个叫你,那个叫你,忙得我团团转,在图书馆里撒尿啦等等,赶紧要去处理。"小海颇感无奈。

夕阳时分,天色渐暗,小海拉过一把椅子,坐在图书馆门外。一个还挂着鼻涕的"皮小子"从街角的路灯后窜出头来,手脚并用地爬上闲置在一角的书架。"好了好了不能爬了,很危险。"小海转身将他抱了下来。那小子跑远了。可是几分钟后,路灯下又出现那个顽皮的身影,没长记性似的,再次爬上书架。于是小海第二次将他抱下来,下来之后,"皮小子"和玩伴又跑开了去,过不一会儿,却又看到他。

这个"皮小子"名叫吴顺杰,还在上幼儿园的年纪。短短二十分钟,顺杰和小海的"游戏"就进行了七次。小海没数次数,只是不厌其烦地将顺杰抱下书架,每次都重复着那几句:危险。下来。不要爬了。

他不生气,不懊恼,也不叹气,只是重复这个动作。他的声音很温柔,因为天冷,偶尔清一下嗓子。笑的时候,语气里也仿佛加进了不属于这个季节的暖洋洋的和风。

"他一个人,没人看的时候,特别调皮,到处跑,到处爬。昨天我不注意,他跑到外面去了,然后哭着回来的。"小海最终把顺杰"圈"在腿上:"昨天你这手是怎么回事?"

"在那边摔的。"吴顺杰指着路灯对面的街角。

"想想其实还是很心痛的。如果没有这个图书馆,这些孩子也只能到处乱跑着玩,家里这么小也不想待。"在腿上的顺杰仍然不安分地左右摇晃着,小海则像个固定的椅子一样,将他卡在身前。

顺杰的母亲是西潘社的环卫工人,工作时没法把包括老三顺杰在内的三个孩子都带在身边,只能将他们"放养"。到了晚上七点半左右,回家做好了晚饭,便会打个电话给小海,叫三个"活宝"回家吃饭。

平日里安静不下来的顺杰常在图书馆中吵闹,小海就会叫住他,说:"吴顺杰,我们今天要不要打扫一下卫生啊?你看外面有点脏了。"这个个子还没立起来的扫把高的"皮小子"立马安静下来,跑到办公室拿出扫把和簸箕扫地。

"更加令人心痛的一点就是,他妈妈一直在打扫卫生,他呢,可能就是看妈妈做什么事情,开始喜欢做某件事情。跟他这样说之后,立马就不吵了,拿起扫把去扫地。别的什么都不做,该玩玩。(打扫卫生)这一点超认真,外面打扫得干干净净之后,再把扫把拿回去。"小海看着顺杰的劳动的样子,表情复杂。

在不知不觉中,这里已经成了这些流动儿童的第二个家。在这里,书能陪他们,朋友能陪他们,小海能陪他们。"像这些孩子,你只能简单地陪伴,再深入点,其实也是没法做的。孩子太多你也忙不过来,只能说在有限的时间里,尽量多关注下他们。"小海说。

公益人的叹息与坚守

小海说,让他觉得最有成就感的时候,就是孩子们说"最喜欢小海哥哥"这句话的时候。和孩子们的笑颜相比,过去的艰辛、将来的挑战又算得了什么呢?

城中村的孩子似乎比小区里的孩子更加"自由"。一些早出晚归的父母无暇照顾孩子,只能给足一天的饭钱,让孩子自己解决三餐。有的孩子拿着钱上网吧,有的三五成群打架去,有的到处游荡打发时光……他们极少面对父母的唠叨,也不用在周末上兴趣班,但是这种另类的"留守"也逐渐造成了他们性格的缺陷。

"教育活动我们也有,但是更专业一点,我们就跟不上了。像这种孩子已经养成这种性格,怎么慢慢去引导?我们这边只有书啊!"孩子们在一旁笑着、闹着,小海却为这些"皮小子"忧虑着:"但是有些孩子还真不看书,来图书馆就是玩的。像这种该如何矫正?我真的是有点头疼的。"

公益人总是想做得更多,除了提供书籍和陪伴之外,他们也想尽办法锻炼、启发这些无忧无虑的孩子们。依照图书馆的规则,孩子们可以担任小志愿者,坐在前台帮助读者借还书,办借书证。另外,他们还可以通过写读后感,打扫卫生,背诵准则公约等方式获取积分,馆长会发给他们积分用的彩色圆片,攒至足够分值后,即可在图书馆中兑换文具。

正在禾山中学上初二的柯雅欣还成为西潘图书馆的"阅读推广大使"。她把图书馆的书带到班里传阅,做好登记工作。每逢周末,柯雅欣还会在西潘图书馆做小志愿者。"我家搬到这边来,离市图书馆比较远,有这个地方还是挺好的。"她笑着整理彩色铅笔。

"装修采购花了六万多。建完图书馆之后,这几个月很难坚持,勉勉强强坚持下来,丁老师拿了好多钱进来。"小海回忆开办西潘图书馆的困难时,也是感慨万千:"最差的时候,账面上只有几十块钱。这段时间刚缓过气来,'面包书读书会'为我们发起募捐……每个月都要愁下个月的钱。最缺的是资金,然后是人员。现在我们想开新的图书馆的话,首先最重要的是有人。"

目前,"鸟巢阅读计划"全天在岗的义工就只有包括丁勇在内的三人。丁勇说,一个人可以管一个图书馆,我们还可以再开一个。圣诞节前的这个周末,他又去往厦门其他城中村社区,考察开办图书馆的条件。

"一个人生命最大的幸运,就在他年富力强的时候,找到自己快乐而有意义的人生目标。真的生存有那么困难吗?你看我钱花完了,2016年还把这个城中村(图书馆)的烂摊子接下来了,我们现在不还活着吗?我做的是件对的事儿,我为什么想要放弃?"晚上九点闭馆后,丁勇陪着小海从西潘回到住处安兜,从宽阔的马路大道又钻进城中村的"毛细血管"中。

"那就义无反顾地往前走呗!"

作者手记

我从没想到,那一次相遇,竟是我与公益人结缘的起点,走进厦门的城中村,竟会给我带来这么不一样的奇遇。

2017年的秋季学期,我正值本科大三,我选修的"深度报道"课要求我们采写一篇深度报道稿。同年12月底,我在网络上寻找厦门城中村方面的信息,发现许多信息都指向城中村的"脏、乱、差",称之为城市治理的"痛点"。我没去过城中村,满屏的负面报道,让我愈发觉得城中村这个区域是深重的社会痛点,难以下手。

偶然间,台海网上一篇有关"城中村公益图书馆"的报道吸引了我,就像一片灰暗沉重的负面信息中难得的一束光。这篇报道的目标是让流动儿童有一个读书的去处,有一个温暖的依归。这让我猛然意识到,我要去那里看看,我要认识创办公益图书馆的那个叫"丁勇"的人。

报道中的公益图书馆位于厦门市湖里区安兜社,我在网上找到丁勇的电话拨过去,那头的丁勇接了电话,说他就在图书馆,让我过去找他。我也不知道哪来的底气和勇气,当天下午,我就在百度地图上查到安兜图书馆的地址,倒了一个半小时的公交,直接到了安兜社。

下公交,走过一段立交桥,名为"安兜社"的城中村坐落在多个工厂附近,这里也成为众多来厦务工人员的聚居地,他们到来,带来孩子,这些孩子就是安兜图书馆的主要服务对象。

顺着导航,我很顺利地找到安兜图书馆。走进去后,我发现,在这个百来平米的空间内,就有四五十个孩子,这应该是图书馆的常态。有位穿着志愿者服的孩子走上来,问我来找谁,我说找丁勇老师,他就跑去靠里的一间小办公室敲门喊道:"丁叔!"

我终于见到这位公益人。

与丁勇接触久一点的人都知道他的健谈,仿佛他身上有用不完的劲儿,声音嘹亮,就像一个永远在奔走呼号的人。他为我介绍了创办公益图书馆的始末,自己的初心,与城中村里孩子们的故事,还有对流动儿童未来的担忧,等等。我没想到他会如此热情且真诚地接待我,一壶茶泡了又泡,中间还有孩子不间断地来找他,不管怎样,他都保持着热情投入的状态。后来我才知道,每一个来图书馆找他了解情况的人,不论是学生、记者、企业家、公益伙伴、城中村的村民、热心市民……他都是如此。他想让更多人了解城中村的困境,了解孩子们的需求,唤起更多人的关注,他不会放过任何一个传递声音的机会。

当天，丁勇带我了解安兜社这个城中村的主要街道。临近傍晚，烟火气渐浓，我走过那些布局不合理的住房，后来我也因采访数次走进这些出租屋，有些甚至需要低头弯腰才能勉强走进过道，十几平米的房子，生活着一家四五口的情况屡见不鲜。再回头看那个表面上"不起眼"的图书馆，那个免费向孩子们开放，可以看书的地方，明亮宽敞，流动儿童可以享受到本无法享受到的文化服务，真是弥足珍贵。

丁勇曾写下过一句话"让每一个生命都活得幸福而有尊严"，他也在用一生践行着这句承诺。他微信里加了每一个在城中村遇到的居民，每天穿着公益马甲走在街道上，他会热情地和每一个人打招呼，看到垃圾会随手捡起。当天傍晚，我们又去了十几公里外的另一个开在城中村里的"西潘图书馆"（这个图书馆后来因拆迁闭馆），也是丁勇团队创办的，当时的馆长是团队里一个看起来很年轻的男生——小海。他是一个右手残疾的大学生，说话总是很温柔，对孩子们总是很有耐心。从志愿者，到加入公益团队成为全职馆长，小海曾经说，与孩子们在图书馆的日子，是他一生中最快乐的日子，那时候时间总是过得很快。

越来越多人参与公益图书馆事业，也是自 2016 年起，公益图书馆在厦门规模化崛起，到 2021 年，已经有近 40 家，其中大多是城中村公益图书馆。这些公益图书馆的出现，与丁勇团队和"点灯人"群体的崛起不无关系。近年来，丁勇在积累了三家公益图书馆创办与运营的基层经验后，投身帮助更多人创办公益图书馆的实践中来，他创办了一个公益组织，专门为"点灯人"服务。

这里的"点灯人"，意指开办公益图书馆的主体，那些公益人。他们创建的公益图书馆，就像一盏盏明灯，在乡村、城中村这样的"文化沙漠"中，用图书馆点亮孩子们的未来。后来，依托丁勇团队，我又认识了很多有爱的公益人，他们有的是宝妈，有的是大学老师，有的是公务员，有的是退休乡贤，有的是协会义工……只要是想为一方的孩子创办图书馆的人，找到丁勇，丁勇都会不遗余力地给予帮助，厦门的这些公益图书馆，基本上每家他都跑过几十次，有的甚至是上百次，不论是找场地,找人脉,找资金,找资源,还是指导图书馆开展服务活动,他都悉心跟进、辅导,他自己都说过:"厦门这些公益图书馆,都是这一趟趟跑出来的。"我曾经看到,在举办游学公益图书馆活动时,创办图书馆的那位宝妈说到感恩处,给了丁勇一个大大的拥抱,我也曾看到,有创办人对他说:"丁老师,没有你,就没有这个公益图书馆。"

"万家公益图书馆计划"是丁勇发起的新项目,希望有一万家公益图书馆在中国大地上萌芽、生长,丁勇对此抱有远大的目标:让更多的公益图书馆,去点亮更多孩子的未来!

纯粹、热情、宽容、柔软。这是这群"点灯人"留给我的印象。在浮躁的时代保留内心的善念,用善良的光和热去温暖更多的人,他们平凡而伟大。

指导教师点评——叶虎

城中村的公益图书馆是孩子们温暖的陪伴,宛若夜空中最亮的星星,照亮流动儿童前行的路。该篇报道从厦门回老家读书的孩子的故事引出安兜图书馆和西潘图书馆及坚守着的公益人,正是这些怀揣梦想和信念的普通人用微薄的力量推动着图书馆的运作,给孩子们带来心灵的慰藉,他们朴实的叙说也让人感受到直击灵魂的力量。这篇报道有较高的价值,能够围绕人物及其故事展开叙述和描写,写出故事背后的精神和思想,有较强的感染力。

一位乡村医生的大年初一

周筱雅

大年初一的清晨,经历过前一晚除旧迎新的狂欢,大多数人还沉浸在甜美的梦乡中,胡景华就已经来到村卫生室,缩着脖子打开房门。

这位来自湖南省益阳市的中年男人,做乡村医生已经十个年头了。

"乡村医生是医疗第一线,哪里有什么节假日"

"我今年差不多四十五六了,"胡景华摇头,"做这个太久了,多少年记不太清了……可能是十九、二十多岁那一阵子考的执业助理医师资格证,不过那之前我就已经在这里了。"

胡景华言语中的"这里",指的就是桃江县三堂街镇卫生院名下、由他一人支撑起来的三堂街村卫生室。

"乡村医生是医疗第一线,哪里有什么节假日。"他这样描述自己的工作。

乡村医生,过去叫"赤脚医生",具体来说,就是一群持农业户口、半农半医的农村医疗人员。这是新中国成立初,为了适应乡村医疗水平低下、医疗资源极度匮乏的现实情况而采取的折中办法。最早的一批"赤脚医生"大多没有经过正规医疗训练,但随着医疗改革的推进,如今情况已经大不相同。"没有执业医师资格证,或者执业助理医生资格证,是不可能当得了的。"

胡景华介绍,乡村医生的工作主要包括两方面内容,一是在接待室为上门的求医者看诊,二是亲身深入乡间开展诊疗工作。除此之外,还有诸如登记传染病患者并向乡镇卫生院报告之类的零散工作,也要靠乡村医生具体落实。"但我们(乡村医生)是游离在医改制度外面的,"他说,"有点像打长工。"

起了个大早的胡景华在卫生所里（周筱雅摄）

透过房门，不少路过的村民向胡景华问好。"胡伯过年不陪崽女啊？"一个明显认识他的青年男子在门外用有些别扭的普通话这样喊。胡景华坐在椅子里，有些局促地搓着手，笑了："怎么陪咯，我回去了，你们要是生病了找哪个噻。"

他告诉记者，与城市大医院里的医生不同，比起医术，乡村医生更看重的是同这些乡里人的关系和医者的责任感。

"过去是主动找上门给人看病，这几年是人找过来，都怕给人看病"

"我不是这里的，她（指小女孩）爸爸是这里，我们是来过年的。"李女士说。她带感冒的女儿来就诊——这很难得，因为乡村有大年初一不看病的忌讳。

"我和她爸爸在湖北那边工作，一年到头难得回这里几次，可能是来得少不适应，（女儿）每次来都会感冒……这次特别严重，昨天晚上她一直呕吐，今天上午好多了，就是咳得厉害，幸好这边还有个可以看病的地方，我也是第一次来，想说可不可以开点药让她舒服一点。"

一位乡村医生的大年初一

胡景华、李女士和女儿坐在暖炉桌边,量体温之前先寒暄了两句(周筱雅摄)

话音刚落,胡景华就取药回来了。"这一盒是止呕吐的,小孩子一天最多冲一包,吃多了不好;这两个是止咳嗽的,大一点那个是胶囊,你把胶囊打开,每次只搞差不多一半给她吃,小一点那个是小儿止咳糖浆,以前应该吃过吧?还有这个是发烧吃的,她下午要是不烧了就别吃了,你看你要不要拿。"他一个一个地拿起来说明,然后把药品整齐地放在桌面上码好,又从口袋里拿出一个叠成四方形的、未打开的白色塑料袋,压在药盒子下面。

"你这些药吃了有什么副作用没咯?"李女士有些不放心。

"可能会想睡觉,别的没什么。"

"那效果好不好咯?"李女士有些将信将疑。

"那这个肯定是要看个人体质的……底子好可能两三天就没事了,体质不好也说不准……"

"那你这些药都从哪里来的?"

"都是国药,放心咯,我们进药都是填表上交卫生院,卫生院采购的。"胡景华耐心地解释。

"你再帮我拿一盒板蓝根咯。"

在李女士的坚持下,胡景华没说什么,又去拿了一盒板蓝根过来,随后为李女士装好药品,把她送出门。这几年来,像李女士这样问东问西的求医者越来越多,他对这样连珠炮似的质问已经习以为常了。

在胡景华看来,这是好事,也是坏事——好就好在人们的医疗安全意识有所提高,坏就坏在医患关系越来越恶化、患者越来越不信任医生。胡景华说,最近这些年不少乡里同行放弃了医生职业,宁愿回去种地,就是因为这种人际关系变质了。

如今,三堂街村为中心的这一片区就只剩下他一位乡村医生,出诊时常需要进深山老林,忙不过来。

过去乡村医生在镇上是很有德望的。据胡景华的描述,过去乡民之间有什么矛盾要找人裁决,首先就找村支书,其次就是积善行德的乡村医生,但现在,外出务工的人越来越多,农村也有了大变化。

"(外出打工的年轻一代)见了大世面,管你是谁,上来直接斗狠,"他说,"更不要讲看病,质疑还是好的,有些人是根本不信农村有人能治病——前脚把你喊过去看病,后脚就说乡里医生信不得,觉得治好是应该的,治不好就是医生的错。"

说到这里,胡景华很是唏嘘:"以前我们都是打听哪家有病人,或者你治不好的我来看看,总之是一心向着病人嘛。但是现在不可能了,万一治不好怎么负责?推荐一家医院又说是医托。过去是主动找上门给人看病,这几年是人找过来,都怕给人看病。病人把看病当作生意,这个事情就不对了。"

"村卫生室是最底层的医疗服务机构,目前和将来一定时期内,乡村、农民都少不了它"

同样来自湖南省益阳市的周志宏,是胡景华的童年玩伴,也是同行——与胡景华不同的是,周志宏通过苦学考取了中南大学湘雅医学院的医学博士学位,投身于城市医疗的外科一线,如今已成为益阳市中心医院副院长。

这个大年初一,回到家乡的周志宏并不比儿时好友轻松多少——时常有人打电话来请求安排就医,即便是上门的亲戚,也有不少是带着自己的病历诊断书来咨询这位乡民公认的"名医"的。

"至少(我)还是回来了。"谈到自己的工作,周志宏有些无奈地笑了。他告诉记者,还有不少城市里的医生除夕仍然坚守在医疗前线。"春节(期间)是(意外事故)高峰期,玩炮炸了自己手的小朋友啊,聚餐和作息紊乱导致的一些中年病发作啦……数不胜数。"

小年夜,又救人一命。
八十一岁老人腹主动脉假性动脉瘤破裂,急诊在介入手术室用微创一体式支架封堵效果良好。挽救了老人家的生命,过了一个愉快的小年夜。

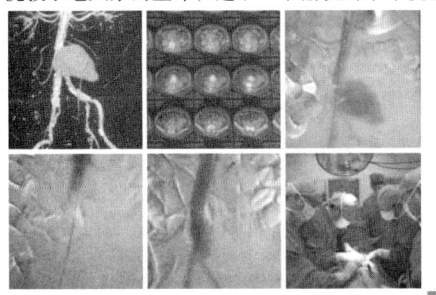

2017年1月22日 02:35

除夕前夕,一位七十八岁老年人,五年前腹主动脉瘤在某人医院已行手术,今日剧烈腹痛、腹胀、呕吐、检查为腹主动脉瘤远端髂动脉再发破裂,腹胀如鼓,急从湘潭转来,连夜奋战三小时将破裂血管修复。再次呼吁,腹主动脉瘤手术后需及时复查,以免措手不及。

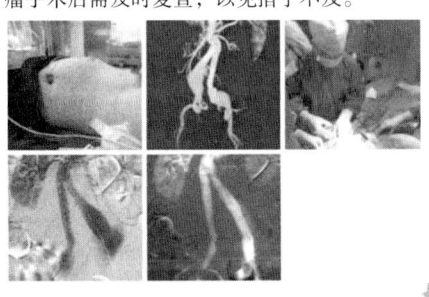

2017年1月27日 08:12

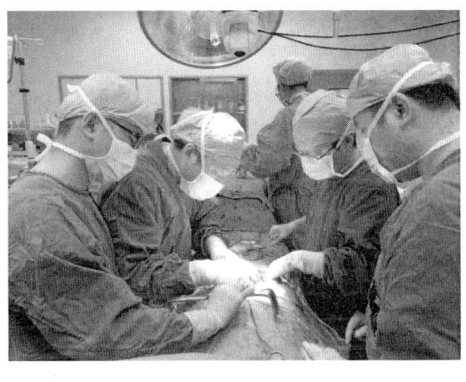

血管外科本想正月初一休刀一天,可是血管外科昨夜又来一个五十岁男性,髂总动脉瘤达到一百一十毫米,是正常的十一倍,病人腹胀、疼痛,不做手术随时会破裂。怎么办,今天上午直接开刀切除了巨型髂动脉瘤。

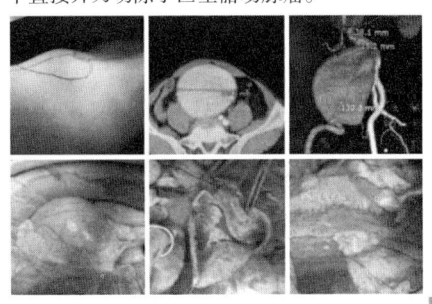

2017年1月28日 13:27

周志宏妻子杨朝晖的微信朋友圈(受访者提供图)

他感叹:"医疗人员真的太累了……不论是城市里的,还是乡村里的。"

身为一名典型的城市医生,周志宏对于胡景华这类乡村医务工作者有着自己的看法。

"乡村医疗最受诟病的地方主要就是农村医疗环境的混乱,农民看病难——这两点主要是因为八十年代政府对村医管理很松懈,忽视了农村医疗。

043

但是,从九十年代开始,国家逐渐加强了对农村医疗的规范和管理。早在2003年,国家就试点并逐步推行新型合作医疗制度,以改善农民的健康状况。"

在周志宏看来,村卫生室是最底层的医疗服务机构——作为乡村的主要医疗机构,目前和将来一定时期内,乡村、农民都少不了它。

"打个比方来说,"他举了个例子来说明自己的看法,"假如景宝(指胡景华)不在这里,那附近这三个村就一个可以看病的都没有,农民要就医只能去街上的镇中心卫生院——对很多生活在山里面的人来讲,出山都很困难,为了点小病小痛出来一趟不划算,等到发展成大伤病的时候又没能力出来了。另外,流感疫苗接种这种普及性的工作实施起来也很困难。"

周志宏同时指出,乡村医疗制度中也存在问题,还有待改善——财政投入不足与补偿机制不健全、医疗设备陈旧与人才短缺、服务功能错位等都制约着乡村医疗的发展。其中,补偿机制不健全与人才短缺的问题格外突出——正如胡景华描述的那样,越来越多的乡村医生选择放弃医疗道路;同时又鲜有新的专业医疗人才流向乡村。

"选择学医的人,可以说都还是有点理想主义的。"目前正就读于湖南省某重点高校医学院的松果(匿名)说。在他眼中,学医是高投入低回报的典型。

根据我国实行的医疗培养制度,医学生们在五年本科毕业之后,要再接受长达三年的住院医师规范化培训。"在这期间,你(指医学生)是没有医师资格的,只能拿很低的待遇——长沙的话,大概就是一两千的月工资,北上广那种一线城市可能有四五千,但也就是刚刚够养活自己的程度,肯定比不上实习生,"松果说,"在院方看来,这是廉价劳动力,同时给人看病嘛,本来就常常需要超负荷工作。但是在病人这边,他们是不知道什么规培的,能看病的就都是医生,所以就会出现医疗水平参差不齐的情况,诟病医生和医院……等到三年规培结束,考到执业医师资格证,理想情怀和锐气也差不多都磨平了。"

当记者问到他是否愿意投身农村医疗建设时,松果明确地表示拒绝:"从理想的角度看,成为一名好医生需要大量的经验,而城市大医院才有这种平台;从功利的角度看,只有做大医院的医生才能养活自己和家庭……我还是很敬佩乡村医生的,但他们的医学职业素养实在不敢恭维。"

那么,如何改进乡村医疗现状呢?松果给出了和周志宏几乎一模一样的答案——优化卫生资源配置,加大财政投入,改革管理体制,采取多种医疗保障方式和进行制度建设等,这些特别重要,是改善乡村医疗环境和提高农民健康水平的有效方式。

"大方向是这样肯定没错,但具体实施起来,会是一个相当漫长的过程。"大年初一的傍晚,和上门走访的亲戚闲谈之余接受访谈的周志宏在表达了自己对于乡村医疗未来发展的观点之后,斟酌着,又补上这句话。

"我觉得……乡村医生队伍应该会壮大吧"

大年初一下午四点左右,胡景华最终决定提早下班。

他有些尴尬又有些释然地表示,毕竟是大年初一,他还是希望多花些时间和难得团聚的家人在一起。离开卫生室之前,他犹豫了一下,把出诊箱背上了。万一有突发情况,也不至于手忙脚乱,他这么解释。

在下班之前,刘丁记者提出的关于年轻一代乡村医生从业情况的问题,斜挎上出诊箱的胡景华乐呵呵地笑了。

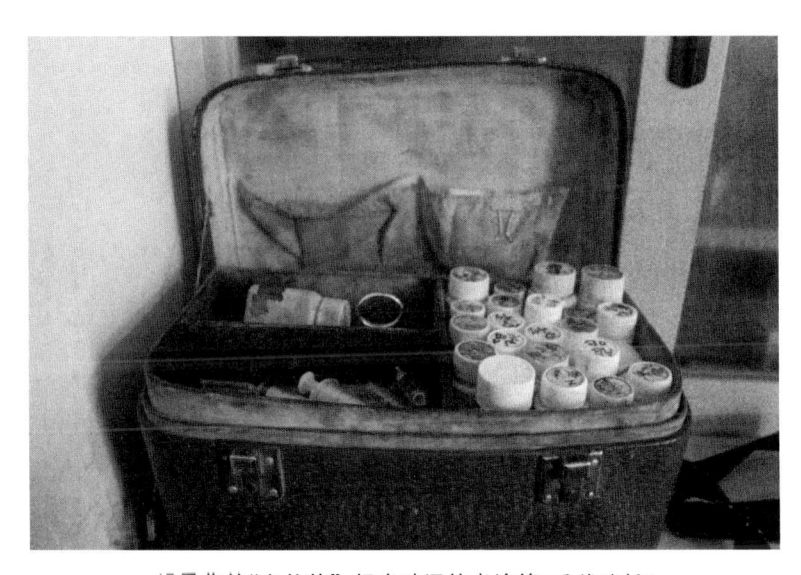

胡景华的"老伙伴",相当破旧的出诊箱(周筱雅摄)

"乡村医生毕竟还是游离在体系之外,赚得少,待遇差,很多基本保障制度没得,养老保险也没得。而且医生这个职业,需要活到老学到老——你在乡下地方能学到什么咯？学得累死累活最后待在乡里，那些医学生怎么会愿意，肯定是往大城市跑嘛。就是你愿意，你爹妈未必愿意？拿我的女和崽来讲，好不容易考出去，怎么可能还把他们又喊回来留在乡下，那不就是不求上进了！"

胡景华的女儿今年二十一岁，在南华大学读会计专业，胡景华说这是他特地为女儿选的。"他们说会计好找工作，女孩子读起来也不吃亏。"他的儿子年龄稍小一些，刚上高中，成绩不错。谈到儿子，胡景华满眼欣慰："小子还是懂事，将来想让他读工程类的专业，可以到深圳那边，我有个亲戚在那边当工头。"

"我当初学医，一个是乡里伢子要挣一口饭吃，二个是还有那么点情怀的嘛。干了这么多年，别的没有，就是把人家的病看好了，治好了，这个时候是最开心的，"他一边把摩托车头盔戴在脑袋上，一边笑着说，"而且，现在医改还在推进，基层医疗是重点，我觉得……乡村医生队伍应该会壮大吧——应该会越来越好。"

胡景华又看了一眼手机，有些抱歉地告诉记者家人在催促他快些回去，一同走亲戚。在他离开之前，记者询问他这间小小的村卫生室是否后继有人。

胡景华摇了摇头："没得，应该我退下来之后这里就会荒掉吧。"

作者手记

你的大年初一怎么过？吃喜橘，走亲戚，收发红包……这些都属于多数人关于大年初一的记忆。但对于一群人来说，大年初一却意味着一边遥望家家灯火、一边在岗位上坚守。我选择的跟访对象，就是这样一群人里的一位：一位在大年初一仍然要工作的普通乡村医生。

甚至，正因为是大年初一，这份乡村医生的工作才更为重要：除夕夜放焰火炸伤手的小年轻、年纪大了腿脚不好格外需要定期检查和就医的老人、随着爸爸妈妈回老家过年却水土不服的"下一代"小朋友。由于承载了普通人过新年时对健康更加强烈的渴望，乡村医生的工作会辐射进其他人的现实生活，为了他人的新年而服务。但同时，因为新年的特殊性，并没有多少人会去在意一位乡村医生怎么过这一天。结果就是，同样都是普通人，乡村医生们的现实却被掩藏在佳节里的团圆气氛之下。包括我自己在内的多数人，往往只看见新年里的热热闹闹。从这个角度来说，私以为，这篇故事最重要的尝试，便是挖掘这一被掩藏的碎片，还原人们不熟悉的生活方式。

在我看来，探索平凡生活中被遮盖住的、他人的现实，不仅对于撰写小人物的故事来说是核心，而且对于具象化新闻报道中的人文关怀来说也是重中之重。对于普通人的关怀之心，听起来很抽象，但换成对于普通人具体的生活碎片的好奇心，听起来可操作性就高了很多。作为写他人故事的人，我们不仅得找到自己执笔记录的出发点，还得找到适合自己的下笔方式。

指导教师点评——唐次妹

这是大学生返乡调查的获奖作品。作者寒假返乡后，因着对家乡这块既熟悉又陌生的土地的好奇和热爱，发现这块土地上那些日常被忽视的平凡人的可爱之处。作者用真挚细腻的笔触记录了一个乡村医生的大年初一，在这个举国团圆欢度新春的特殊日子里，医生坚守的平凡工作岗位似乎也显得不那么平常了。作者有一颗朴实而温暖的心，写平凡生活中小人物的故事，将人文关怀精神蕴藏在其中。

互联网大潮涤荡下，
一座川东小镇的嬗变与坚守

潘淼军

在年轻人心中，有两处地方最不忍触碰，一处是远方，另一处则是故乡。

我的大学时光是从咀嚼独在异乡、跨省求学的滋味开始的，如今这份情愫延续到我的研究生生活。但曾经强烈的愁思，在汩汩的时光浸淫之下，被稀释成宣纸上淡淡的印痕。

一千公里的阻隔，剥离于故土的求学生涯，正在逐步蚕食我和故乡的联系。现在，我的脑海里已难以迅速构建起关于故乡的完整轮廓，因为那个坐落在川东北的无名小镇——庙坝，也在时代的大潮涤荡中，发生着令人惊叹的改变。

于我，庙坝已然变得既熟悉又陌生——百日无晴的气候、交织错落的梯田、宽敞的坝院里争鸣的公鸡，像一幅绵延长远的画，从过去一直铺展到现在；拔地而起的商品房、被工业残渣和生活污水染成"黑水"的护城河、随处可见的移动支付、遍地开花的快递服务和伴随着PC端游戏和移动端游戏的兴起而逐日萎缩的网吧，这一帧帧画面让我倍感陌生。

如果说家乡小镇分到中国经济腾飞的红利，进而取得物质的巨大进步，这尚不足以让我感到惊诧，种种迹象表明，互联网这头时代巨兽已经将其触角延伸到中国乡村，并且正在深刻改变着人们的思维习惯和生活方式，这成为一个值得深思的议题。

于是在2019年春节返乡期间，我作为返乡的羁客，作为体验式观察者，也作为脱离的"他者"，对这片古老又崭新的土地进行了实地观察和深入采访，以探究在互联网浪潮下故乡的嬗变和坚守。

老街和商业街只有一个转角的距离（潘森军摄）

移动互联网的兴起和 PC 互联网的衰落

年轻人向来是时代的弄潮儿，他们早早跨入互联网的门槛，深尝其带来的便利和欢娱，一跃成为互联网的忠实拥趸。

我的两个表弟，较大的一个二十出头，在深圳务工，每次待到春节假期方才返乡团聚；另一个表弟刚踏入大学的门槛，此次回家算是初尝游子归家的滋味。

他们感情向来要好，一年未见，重聚时刻难免要玩耍消遣一番。然而孩提时代叠纸捉迷藏的游戏早已过时，取而代之的是两块智能手机屏幕，一场刺激紧张的《王者荣耀》对局。

"开黑"成为年轻人对话的新方式（潘森军摄）

共同游戏，携手胜利成为见证友谊和重逢的新方式

团队竞技游戏对于精力的损耗巨大，几盘游戏下来，两人都有几丝疲惫，决定休息一下。两个表弟以类似"葛优躺"的姿势半躺在软塌塌的沙发上，后腰紧紧抵住沙发边缘，双腿绷成一对弓。

"你在干啥子？"小表弟凑过头去看，发现大表弟是在刷短视频。

大表弟笑着看了他一眼，不说话，注意力即刻回转到缤纷多彩的屏幕上。

从娱乐到休闲，互联网扮演越来越多的角色——它不仅提供梦幻的图景供人欢愉，还在你玩得倦怠时提供座椅小憩，以无所不包的姿态扮演着时间伴侣的角色。

随着移动互联网的成熟和移动终端的普及，智能手机使用人群"低龄化"已经成为普遍现象。街头巷尾随处可见几个小孩聚在一起，围绕着一块或者几块五六英寸的屏幕不亦乐乎。

互联网大潮涤荡下,一座川东小镇的嬗变与坚守

在街角玩游戏的小孩(潘森军摄)

三岁的表妹用手机观看《小猪佩奇》(潘森军摄)

就连我家刚满三岁的小表妹,都对玩手机抱有极高的兴致,她不仅学会打电话,还能在冗长的微信通信录名单中准确找到舅舅的名片并拨通视频通话,一旦她闹脾气不听话了,只要把手机给她把玩,即刻喜笑颜开,烦恼皆忘,比任何玩具糖果都管用。

网吧的顾客大部分是未成年的学生(潘森军摄)

移动互联网欣欣向荣,小镇的网吧业务却正在经历寒冬。刚走到门口,"未成年禁止入内"一排大字就映入眼帘,但事实上小镇网吧的顾客主体就是未成年人。

从座无虚席的场面来看,网吧的经营似乎并未受到移动互联网的太大冲击,然而网吧老板却摇着头叹息说:"这些都是虚假繁荣,春节放假,没得智能手机玩的小孩子得了压岁钱就来这里玩游戏了,平常基本没什么人。"

网吧老板确实未夸大其词,门口的铺面转让通知表明,这家小镇上仅有的网吧正在经历着严峻的生存考验。

网吧转让通知(潘森军摄)

"我们这种人落伍了,就是没有被圈进去"

和年青一代形成鲜明对比的是周围的中老年人,新一代在互联网的浪潮中如鱼得水,他们却被排斥在互联网的门槛之外,媒介素养的缺乏和日渐退化的学习能力让他们无所适从。

外婆今年已是七十七岁高龄,由于身患糖尿病和高血压等诸多疾病,有随时病发的危险,所以在家人的一再坚持之下,她才勉强同意配上老人机,以备不时之需。

但即使是操作简易的老人机,对于这个二十世纪前半叶出生的老年人而言,都不太容易。

外婆一边戴着老花眼镜一边细心听我教她快捷拨号的样子和初识汉字的孩童无异,虽然已经将学习的任务精简到了最低程度,只需要按住对应数字键就能够拨出相应电话,但外婆摁键的手依然控制不住地颤抖。

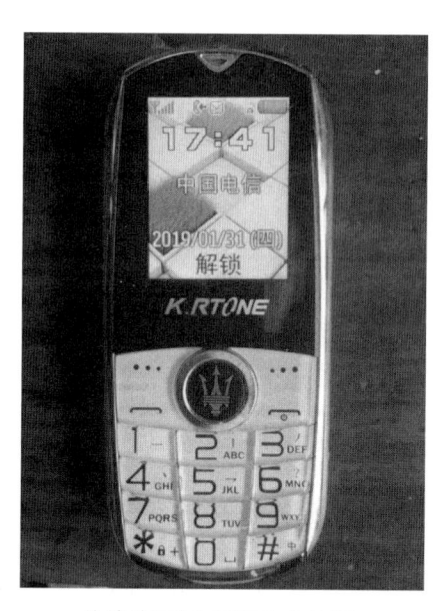

外婆的"老人机"（潘淼军摄）

外婆出生于新中国成立之前,目睹过新中国轰轰烈烈的大炼钢铁运动,经历过风雨如晦的"文革"十年,也见证了改革开放后整个农村的沧海巨变,她经历过太多的波折险阻。

她在那些并不富裕的年岁里省吃俭用,步步为营,靠着勤劳的双手拉扯大包括我母亲在内的五兄妹。她爬满皱纹的双手是岁月沧桑的印记,更是她历经磨难的勋章,然而这双手如今却连一台巴掌大的老人机都无法驾驭,更别说操作更为复杂的智能手机了。

"太难了嘛,学不会。"屡次尝试都以失败告终后,外婆垂头丧气地说。

"智能机会不会简单些? 直接触碰用手指点击就可以了。"我天真地问。

"不得行,不得行,我看见那个东西就脑壳痛。"外婆连连摆手道。

外婆的语气和神态让我联想起母亲,她在使用智能手机的时候,其尴尬和不适与外婆如出一辙。我曾就智能机的使用和对互联网的认知问过母亲——

"老妈,您觉得老人机和智能机哪个更方便?"

外婆艰难地使用"老人机"（潘森军摄）

"打电话老人机方便，上网智能机方便。"
"智能机不能打电话吗？"
"习惯了用老人机打电话。"
"那为什么不直接用老人机，还要很费劲地学习智能机？"
"身边的人都会用，我不学好没得面子嘛，可是没得时间学，等有空再说。"

而这一等就是一个四季轮回，距离教会母亲使用微信视频通话已经过去整整一年。自从父亲卧病在床，家庭的重担便落在她的肩上。母亲每天起早贪黑在供销社超市做服务员，还要挤出本就不多的闲暇时间经营农务，处理琐碎家事，实在是分身乏术。

"您觉得什么是互联网？"
"互联网不就是一张网嘛，把大家都圈进来，我们这种人落伍了，就是没有被圈进去。"

母亲看似随意的一句话却触及问题的本质。在乡村，互联网恰如一张巨网，无所不包却又界限分明。网外面的人进不去，网里面的人出不来。

在我们的社会大踏步地向互联网时代迈进的时候,那些留守在乡村的农民们却很难跟上时代的脚步而面临着随时被抛弃的风险。年轻人在互联网世界中的如鱼得水同乡村农民的步履维艰形成鲜明的对比,这时刻提醒我们,不要遗忘身处"网外"的那群人,他们渴望信息自由但却没有选择的机会和能力。

两个互联网,两个江湖

庙坝是一座不大的乡镇,顾名思义,在清代这里曾是盛极一时的香火圣地,来往香客,车水马龙,络绎不绝,又因四川东北部多宽敞盆地点缀在丘陵之间,川人称之为坝子,故得此名。

小镇街道风貌(潘森军摄)

听镇上的老人讲,在二十世纪前半叶,每逢盛大节日,特别是春节期间,镇上都会举行一系列庙会活动。

庙会举办的时候,烧香拜佛者云集,灯市整夜通明,各种小吃特产沿街设摊,歌舞表演热闹非凡。庙会成为一个枢纽,汇集货物贸易的信息,街头巷尾的逸闻趣事,促进了商贾往来、人际交往,实现信息的交流和共享。这与互联网的本质异曲同工,可以说,庙会活动就是传统社会的互联网。

但如今镇上已找不到任何寺庙的痕迹,庙会活动也不复存在。听外婆讲,她1963年嫁入此地时只剩下一座八角庙,之后这座庙毁于"文革"期间的红卫兵之手,现在的乡政府建在其废墟之上。但每周两次的"赶场",作为庙会活动的变种延续了下来,继续扮演着为小镇居民提供信息交流平台的角色。

虽然传统的"互联网"退出小镇的历史舞台,但真正的互联网江湖正在这片曾经的香火圣地上徐徐展开。

最令人侧目的变化之一是小镇上遍地开花的快递站点。

我实地走访发现,在小镇的主体部分——十字街总共分布着中通、圆通、顺丰、申通、京东、百世汇通等六家快递服务点。

镇上的快递服务点(潘森军摄)

一年之前镇上的快递配送只有中通、顺丰两家,短短一年时间,小镇的快递业就已经初具规模。

为了满足城乡不同的购物需求,淘宝开辟了标准版和家乡版两个版块,镇上的农村淘宝服务站应运而生,收揽所有在淘宝家乡版购得的商品,以供消费者自提。其位于镇中心的十字街口,便利镇上居民自不必说;偏远村庄的农民也不必像之前一般为取快递而满镇子奔波,在赶场时顺带取快递已经成为惯例。

快递站点是电子商务的重要一环,其分布数量是该地区网购规模的直接体现,为了更深入地了解快递行业在庙坝的发展情况,我特地采访了中通和圆通的配送站负责人王先生。

王先生店内的快递架(潘森军摄)

"请问你干快递行业多久了?"

"快五年了,差不多2014年开始做的。"

"请问月收入大概是什么水平?"

"不太稳定。忙的时候,比如双十一那阵子,一个月可以赚五六千,闲下来的时候两三千块钱就算好的了。"

"对这份工作有什么直观的感受?"

"费力不讨好,有时候发错短信打错电话会被骂;有时候很累,订单量大的时候,尤其是夏天,汗水一把一把地流;还要同其他快递竞争,顺丰配送一个快递七块,我这边只交了保证金没交加盟费,一个快递只能收两块服务费。"

"有正面一点的感受吗?"

"勉强算旱涝保收,还是比起打工稳定。和我一些务农的同学比起来,算是很体面的工作了,最重要的是可以不用外出务工,背井离乡的,能陪在家人身边很难得。而且我感觉互联网和快递业都在往上走,以后会有更多机会。"

"这份工作给你生活带来了什么变化?"

"要学习,要与时俱进,不然做不好。"

"对电子商务或者说互联网有什么直观感受?"

"说一句老话吧,科技改变生活。"

"您认为互联网给庙坝镇带来的最大变化是什么?"

"提高了生活品质嘛。现在网购普及了,可以买之前拿钱都买不到的奢侈品,实体店遭了殃,卖不出去了。"

王先生是不满三十岁的小伙子,干练、精神,他说,通过兼职快递配送业务不仅补贴了家用,宽绰了手头,更认识到知识的重要性。可见,常年和电子商务打交道的王先生,已经领悟到互联网的核心思维——交流与分享。这对于初中毕业就出来打拼的他来说,是非常难得的。

金花儿童乐园(潘森军摄)

除了快递行业的蓬勃发展之外,小镇的互联网旅游营销也方兴未艾。

金花儿童乐园于去年2月完工,在当地广泛招工,解决了当地三百余个村民的就业问题。

自2018年2月金花儿童乐园建立以来,微信公众号上共有七篇相关文章,或是介绍金花儿童乐园的游乐项目,或是提供旅游攻略。总体来看,推文的阅读量参差不齐,少则两百,多则三千,网络营销效果有待提高,但金花儿童乐园已然迈出第一步,探寻着新媒体营销的路径。

互联网无法攻破的壁垒

这是属于互联网尤其是移动互联网的时代,在我们的刻板印象中,其无外乎于洪水猛兽,所到之处无不望风跪服,摧城拔寨易如反掌。

然而事实并不如此,至少在我的家乡庙坝,还保留着些许互联网也无法攻破的壁垒。

写礼现场(潘森军摄)

中国自古讲礼尚往来。川东北有收礼金的习俗,无论婚丧嫁娶,收礼金时,总会详问来人大名,在礼簿上郑重其事地记下姓名以备来日还礼时查看。

如今移动支付风靡全国,倘若只为求方便,在礼簿旁只需放置主人二维码收款即可,其账目来往远比用手记录更为便捷准确、不易出错。

然而自我回来以后,参加了不下五家的宴席,却从未看到一家贪图方便用二维码收款。

这其中道理浅显易懂,收礼纳名,远不是资金往来那么简单,更多的是一种古老的仪式,在这种仪式里,双方的身份都得到认同,亲缘、友朋关系也得以维系,其中的意义远远超过表面上的收支,更加区别于日常的商品交换。

菜市场大部分交易依然用现金(潘森军摄)

移动支付在镇上已然遍地开花,无论是超市、面馆、理发店,还是路边的烧烤摊,都不难看到顾客举起手机扫码支付的情景。与此同时,菜市场中大部分交易依旧保持着用现金的传统。

一方面,大部分菜农同我外婆一样,被隔断在互联网门槛之外,即使主观上有意愿,客观上也不具备使用移动支付的能力;另一方面,移动支付无所不在,现金支付的场合越来越少,可能是出自怀旧般的念想,消费者在买菜的时候花掉平日攒下的现金,以此品味传统意义上的购物乐趣。

互联网是这个时代的王,但是在传统和礼俗面前,它也有无能为力的一面。

我的家乡庙坝,它有一条河,两条街,三万人。它只是一座普通的中国乡镇。但恰恰因为平凡无奇,所以它身上发生的变化就具备更广泛的代表性。

它同中国所有的乡镇一样,受益于经济的腾飞,在物质层面早已今非昔比;它受到互联网浪潮的洗礼,在诸多方面受互联网的影响——互联网像一位技艺超凡的宫廷画师,一笔一笔描绘着乡村的轮廓,重塑着古老乡镇的社会风貌、生活方式和思维观念。

转眼春节已过,离家的日子越来越近。经过这一番对小镇的探寻,我似乎又与故土建立起亲密的连接,已然在心里生出眷恋和不舍来。故土正在经历着互联网浪潮下的嬗变,但依然有它独特的坚守,而我将携一抔故乡的土,再次出发,去寻找属于我的改变和坚守。

作者手记

互联网浪潮的影响已经深入乡镇,以其独特的方式改变乡镇的生态环境,人们的思维方式和生活方式都在互联网的影响之下发生剧烈的改变。本文以笔者的家乡——一个川东小镇在面对互联网浪潮时的转变和坚守为主要线索展开写作。在巨大的时代浪潮之前,小镇迎来全方位的改变:原本爆满的网吧如今面临倒闭,移动游戏端的兴起抢占大量PC端游戏市场;中老年人在互联网冲击下显得无所适从,他们被排斥在互联网之外;快递行业在互联网的催动下如雨后春笋般兴起。改变和适应之外,小镇也有自己的坚守,现金支付依然是主流,婚宴随礼依然采用现金的形式,这是一种传统的坚守,更是一种长久的心理模式,即使是来势汹汹的互联网也没办法在短时间内改变它。本文围绕家乡小镇展开全方位调查,融入自己的思考和对家乡特别的情感,希望从侧面反映新时代中国的巨大变化。

指导教师点评——唐次妹

  这是大学生返乡调查的获奖作品。作者是当代的大学生,回到家乡,用脚丈量家乡的土地,观察家乡在互联网浪潮下的变与不变。作者的身份特殊,既身处其中,又抽离于外,因此更能客观认识和理解家乡的种种变与常。作者既欣喜于互联网技术给位于川东小镇的家乡带来的社会、经济、生活的便利,也忧心于互联网给家乡带来的另一面。一场挟裹着几乎所有人的技术革新给中国社会带来冲击,因原有的社会经济结构、地埋、文化等积淀各异,不同地方发生的变化和接受的影响亦自不同。作者就是在这样的背景下去理解自己家乡的底蕴,所蕴藏的内涵、价值。

满洲里
——第二次按下暂停键

李天昊

2020年4月12日7时至16时,内蒙古自治区报告新增境外输入新冠确诊病例34例。34名患者均来自俄罗斯由满洲里公路口岸入境,经专家会诊,诊断为新冠确诊病例。

新增34例,是什么概念?超过相同时间中国25个省的现存确诊病例,只一天,就出现在这个人口仅有32万的城市——满洲里。本土病例最多的时候,内蒙古自治区的统计数字是75例,34例,接近整个内蒙古自治区病例的一半。

3月19日那天,内蒙古自治区骄傲地宣布"清零",治愈出院74例,死亡1例。那以后,"零新增"成了每天微博的第一条,只是后来,悄悄地改成"本土零新增"。

截至2020年4月12日,内蒙古自治区累计报告境外输入确诊病例114例,超过本土全部确诊病例。其中,满洲里输入70例。

"抓紧回来吧"

老孙是在4月12日下午来到满洲里的,开着他的拖挂式货车,拉着满满一车的货物驶入物流园区。

按照工作人员的指挥,他把车平稳地退到仓库门口,停车、熄火、放气,一气呵成。从操作台上抓起一只口罩戴上,"爬"下车,之所以是爬的,是因为驾驶室实在太高了,梯子之间的跨度也大,巨大的车厢衬得他本就矮小的身材更小了。

他已经记不清这是第几次来到满洲里,作为中国陆上口岸中吞吐量数一数二的存在,几乎所有和俄罗斯有关的进出口贸易都要经过满洲里,每天来往这里的大型运输车有几千辆之多，老孙的蒙D牌照的箱式拖挂货车就是这车流中的一员。

熟练地爬上车厢，把箱门上的锁一个个打开，老孙招呼装卸的师傅来卸货，又嘱咐他们轻拿轻放。这次运过来的是精品瓷砖，一路上他小心翼翼地"拿捏"着方向盘，起步要稳，刹车要慢，生怕碰坏一块。

按照约定，碰坏一块要赔偿五分钱，虽然客户不会真的去计较一块两块的赔偿，但要是碎得多了，也会影响老孙在这一行的名声。

老孙大概扫了一眼，碰碎的比以往要多。也难怪，他着急啊，虽然一直提醒自己小心驾驶，但车速还是很快。时至4月，这一年已经过去三分之一，这才是他接的第一单，第一回开张，有兴奋，更多的是焦虑，努力补上头几个月没赚到的钱。

老孙的挂车（2019年，老孙提供）

受疫情影响，运输生意已经停滞了两个多月。运输的生意停了，停车场的生意可不停，大型运输车最怕小偷惦记，必须停在停车场里，必须有人日夜巡视着。家人的生活也不能停，又是年关，看望老人，照顾小孩，"就没个不花钱的地儿"。

现今，好不容易解封了，每个人都铆足了劲儿，"油门踩到底"也要把错过的单子跑回来。

这边的卸货不用老孙负责,他跑了一天了,就垫了一块面包和几口水,是时候实实在在地吃一口饭了,他进了附近一家饭馆。饭馆不大,但名气不小,最重要的是风味地道,加上价格实惠,无论是本地人还是外地人,都把它作为首选。

老板娘戴着专用的口罩,招呼老孙坐下,又去炒菜。忙得热火朝天,厨房里炉灶都开着,烟气弥漫,老板娘觉得热,又把口罩摘了。老孙透过透明玻璃清楚地看到这一切,他这才发觉,满洲里和他想像的有些不一样。

电视里仍然滚动播放着最新的消息,不断有人通过俄罗斯陆路口岸进入满洲里,被隔离的人群里又不断检测出确诊病例,屏幕下的滚动字幕条持续更新展示着确诊人数。

老孙有点慌了,到达满洲里以前,他还不知道这里的境外输入这么严重。当然,就算在半路上知道了,他也没有退路,客人的单子就是必须遵守的命令。

远在阿鲁科尔沁旗的家人也在关注着这边的情况,媳妇跟他通了个电话:"抓紧回来吧!"

跑车司机的微信群里,也不断更新着满洲里境外输入的最新消息,一条条推送被转发,伴随着一些确定不了来源的小道消息,人心惶惶。朋友不知道从哪里听来的消息,说满洲里就要封城了,劝老孙尽快出城。

和老孙形成鲜明对比的是随后进来的那些当地人,也有几个同样跑车的外地司机,操着有点绕的口音,讨论着最近的境外输入疫情,调门高,嗓子亮。

老孙觉得,他们太放松了。

戴口罩的和不戴口罩的各一半,有的即使戴也就是挂在耳朵上,或者露出鼻子和嘴巴,丝毫不起防护作用。他们在饭店里随意一坐,也不打包,开一瓶啤酒,唠着家常,丝毫没有害怕的样子:"哎呀,没事,啥事儿没有"。偶尔跟旁边的人碰一杯,本地的土著接待远道而来的朋友,自然大杯喝酒,大口吃肉。拿着筷子在店里四处晃,去捣一口咸菜尝尝。

"老板娘,我的打包好了吗?"老孙拎着做好的饭,估摸着师傅应该卸完货,就先去了驾驶室,把车开到停车位上,又拿了两桶泡面回到楼上的房间。至于那做好的热乎乎的米饭和炒菜,就放在桌子上,袋子上的结都没打开。

老孙打算待这一晚就走,抓紧时间联系了一批木材,明天天亮就装货,早上就出发。他是真的怕了,怕堵在这里,即使不封城,因为从高风险地区返回要隔离十四天,也是耽误不起的。他不想再有什么闪失了。

怎么就成了这样子呢,第一单生意刚做好,就碰到这么严重的境外输入疫情,老孙实在想不通。

"毕竟回国的也是中国人"

满洲里,中国最大的陆运口岸城市,西接蒙古,北接俄罗斯,全年口岸过境班列超过 600 列。

很久之前,它有一个蒙古语的名字——霍勒津布拉格,意为充沛的泉水。1901 年,俄国人的中东铁路修建,这里被叫作"满洲里亚","里亚"就是车站的意思。后来,音译成汉语,变成"满洲里"。

老孙从外地来,从内陆城市到口岸城市,情况不一样,时间也短,想不通是正常的。而土生土长的小添,却靠着持续的关注,把这次境外输入病例情况摸清楚了。

12 日,就是老孙刚到的那天,34 位新冠患者经由满洲里口岸来到这座中俄边境上的小城。当天入境的当然不只这些人,有症状的直接送往医院,无症状的集中隔离。

那是境外输入疫情最严重的一天。

其实,就在国外疫情逐渐严重的时候,包括小添在内,住在满洲里的人就已经在猜测俄罗斯的情况了,无奈了解得实在不多。满洲里口岸也一直没关闭,维持着正常的通行。

内蒙古自治区第一例新冠确诊病例,就出现在满洲里。患者自武汉自驾前往满洲里,到达目的地后直接前往医院,疫情地图上,内蒙古自治区从白色变成淡淡的红色,118 万平方公里的土地上,疫情防控阻击战全面打响。

防"疫"变成战"疫",满洲里打响第一枪。

那是满洲里第一次按下暂停键,和全国的许多城市一样,在春节前夕,停止所有可能的流动。年货没置办齐全的,先凑合着过;实在缺东西的,社区帮忙解决。工作人员该上岗的全部上岗,群众该居家的也全部居家,城市难得井然有序。

疫情逐渐减轻后,满洲里的防疫措施也逐渐降低等级,虽然仍是春寒料峭,街上总归是有了点人气,菜市场终于响起叫卖声。

再往后，随着国外的形势日益严峻，越来越多的国人入境，境外输入的危险愈发严重。各个航空公司逐渐停飞后，陆路口岸更成为唯一的选择。

4月6日，入境的人群中出现第一批确诊病例，数量不明，有说是三个，有说是五个。

当地人说，满洲里随即采取措施，关闭满洲里的入境口岸。口岸关闭的时间是4月7日，就是黑龙江省的绥芬河客运口岸关闭的前一天。

同一天，84例新冠确诊病例自绥芬河输入，那也是武汉解封的前一天。一位当地的作者心痛地写道："武汉解封的那天，我的家乡成了新的'疫区'。"这在互联网上获得10万+的阅读量。

知道绥芬河情况严重的时候，小添就预想到满洲里了，两地在一条铁路上，是筋骨相连的口岸城市。绥芬河情况不对，满洲里难免"唇亡齿寒"。

4月8日，满洲里口岸关闭的第二天，绥芬河口岸临时关闭。

一天后，已经关闭的满洲里口岸却又重新开放，"那些人就在边境线上，口岸都关闭了，他们就没地方可去"。

因为这，满洲里重新调集防疫力量，开放入境口岸。

10日晚，大约100人入境，其中70多人发热，当天就确诊27例，12日确诊34例。

"真的在俄罗斯定居有事业有住宅的人不会回来，他们可以自己居家隔离，但是这些回来的人，他们大多数是打工的，俄罗斯停工，他们没有经济来源，没有办法，只能回国。"小添说。

部分当地人对此其实并不满意，好不容易疫情逐渐过去，复工复产就在眼前，这样一来又不知道要拖到几时。

小添表示理解回来的人，大部分人也都表示理解——"毕竟回国的也是中国人"，可是，"他们有他们的苦衷，可，我们也有我们的无奈"。

本来下午要去超市的，在新闻里看到这么多的输入性病例，小添还是取消了这个"危险"的举动，乖乖宅在家里。

当地的隔离措施其实是可以的，发热的送到指定医院，其他的送到指定隔离酒店。虽然是内蒙古自治区最早发现确诊病例的城市，但从第一例开始，当地政府就一直都不敢对疫情掉以轻心，集中隔离、集中治疗，及时动员一切力量，防止其进一步扩散。这是一颗定心丸。

当地人眼中，满洲里其实真的是一座小城市，医疗水平自然也不高，当地人有什么大病一般会去附近的长春、哈尔滨等地。当地的医疗一直没有遭遇过大阵仗。

小城市也有小城市的布局通病——很多重要的机构都在市中心,比如新冠定点救治医院,当地一些比较有人气的饭店、商场也都在这附近,距离医院不远,稍有不慎就会造成极其严重的后果。

这种担忧并非没有道理,持续的境外输入,使已经放松警惕的当地民众又紧张起来,再加上医疗力量本就弱小,压力集中在口岸和医院,恐慌与担忧在整个城市里酝酿。

"我们真是太难了"

Adios,一个在辽宁读书,寒假回到满洲里的女孩,在微博上写下"我们真是太难了"这句话,@了几个有名的媒体,朋友们纷纷送上安慰:"不哭不哭,随时联系。"

内蒙古自治区的呼伦贝尔等地共派了五支医疗队前往满洲里支援,新的方舱医院也在建设过程中,预计14日交付使用。不过当地人还是觉得不够,除了省内支援,很多人还是希望其他省份或者中央能够派出医疗队支援这里。毕竟,内蒙古自治区的医疗水平也不是特别高。

很多人在网络上自发地在为满洲里请求支援,@人民网,@新华社,满洲里人觉得自己好像被忽视了,全国都在关注绥芬河,大家都在支援绥芬河,可是满洲里的情况也早就不容乐观,却只有省内的兄弟来支援。

"内蒙古那个医疗水平,真的跟黑龙江差好几个档次呢!"

另一边,许多医护人员刚刚从武汉回来,还没来得及休息,就又飞到这个比武汉小许多但情况同样严峻的边境城市,各地的支援物资也陆续到位,在众志成城的努力下,境外输入疫情终于被控制住了。

不过,当下的危机之外,更长远的损失或许对当地的打击更大。

除了口岸贸易,满洲里也非常依赖旅游业。由于纬度太高,绝大多数时间里这里的气温都不适合旅游,旅游旺季只有两个月左右,一年的绝大部分收入也就取决于这两个月。

满洲里的人都很聪明,经营旅游的人更聪明。你从他面前过去,"我搭一眼就知道你是哪的人"。

可这里的游客还是络绎不绝，游客和商家之间达成微妙的默契。

那些上一年赚得盆满钵满的商人，想在新的一年赚得更多；那些初来乍到的，也摩拳擦掌准备大赚一场。谁也不会想到，疫情会持续到现在，在这样一个不是很重要的城市。

问起影响会有多大的时候，一位导游说："不是影响，而是旅游业一点收入也没有，彻底停摆状态，具体损失要看疫情何时能彻底结束吧……"

彻底停摆！像是巨大的阴云，笼罩在这座城市的旅游从业者头上。

再看看其他地方，这个免门票，那个市领导去探店带货……

酒店里，经理心酸地看着空荡荡的餐厅，店员无聊地看着显示屏上的空房间，都叹了口气。

疫情刚发生的时候，他们若无其事，本来就是不赚钱的季节，索性就停业放假了。他们当时预测着，人们在家憋了这么久，疫情之后一定会有一波报复性消费浪潮，酒店赚得可能比往年还要多。

他们预测对了一半，报复性消费潮来了，但不包括满洲里。

更不必说那些个体户，门面租金分毫不减，库里的货品又在压舱，口袋里的钱不断溜走，停业、失业、待业，最终成为压垮他们的大山。

太难了！

内蒙古人一直说，我们是有蒙古马精神的——越是在困难面前，越是"人狠话不多"。五十八天清零，是内蒙古交出的答卷。第一时间控制住境外输入疫情，也是满洲里给内蒙古，给全国人民的交代。

可少有人知道，这样的效率、这样的组织能力，是被刚刚发生的疫情锻炼出来的。

2019年的11月12日，内蒙古报告发现鼠疫，自治区政府迅速反应，群众积极配合，用了四十天时间，把鼠疫消灭在草原上。没有扩散，没有较大的经济损失，就是靠上下一心、精准施策。有专家曾预测说，如果鼠疫扩散到周边的省份，比如黑龙江、吉林等粮食产区，后果不堪设想。

"不给国家添麻烦"，是内蒙古的信条，这件事办得太利索了，知道的也就少了。

满洲里许多牧民家的墙上，还贴着鼠疫防治的宣传单，刚刚还收到新的宣传小册子，和防控新冠疫情的宣传册一起，放在桌子上。

绥芬河口岸关闭的时候，满洲里只说一句"回家"，趁着最后的机会，重新开放口岸，把流落在外的同胞接回到家里。

4月13日清晨,老孙那辆载着木材的拖挂式货车刚刚通过相关的检测,驶出满洲里,去到其他已解封的城市,他是真的不敢再待下去了,哪怕货没装满也要出来。

他走后不久,满洲里重新提升防控等级,封闭所有外出通道。

暂停键,按下了,还不知何时能再开启。

但,再次开启的时候,迎来的一定是一个精神焕发、生机依旧的满洲里。

记者手记

湖北省的武汉解封,黑龙江的绥芬河口岸关闭,内蒙古的满洲里出现大量确诊病例,这些事在4月交替出现。我本来就是内蒙古人,我知道,这是一件大事。

不过,旷日持久的居家生活已经让我对一日两日的时间变化不敏感了。我迫切需要梳理出来一条时间线,关于在满洲里发生的一切,也包括绥芬河的一切。

互联网上主流媒体公布的信息是一方面,它会讲"截至什么时候确诊了多少患者",但有一些更加具体的信息又需要找当地人询问与核实。我当时在霍林郭勒,到满洲里去大概要坐一整天的火车,疫情尚未完全结束。前往并不现实。

我想到了一个朋友。2020年高考结束以后,相伴十二年的他去了内蒙古大学的满洲里校区读书,满洲里从此出现在我们之间的聊天里,它的瑰丽、它的寒冷……关于满洲里的许多基础信息,就来自我的这位朋友。

他是元旦前一天到家的,对满洲里后来的情况不比我了解多少。他认识的一些居住在满洲里的老师、辅导员也都对此讳莫如深。认识的另一些人,酒店的经理、校门口水果摊的阿嬷,讲述更多的是自己的情况,虽然同样重要,但没能触及关键的时间线。

有趣的是,他在的满洲里校区的新闻学专业,竟然没有一个满洲里人。

我又想起母亲的家人，他们人脉更广，或许会认识一些满洲里当地的人。我在"相亲相爱一家人"的群里询问了一下，有人告诉我说，老孙就在满洲里。

老孙，我的舅舅，开着货车去过很多很多的地方，跑遍全国大大小小的物流口岸。我又向他了解了很多情况，通过他和他的车友群。但老孙毕竟是外地人，具体的情况也不是很清楚。我提醒他注意安全。

我需要一些工具，比如微博，#满洲里#的话题下聚集了许许多多的声音。我给很多人发私信，但多数不回复。一个在满洲里做旅游包车的大叔跟我聊了很多，再就是几个女生跟我表达了不安，我安慰她们没事的。

过程不是很顺利，旁路很多却没有主轴。

我继续看着地图，突然看到二连浩特这个地名，距离满洲里不远。我的一个高中同学在二连浩特学俄语，通过她，我联系到她的同学——一个满洲里的当地大学生。满洲里确诊病例的情况、口岸关闭的情况，这一条具体的时间线，通过他的讲述终于明晰。

以上仅仅是素材收集的情况，每一个人的讲述，哪怕是只言片语，都帮助我还原了一个真实的满洲里。做新闻，要"衣带渐宽终不悔"，有时也"蓦然回首，那人却在灯火阑珊处"，只是，我不再想写这样的疫情报道了。希望一切都好。

指导教师点评——唐次妹

这是2019年"深度报道"的课程作品。李天昊写《满洲里——第二次按下暂停键》是一次跨越时空的追踪和还原。选题涉及重大现实问题，敢于碰触这个问题本身就体现作者的雄心及对中国现实问题的关注，说明我们的大学生，特别是新闻学子，眼里心里不仅仅只有风声雨声和读书声，还有国家、社会和人民。

采访中最大的困难当然是不在现场，作者发挥锲而不舍的追踪精神,找人,通过各种渠道找人,同学、亲戚、朋友、各种网络渠道……慢慢接近信源,逼近真相。我们可以感受到他强大的亲友团。其实每一个人都有自己强大的亲友团,区别在于你有没有决心、信心和不懈的坚持。另一个困难是选题比较大,网上信息混乱庞杂,筛选、过滤……工作量不可谓不大。正如我在给他的意见中说:"文章前半部分铺垫很成功,那种紧张的氛围出来了,但后半部分力量比较弱,没能撑起来。"

二师兄的战争

李天昊

有人说,禽畜之间的传染病永远不只针对动物,它还针对人。人的一举一动、人的利益纠葛在其中毫无掩盖地暴露,防御系统经历了一次血与火的洗礼,人就向前前进了一步。这是任何自发的行动都无法实现的。人就是这样自讨苦吃的动物。

我接下来讲的故事,和近期的非洲猪瘟有关。

难办的师傅

高烧,厌食,全身发红,耳朵发绀,皮肤上有坏死点,出血,死后体内脾脏异常肿大,肠道出血……这些是非洲猪瘟的典型症状,老唐所在的地区,最近就有一批农户上报了自家猪的情况,全部吻合。

老唐知道,非洲猪瘟还是来了,这小镇子,别看交通、信号都很闭塞,感染非洲猪瘟的速度可是一点都不慢。

老唐犯了难。

按理说,下面的农户报上来,他再报上去,层层上报,早发现早处理,情况不会太糟。老唐也只需要按照上面说的做,上传下达,控制好了是他尽职尽责、忠于职守,控制不好也是上面决策失误,或是怪非洲猪瘟来势太猛。

他本来没有理由犯难,难就难在前几天的会议上,那个雷厉风行的上级部长下了死命令:"不允许有新的非洲猪瘟的案例!"上面要求"严防死守,坚决防止扩散蔓延",确保不再次发生疫情,这可是太难了。

"就是钱的事!"补偿到位了,就控制住了。

说起补偿,国家有规定,将非洲猪瘟纳入强制扑杀补助范围,每头补助一千两百块,中央财政对此进行部分补助,其余部分由地方财政自行解决。非洲猪瘟致死率极高,虽有中央补助,于地方政府仍是一笔不菲的开支。这也是上下一道三番五次隐瞒的原因。

老唐想来想去,想不出个办法,报还是不报,拿不定主意。他问了问其他县区的朋友,朋友给他支了一招——

这些个症状吧,非洲猪瘟有,一般的猪瘟、传染病也有,大差不差。你就登记个普通猪瘟或是蓝耳病,报的时候顺便向上面申请点疫苗,上面还得说你未雨绸缪呢,相熟的那几个,都是这么干的,没啥子事。

老唐又给一个养猪的朋友打了电话,朋友在另一个省,前阵子也曝出了猪瘟。朋友跟他讲了些内情:"咋报上去的?我自己发了微博,找了记者,曝光自己,上面知道瞒不住了,也就承认了,开始控制了,你说荒不荒唐。这一来,我估计啊,猪我是养不下去了,往后换个地方,换份生意……兄弟我跟你说,我真不是为了那点补贴,我附近的好几家养猪场都感染了非洲猪瘟,这事再瞒着,就失控了。"

老唐挂了电话,给自己泡了杯茶。一个地区瞒着,一个市就会全部感染,一个市感染了,一个省也危险。瞒,总归不是个办法。越瞒事越大,疫情不上报,就拿不到国家的补贴,地方财政无力负担,农户为了减少损失,也会刻意隐瞒,疫情进一步扩散,发病—瞒报—传播—再发病。这样的恶性循环就会持续下去,为了个乌纱帽,代价太大。

如实上报!非洲猪瘟就是非洲猪瘟,管他呢。老唐写好文件,发了过去。

纠结的老沙

老唐的朋友没有拿到扑杀补助。政府承诺的补助迟迟下不来,他从另外的公司挪了些钱处理这边的损失,给了工人补偿金,一点点退出市场。

当地没有拿到补助的农户还有很多,他们没有其他公司,损失都要自己承担,破产的不少。几家规模稍大点的猪场的老板境况更糟,他们大多是贷款经营,赔本后无力偿还贷款,加上他们贷款时往往相互担保,一家资金链断裂,好几家都不好过。养猪的、杀猪的、卖猪饲料的,巨额的债务笼罩在当地每一个和猪有关的人的头上。

老沙就是其中之一,猪场规模不大,但也是他全部的心血。

疫情曝出后,政府要把当地的猪、棚圈、饲料统一处理掉,其实就是销毁,说是有补助。可老沙知道,这补助一时半会儿见不到。

有个大老板自己曝光自己,捅出了非洲猪瘟,这件事已经不是什么秘密。老沙快恨死这个大老板了,他不理解,这城里人就是不知道庄稼汉的苦。

养猪的都知道猪周期,"行情好的时候养猪暴利,大家一窝蜂地去养,导致猪肉过剩后价格暴降被迫削减养猪数量,从而引来新一轮涨价导致猪价暴涨",如此反复循环就叫猪周期。

老沙就是在猪周期中锤炼出来的,是亲历者,也是幸存者。

赚钱的时候,每个人都是疯子,疯狂地补充生猪,明知道存栏数疯狂上升会把价格拽到谷底,还是不断地吃进,遭遇传染病的时候,谁都知道未来猪价会涨得更离谱,可谁都扛不住,养猪行业高杠杆,扛不住这样的消耗,只能减少数量,让自己"活得更久"。

也有人说,猪周期,本质上就是猪瘟的周期。

现在就是这样的情况,老沙有两个选择,一个是低价抛售。说是低价抛售,其实价格不算低,要买他猪的是他小舅子,这小子跑运输,消息灵通,趁着当地农户恐慌,以极低的价格买入,再转运到其他省份,这样铤而走险,一趟就能赚上几万。他想顺手把老沙的猪捎上,也不赚姐夫的钱,就要个运费。

对老沙来说,他基本可以止损了,把养猪欠的钱还上,就算一年白干,总比第二条路——交给政府扑杀剩得多。很多养猪的都是这么做,他们有自己的苦处,赚钱慢,赔钱可是很快,少赔一点是一点。

老沙很纠结,他看新闻,也知道疫情已经扩散到很多个省份了,也看到农业部的负责人东奔西走,疫情就是控制不住,疫苗研制不出来,百姓也受苦。老沙有点理解那个老板了,大家都在损失,人家有勇气捅出来,病猪出不去了,才能有更多地方不受影响。

老沙出门看了看自己的猪,它们和以往一样慵懒地晒着太阳,听见人来哼哧两声。从前哼哧哼哧地送钱来,现在哼哧哼哧地赔钱去。

老沙甚至想,最早发现疫情的地方,要是有人早点捅出来,或许情况会稍微好一点。

小舅子又上门催了,老沙想去和他好好说一说,这事,干着丧良心啊。

游走的大师兄

猴子是第一次自己做这事，之前是和朋友一起，朋友请他给开车。做了几次后，才知道做的是猪的生意，还是不太上道的非法生意。

可是朋友给的钱多啊，路是远了点，四五千公里，一趟下来能拿四五万。他一个司机就赚这么多，可想而知朋友能赚多少。

非洲猪瘟来以后，所有的副食品都在涨价，猴子也想多赚点钱。朋友推荐他转运活猪，在疫区或者"疑似疫区"收猪，到非疫区售卖，一车能赚个十万左右，虽然有禁令管着，但耐不住真金白银的诱惑，禁令成为一纸空文。

凌晨过境，走小路，是他跑运输这么多年得出的经验。日出前一两个小时，检察人员最疲惫，通常不会拦车检查，即使检查也不会太细致，绕过省道和国道，两个省份之间有很多小路可以走，实在不行还有便道，办法总比困难多。

猴子找做防疫员的同学要了几千个耳标，这玩意在防疫员手里不值钱，在猪贩子手里可有大用处。同学年轻的时候跟着一个兽医学过两手，市里招收防疫员的时候报了名，培训了十几天就做了兼职的防疫员，领政府的工资，只是不多，工作还很累，有时候就做一些这样的事，"赚一点小钱"。

运输车开到两省交界的地方，通常要把猪卸下，换到另一个省的车上，再把耳标换成另一个省的，"自己省的车在自己的省份运自己省的猪，查也不怕"！车上备点好烟好酒，碰着交通检疫，不会太为难你。很多检疫都靠肉眼观察，检查出来挺难的。

朋友跟猴子说，疫情越严重，收猪的价格就能压得越低，赚得也就越多。猴子还听说，近的韭菜收割完了，有的猪贩子还想搞远的，就用无人机散播一些非洲猪瘟的病毒，这种说法不知道真假，传得有鼻子有眼的。

"老小，你还跑车呢吗，你爸听说最近啊，有的猪贩子在运病猪，就让我跟你说，你可别运这个啊，丧尽天良啊，这不是发国难财嘛。"

"妈这边，妈这边挺好的啊，家里的猪刚刚送去杀了，这回你回来吃不着家里的猪肉咯。"

"刘，这边也出现了非洲猪瘟，听说就是猪贩子运过来的，我和你爸刚领了宣传资料回来，说得可吓人了。"

猴子的母亲来了电话，没想到那么远的家乡猪也染了病。他和姐姐好几年没回去了，一直在这边忙活，真有点想妈妈的猪肉炖酸菜了。

最近挺委屈的，走街串巷收猪的时候，养殖户从来没有正眼瞧过他，好像他就是非洲猪瘟的始作俑者。那些人一边数着钱，一边还要骂他："呸！"

猴子已经收了好些猪了，就差姐夫的那些，装满一车就送走。他突然不想卖了，他想明白自己在做什么了，他去找姐夫。

"我这收了不少，一起送去杀了，等补助吧，情况特殊，补助下来得应该也快……"

发言人说："我们的养猪业到了生死存亡的时候，而且远远没结束。现在的最大公约数，就是不能让我们的养猪业毁掉。这不是一场速决战，也不是运动战，而是一场持久战。"

上面都这样说了，下面也就紧锣密鼓地忙活起来。市里的疫情暂时得到控制，省里也着重处理非洲猪瘟及其后续问题。猪价回落，一切似乎向着好的方向发展。

老唐负责的县区，情况暂时还乐观不起来，几例疑似鼠疫又报了上来，老唐忙得焦头烂额。鼠疫没有非洲猪瘟那么可怕，相关的措施、政策早就有准备，叫大家多加注意就好。只是这一年事情太多了，哪里都不敢马虎，鼠疫的事也必须重视起来。

尽管这一年都没赚什么钱，老沙和姐姐一家还是打算回家过年，这一年不是太顺，正好回去冲冲喜气。有人给老沙担保，老沙又去贷了一笔款，准备年后做生意，生活还得继续。

补助还没下来，猴子通过相似的门路开始倒腾老羊、残羊。这门生意也不是太正经，但心里不会犯别扭，一些烧烤摊需要这些便宜处理的羊肉，猴子自己也喜欢吃烧烤，不觉得有什么，"什么羊肉不是肉"！

一位专家说："我们这个行业的人其实都心知肚明，非瘟疫情是很难防的。多年来从未成功隔离过一起动物疫病扩散，都是靠疫苗。"很多地方的研究所都还在抓紧时间研制疫苗，年关将至，大家都盼着能有进展。

作者手记

我开始写自己的家乡了，古老的草原上一个个英雄的故事。

家里就是做畜牧业的，不稳定，我们那里都是这样，常年受自然灾害的影响。去年冬天回家的时候，大雪封山，我在距离家最近的县城住了三个晚上，坐草原火警的车回的家。我还记得有一年夏天大雨，家里所有木材都被水冲走，我和父亲开着拖拉机去找回来。

就是这样一片土地，有一群生龙活虎的人，他们或是出走，近的到县城里做个生意，远的就像我一样跑了几千里路求学；或是留下来，老本行是放羊，可能还会学一些新的技能填补家用，像我父亲那样。

我十一岁的时候，父亲去县城里参加了一个培训班，考试合格，然后就在我们那里做起了防疫员，骑着摩托车给牲畜打防疫针。关于所有的瘟疫——鼠疫、猪瘟……我都是从他那里了解到详细情况的。他懂瘟疫的病理知识，也懂小地方的人情世故。这一行真的不是什么赚钱的职业，父亲做了一阵便也不做了。

小县城，带上辖区内的几个村，实在是不大，是典型的乡土社会。爷爷年轻的时候四处帮工，闯荡的地方很多。父亲做过一届村干部，又好客，经常有路过的人在我家歇个脚。我家总是聚集形形色色的人，他们喝过酒以后就开始讲故事。小的时候，我低头只顾吃东西，后来偶尔也会认真听一些，落在纸上便成为故事。

一群很普通的人，一群各有所属却在某一个时空突然交会的人。一个很普通的故事，一个每时每刻都在以不同情态发生的故事。我从这里来，也将回到这里去，继续倾听、书写。

指导教师点评——唐次妹

这是"返乡调查"竞赛的获奖作品。作者是一个会找故事会养故事也会讲故事的人。作为一个大学生，作者能够静下心，放下身段，匍匐在地，去探索、寻觅、发现生活中的洞见。

作者敏锐地捕捉到中国猪肉大幅上涨以及整个养猪行业的变动，回到家乡这块土地，采访家乡的养猪业者、牲畜防疫员、贩卖生猪的商人、运输生猪的司机……通过相关信息和采访素材,作者一步一步接近真相,最终写出一个关于"二师兄的战争"的好故事。

　　你可以说作者很幸运,为什么他总能找到核心的信源?采访到那么多的鲜活的素材?不要忘记,幸运总是出现在有准备的地方,总是降落到有准备的人身上。

关于土楼:在历史与希望之间

高宏雨

客家民谣歌曰:"高四层,楼四圈,上上下下四百间;圆中圆,圈套圈,历经沧桑三百年。"

日本建筑学家茂木计一郎第一次见到土楼,惊叹道:"好像大地上盛开的巨大蘑菇,又像黑色飞碟自天而降,那真是不可思议的景象。"

八闽大地,云环雾绕,群山怀抱中,一种奇特的建筑宛如奇葩绽放在大地的翠绿中,它由泥土层层夯实筑就,形状或如圆环,或如方阵,名曰土楼。

土楼,指适应聚族而居,有突出防卫功能,采用夯土墙和木梁柱共同承重的多层大型封闭式围合建筑。其中分布最广、数量最多、类型最丰富、保存最完好的,是福建土楼。目前经过认证的土楼有三千多座,列入世界文化遗产名录的有"六群四楼"[①],合计四十六座,它们分布于福建省龙岩市的永定区和漳州市的南靖县、华安县。

土楼就静静地矗立在山水之间,对于每个与土楼有交集的人而言,它有不同的意义和情怀。

有记忆温度的楼

客家山歌唱道:"客家自古出现中原,斗转星移往南迁。心齐同把土楼建,劳动号子穿云天。"

公元4世纪发生的西晋永嘉之乱,拉开中原汉族持续数百年的南迁序幕,

---

① 即永定区初溪土楼群、洪坑土楼群、高北土楼群及衍香楼、振福楼,南靖县田螺坑土楼群、河坑土楼群及怀远楼、和贵楼、华安县大地土楼群。

从江淮进入闽南的中原移民与当地土著融合,形成使用闽南话的福佬民系,而经江西赣州辗转进入闽西的中原移民则形成使用客家话的客家民系。

明清时期,客家人口激增,进而从内陆向东扩张。沿海倭寇侵扰,使得离海洋更近的福佬人向西迁徙。于是,两大族群在闽中的山岭狭路相逢。明代《永定县志》称此地为"闽之绝域"。

两大族群互称贼寇,血与火冲突不断,加之倭寇侵扰以及与当地畲民冲突,生逢乱世的客家人、福佬人,只能以各自血缘为纽带,聚族而居,守卫家园。

这样的生存环境下,有防卫功能的居所成为生活所需。先祖于中原时居住的四合院建筑,防卫功能远不能达到需求,水乡民居、徽派建筑,墙体"势单力薄",只能说聊胜于无。于是,族人们根据自身需求不断改进居所的功能。

从脱胎于四合院的五凤楼,到楼梯全面升高、加长之后的府第式方楼,再到将四周楼房全部升至相同高度,围墙高耸、四角相连的方楼,最终是代表创造力顶峰的圆楼。建筑结构做到最简,防御却达到前所未有的强度。

徐欣昱曾经居住的集庆楼建于明永乐年间,隶属初溪土楼群,是永定客家土楼中年代最久远的土圆楼,全楼有七十二道楼梯与两米厚的土墙,历经六百余年的风雨。明代漳州福佬人靠海外贸易积累财富,清代客家人将烟草种植业做得风生水起。财富的积累让族人有更雄厚的经济条件修建居所。集庆楼竣工之后,闽粤大地其他地方的土楼也如雨后春笋般出现于崇山峻岭中,似颗颗明珠洒落大地。

客家女徐欣昱今年大三,就读于厦门大学外文学院,学习法语专业。异国语言文化的学习经历也促使她探究自身族群语言及历史源流。她们一家生活在龙岩市永定区名为赛华的客家村落里。在土楼,她度过了自己的童年和少年时代。

步入现代,烽烟远去。白云空悠悠,土楼余回响。土楼本身,便成为记录族群生存、繁衍、抗争的诗行。当然,土楼留给生活在那里的人们留下有温度的记忆。星空、萤火、蝉鸣、蛙声一片,是欣昱关于童年的片片拼图。"我爱我家",欣昱和我讲述在土楼的生活种种之后,用这四个字总结了自己的心情。

"以前我记得,都住满的时候,就随便跑啊,随便跑到谁家就去蹭饭去了。我有一个叔叔,他和楼里的一位女的结婚了,所以就经常跑到他家看电视,晚上就在他家吃饭。"

土楼里的生活,是接地气的。早上起床,欣昱便脚步轻快地下楼,看看大家在忙什么,然后和楼里的人一起忙碌。人们互相熟识,舒适地相处。在土楼里生活十余年,土楼早已成为她人生回忆的重要部分。

大约十年前,楼里的邻居陆续搬离土楼,选择在自家土楼旁边建现代化的新式小楼。土楼的厕所在一楼旁边,居民则主要住在土楼的三楼,旧式厕所有别于抽水马桶,距离远且卫生较差。福建春夏天气湿热,人们要经常洗澡,而传统的土楼并没有方便的洗澡设施。随着时代发展,土楼的基本生活设施已经不能满足人们的生活需要。

欣昱一家,是最晚决定搬离土楼的几家住户之一。

在搬出去的前一年夜晚,欣昱在一楼的屋檐下刷牙,"嘣"的一声,一根梁木掉落在大厅的石板上。欣昱回想起还是心有余悸。梁木掉落后,欣昱一家和邻居查看许久,也没能发现掉落的梁木属于土楼的哪一部分。

当时欣昱的母亲还在孕期,害怕还会有危险。于是,在欣昱高二那一年,她们一家也和其他搬出土楼的邻居一样,居住在土楼附近自家的小楼里。

土楼还是可以居住的,她也曾经和父母商量回土楼住些日子。她会半开玩笑地说:"妈妈,我们搬回土楼住几天吧。"但是想到夜晚的土楼只剩下自己一家,难免显得孤寂,便放弃这个念头。欣昱知道,过去的日子一去不复返。

欣昱觉得弟弟的童年有些可怜,因为弟弟他只能住在自家新建的小楼里,而不是生活在整个家族居住在一起的土楼。每天都是自己一个人,而她在弟弟的这个年纪,可以在土楼里到处乱跑,拥有被"放养"但又无拘无束的童年。

土楼里的生活,总是多姿多彩,尤其是过节时,就更加热闹。关于在土楼庆祝过的节日,欣昱欢欣地和我讲述着:"我们村每年过年,都有一个习惯叫绕村,会打鼓,敲锣,到每一家门口,或者甚至跑到你家里面,你一定要放鞭炮才能走。这个敲锣打鼓的人是村里谁都可以。我每年都去敲,就特别热闹。这些东西其实是旅游时看不到的,也不能感受到的。"

关于土楼,有太多的温暖记忆,相较于现代化的小楼,欣昱更怀念在土楼里的生活。

土楼的现代生活

"在开发民宿以前一直在外面做生意,海南、广东都去过。后来儿子说,妈你在外面这么辛苦,家里还有土楼,不如直接把这边开发一下。"在通风舒畅的土楼门旁,一位中年女士正在拿着账单和算盘,计算土楼民宿的营收情况。她家的土楼位于漳州市南靖县云水谣,名为福兴楼,是其丈夫祖辈传下来的家产。

十年前,读大学的儿子发现土楼身上的商机,并在大学毕业后和同村的人共同开发家里的福兴楼。他们将楼内空房改造为民宿,同时作为美术写生基地,售卖生态农产,村中后山有土地,开发了滑草场和卡丁车项目。今年五一期间,楼内的民宿在假期前的半个月便全部租出。

简玲娟和丈夫也将自家的楼改成民宿,叫作"玲成小筑",取她和丈夫名字中的各一个字。他们一家也生活在这里,女儿上小学,婆婆则负责帮忙打理民宿生意。简玲娟的笑容和善意总能够让游客放松下来。玲成小筑的房间里有一扇小小的窗,透过窗子,可以看到对面的土楼,看到有疏有密的电线、潺潺的流水,还有翠绿的植物。

5月3日的清晨,一对年轻的情侣在退房,简玲娟的婆婆送这对情侣到大门口。简玲娟的婆婆年龄在六十岁上下,有些干瘦,皮肤也因常年的日晒而显得黝黑,客家话夹杂着有些生疏的普通话,气质淳朴平实。这对情侣和简玲娟的婆婆告别,有些留恋和不舍。

"土楼开发成景区已经十多年了,很多人之前在外面工作,现在可以回家做些小生意,很多人在这边做了民宿或者是其他旅游相关的,就能够守在家里。"同样开民宿的简阿姨这样说道。她大概五十岁,脚步轻快,言语中充满笑意。土楼的开发给当地人带来更多的就业机会,景区里的保安、导游,都是本地人。五一期间,她家的民宿已经被订完,不过游客退房后还有两三房间暂时无人入住,于是她来到停车场附近,一是享受夜间清凉,二是来招揽游客。

土楼是先人为后辈留下栖身之所,步入现代后,又给子孙创造了就业机会和致富的更多可能。

云水谣,原名长教村,村中有幽长古道、百年老榕以及星罗棋布的土楼。2006年上映的电影《云水谣》曾在此取景。该片播出后,长教村改名云水谣。

这样美好的名字，也为更多的游客所知悉。不过，影片中的美好静谧似乎和现实还有一定的差距。

云水谣景区的古栈道和水车（高宏雨摄）

"没到土楼之前，'大鱼海棠'是我关于土楼的全部想像。"在来到云水谣前，游客夏雯用"圆形堡垒""亲密的邻里关系""夜晚梦幻的感觉"这样的词汇来描述云水谣。"土楼还是那个样子，但是人有了变化。他们对土楼的商业化运作十分熟练。（当地居民）让人们付费进去参观，而不是当作一个自己居住的地方。"夏雯住在厦门，从厦门到漳州南靖，坐火车只需四十二分钟。提及去云水谣的旅游经历和感受，她有些惋惜，这样一个富有历史和人文气息的古村落并未向世人展现它本原的美。

进入云水谣较为知名的怀远楼内，游客摩肩接踵，导游用扩音器向随行的游客介绍怀远楼的历史和耕读传家的家风。入口处显眼的地方放置着标有"为不打扰土楼内居民生活，请勿使用扩音器"字样的标志牌。在云水谣知名景点水车与大榕树旁边，是鳞次栉比的店铺，吸引着如织游人。溪边的小桥，在夜晚架起小吃摊，有全国各个景区内都可见的长沙臭豆腐、周黑鸭、烤冷面、棉花糖等各种小吃。溪水边，人们点燃俗称"仙女棒"的钨丝烟花，火树银花中，倒有别样的情致。深夜，大自然的声音涌现，喧嚣归于沉寂。如世外仙源又如闹市喧嚣，既出世又入世，既厚重又飘浮，就像它从"长教村"化身为"云水谣"，仿佛有两种面孔，乡土的一面和商业化的一面，还未能较好地融合。

商业化，是很多旅游景点被开发后的"必经之路"。不论是漳州的云水谣，还是永定初溪的土楼群，都面临这样的状况。

云水谣景区的小吃摊（高宏雨摄）

为溪边放烟花的游客（高宏雨摄）

五一期间的怀远楼（高宏雨摄）

关于土楼：在历史与希望之间

在成家之前，父亲住在欣昱外婆家的土楼里。如今部分被开发土楼的承包公司租去当办公场所。承包公司开发土楼时，为强调客家人团结友善的传统，便改造了土楼的构造。原来的楼梯只通到每一户的家里，作为独立楼梯使用，每家每户自成小天地，互不打扰。改建后，楼梯直通走廊，现在每层楼畅通无阻。就像欣昱所说："出去是走廊，进去是卧室。原来有私密的空间，现在全部公开，走到这里就能敲人家的门。"承包公司并不了解土楼的构造和使用情况。改造过后，土楼的隐私性被破坏。

"商业化确实会导致很多东西流失。所以要把握那个度。要发展，商业化不可避免，但是太多了就真的只变成楼，它其实不仅仅是楼。"不只是土楼，商业化的开发与当地自身文化的流失，是很多景区共同面临的问题。

作为生活在土楼多年的客家人，欣昱还是怀念大家在一起，相互扶持但却亲疏有度的生活。

对于土楼的改变，欣昱有些怅然若失。她顿了一会儿，对我说："商业化的问题，其实就是你要不要保护那个东西的问题，但是通过改变它的方式去保护它。你保护的东西，不再是它本身，你愿意去保护它吗？"

它们正在消失

景区里的土楼能得到修缮和观赏，但在人们视线以外，还有大量土楼，未被发现与保护，最终接受湮灭于历史河流中的命运。

永定政府官网的数据显示：2008年，"六群四楼"共四十六座福建土楼被列入联合国世界文化遗产名录，仅占土楼总数的1.5%，尚有大量的未列入世界文化遗产的土楼需要得到保护和活态利用。

"近几年，在我的观察中，古村逐渐消失，比十年前的速度更快了，特别是那些还住着一两个老人的土楼，危机重重。"2020年10月27日，黄惜礼拍摄了一期名为"面临消失的客家古村"的视频，他如是感慨到。

黄惜礼是八五后，出生于广西，现定居于福建，从事律师工作，闲暇时间拍摄古建。常年在外拍摄，他的皮肤被晒得黝黑，视频中的他普通话不是很标准，但是每探访一座新土楼，他都会在土楼前讲解楼的历史、楼里的人家。2009—2021年，从骑山地自行车到摩托车，他探访了福建诸多村落和土楼。

到 2018 年,他去过的土楼已有一万余座。主要集中在龙岩市永定区和漳州市南靖县。

黄惜礼与当地村民,左一为黄惜礼(黄惜礼供图)

2017 年,黄惜礼创办西里公众号,专注福建土楼与本地人文资讯领域。公众号里的简介写道:"这是一个窗口……因为内心喜欢古建,大学就抽空骑自行车到各个地方拍摄古建。因为看到福建圆形的土楼,所以就前往福建,当时没想到土楼那么多,因此原拍摄计划也被拉长,就这样在福建从 2016 年拍到 2020 年。"五年间,上百部视频,他用自己的方式,让人们透过这个"窗口",看见土楼。他的公众号视频阅读量从几百到几万不等,每周都保持着一定的产出量。视频里的他,很像一位朴实的老友,向关注他的人分享自己的所见所闻所感。土楼的数量日益减少,也给他的拍摄带来紧迫感。

在黄惜礼的观察中,火灾和无人居住是土楼逐渐消失的主要原因。

火灾近些年才频繁发生,因为居住的人越来越少,留在土楼的,大多是老人,发生火灾后要灭火,自然力不从心。土楼以木质结构为主,在福建农村,烧柴仍然是当地村民煮饭的主要方式。土楼一处着火,就有可能整栋被毁。在黄惜礼曾经走访过的土楼中,除却成为景区的土楼,其他大部分土楼并未配备灭火器等消防器材。他曾经去过龙岩永定高头乡的顺源楼,因其整体建筑形态呈不规则五边形,也被称为五角楼。2018年12月27日,顺源楼发生火灾,整栋楼已被烧毁。黄惜礼曾驻足于顺源楼前,拍了很多照片。黄惜礼的视频中提及毁于火灾的顺源楼,难以掩抑失落的情绪。

2020年,黄惜礼花了几个月的时间,探访福建农村。他去了很多地方,五百多人的村子,走了近三个小时,只碰到五个人。他做了个大致的统计,在西里公众号上千人的留言中,出现频率很高的内容是:闽西好多客家人居住的地方,空壳化和荒芜化严重。被列入保护名录进而被开发为景区的土楼,能够为村民提供工作以及开民宿等致富渠道。而未被列入保护名录的土楼,生活其中人们只能到城市里谋生,那是他们最好的选择。

"越没人住,倒塌越快。就算维护又能怎么样。如果可以选择住新房子,绝大多数人会愿意的。"在土楼里安装抽水马桶和淋浴间、电视机等现代化生活设施,并不是什么难事。不过,生活在那里的人们,对于居所有不同的选择,也无可厚非。

土楼没人住,更主要的原因是农村空心化,年轻人更愿意生活在城市。土楼和居住在其中多年的老人一样,在家乡留守。没有人长期居住,周围长满荒草。倒塌,似乎是必然的命运。

"这也是时代的缩影,同时也是社会的更替,不是这个时代的土楼才面临的问题,每个时代都有的,都会有新风格的建筑代替前面的。比如说土楼,它也是上千年演变过来的,它也曾符合各个时代人们的需求。现代人没有了这样的住房需求,自然也就摒弃了。"黄惜礼这样说道。

历史与希望之间

现代建筑遗产直指两端——一端直指遥不可及的过去,它让我们看到客观的历史及其顽强的生命力;一段直指拭目以待的未来,它提醒我们要谨慎、谦卑和低姿态;但更关键的是我们得把握这个唾手可得的当下,它教会我们避免失误和更好地生活。

土楼历经遥远的过去,带给人们建筑上的美学享受,也见证祖先们筚路蓝缕,见证先辈们的敦亲睦邻、耕读传家,宛如书写在大地上的建筑诗行。而在当下,在历史的回望与对未来的希望之间,土楼路在何方?

风土的建筑应需而生,因地而建,修建它们的人最清楚如何以"此地人"的感受获得宜居。土楼路在何方,此地人最有解决之道。

林炉生是一位八〇后,他住过的陶淑楼,是福建省漳州市云霄县内龙村中最大的环形土楼。但人们陆续搬离,选择新式的楼房,住在陶淑楼的人家逐渐变少。北京师范大学毕业后,林炉生选择回到家乡,将陶淑楼改造成留守儿童的书屋。家乡的老楼重新焕发生机。

简玲娟一家选择将土楼改造为民宿,农忙时种田,旅游旺季时经营民宿。像很多村民一样,他们也用自己的善意给游客们留下种种美好的回忆。不同于景区只有千篇一律的旅游纪念品,对于外来者,这是关于土楼、关于世外桃源般的美好经历。也是对商业化的无声对抗,给游客一份有关土楼生活和土楼人家的真切感受。

欣昱的叔叔婶婶也留在土楼里,酿造有客家人特色的糯米酒。"采菊东篱下,悠然见南山",他们也养了很多鸡,做些客家人的特色小吃,没有大城市快节奏的生活压力,却也自给自足又有盈余。在欣昱眼中,婶婶是很懂生活的人,她会酿酒,还会做各种美味的小菜,糍粑、梅干菜、老鼠粄、泡鸭爪、手工板面……这些食物早已成为她舌尖上幸福的味道。虽是山肴野蔌,却也如生活一般有滋有味。

很多土楼面临倒塌的命运,而自家的土楼,她倒不非常担心。"我们那个土楼还好啦,因为我老爸是知识分子。大家慢慢有文化之后,就会发现,其实自己的根还是在那里的,所以会想办法去保护它。"欣昱的父亲是中学教师,每到土楼修缮的时候,他便组织邻居集资。还有很多像欣昱父亲这样的人,逐渐意识到土楼的珍贵,用自己的实际行动,保护祖先留下来的基业以及共同的记忆载体。

黄惜礼用镜头记录土楼与土楼人家,期望用影像留住人们记忆中温暖的楼。他拍摄那些面临倒塌命运的土楼,希望被政府注意到,及时得到修缮。黄惜礼说:"如果说要政府去保护这些土楼,还是有点难度的,因为土楼实在太多。当地村民自发去保护会更好,毕竟是自己的东西,发自内心去保护,才会变得极其珍贵,而且也更有意义,如果只靠外人,不管是挖掘故事也好,还是做项目也罢,不过是皮毛而已。土楼虽多,难保护,但村民力量更大。土楼不仅仅有建筑上的价值,它也还可以是人为的艺术,既然是艺术,那就可以让更多人通过它创造更多的可能性。"

林炉生、简玲娟、欣昱的父亲,还有黄惜礼,这样的人很多,会越来越多,他们以自己的方式保护着土楼,让土楼适应现代的生活。土楼从过去走来,带着祖先的祝福,又见证着当下人们的努力,也终将成为留给后辈的遗产。土楼,来自遥不可及的过去,有落寞,有繁华,正在消失却又被保护着,但总能带给人们生活的启示与希望。

作者手记

因为想写出好的新闻报道,便去主动认识相关的人们,查阅相关资料,去感受不同的生活。采写的过程,也是一段难忘的经历。

最开始写土楼,灵感来源于同学朋友圈转发的微信公众号,公众号中的内容为逐渐消失的土楼。这位同学从小在土楼长大,因此对土楼有深厚的情感。之前没了解过,原来我熟悉又陌生的建筑如今面临这样的境况,便产生好奇并把它当作选题。我希望写出来的报道能够言之有物,所以也前往土楼看了看。我选择前往距离土楼较近的漳州南靖云水谣。后面,我又找到写公众号的博主黄惜礼,我在他的作品下方留言,经同意后添加了他的微信,通过对他的采访,我了解到更多关于土楼的情况。只有少量被列入非遗名单的土楼才能得到较好的保护和修缮,更多的土楼面对荒废的命运。而后,我又采访了那位同学,和她分享我的土楼之旅以及感悟,进而听听她的看法。

关于土楼生活的想像,是通过在厦大读书的客家女欣昱的描述建构出来的,大家族、节日、烟火气,这些都是我这样一个来自北方文化圈的人所向往的。人们陆续离开土楼,也包括他们家,这种聚族而居的生活方式的改变难免会使人怅然若失,但这似乎成为趋势。而我也以局外人的视角,不因为求学,我也不会来到福建,去了解其文化和建筑,采访中开始我作为局外人的文化之旅。

"西里"公众号的创办者黄惜礼走过上万座土楼,他学的是法学专业,平时会做些律师工作,旅行和探访土楼占据他生活的大半。

跟从他的视角,我对土楼有了更多的了解。

行文伊始,我总想着以批判的文笔去写作。当我到了景区,看了被列为文化遗产的土楼,感觉到景区的喧嚣人流,当我置身其中,好像看到遥远的过去,但似乎看不到鲜活的现在。大多土楼如同古物一般,当地人们也大多住在更为现代的楼房里面。最开始感怀于土楼数量的减少以及过度的商业化,但当我采访从土楼民宿生意的阿姨,她和我说早年离家打工很苦,土楼变成景区之后其实是给了他们更多的商机并且能够和家人在一起,那么我想这样也是很好的吧。无论是土楼还是广东地区的围屋,都是人们为了适应自然的建筑,归根结底也是为了居住和生活。

关于报道写作,整体的文字还是有些繁琐,因为想写成深度报道,但成文之后觉得文字缺乏力量与深度,并未就某一事件与现象进行深度挖掘,更像是呈现,而因为想面面俱到,反而有些拖沓,更像是一篇通讯。我自己更加偏爱惜字如金、言简意赅的笔法,但整个写作过程好像很难收笔,总想展示更多,比如土楼的由来、土楼的现状以及可能的将来。关于土楼的流变到式微,好像用了过多的笔墨。文字还有很多需要提高的空间。

报道以土楼为线,呈现其过去、现在及可能的未来,这一过程中,我对这不同于北方的文化有了更深入的了解。风土的建筑应需而生,因地而建,那里的人们最清楚如何以"此地人"的感受获得宜居。正像我报道中呈现的那样,人们也在为保护土楼努力着并创造出更多的可能。

指导教师点评——唐次妹

这是 2021 年春"新闻编辑"课程作品。

现在的年轻人总能在网络上搜寻到感兴趣的话题和物事,包括作者对土楼的"相遇",也来自对土楼怀有深情的公众号,进而联系到公众号的创办者,又到南靖土楼现场,看到土楼的结构和生活环境,观察和采访使作者对土楼有了更深认识,掌握了更多的细节,偶遇的土楼居民维权行动让作者对当下流行的土楼开发模式产生怀疑,对生于斯长于斯的土楼居民的深入访谈让作者掌握更多鲜活的素材。这篇稿子因而得以成形。

找到有新闻价值的话题,搜集整理相关材料,对这个话题有初步的认识和判断,寻找角度和切入口,到现场观察,找到核心信源采访,整理素材加深认识,写作成稿。这就是新闻报道的基本路径,也是新闻实务课对学生的基本训练。

一则迟到的消息，一张迷路的奖状，一名过去的航天人

张欣仪

1996年，福州，一位同事走进王建宁的办公室说道："老王，你得奖啦！"

王建宁疑惑地问道："什么得奖，没这回事吧。"

"还有奖状，你说真的假的！"

"真的啊？奖状在哪？"

是啊，奖状在哪？要回答这个问题，我们先要将目光投向1958年的一个冬天。

沈阳工厂，没有手套的冬天

那是1958年，王建宁还是二十出头年轻力壮的小伙子，他刚刚从南京航空航天大学毕业，到沈阳国营四一〇厂担任技术员。

沈阳冬天天气寒冷，为方便操作机器，工人工作时不能戴手套，一名十七岁工人小孙正在生产线上忙碌地工作

她穿着一件薄外套，手上的皮肤通红肿胀，长了冻疮。

王建宁看见小孙的双手，忍不住走过去说道："小孙，你长了冻疮？冷不冷啊？"

"很冷啊！"

"那你穿得厚实点。"

"我没有条件穿得很厚实，我一个月伙食上花四块五毛，寄五块钱回家给妈妈，剩下钱不多了。"

当时小孙的工资是十八块，王建宁作为见习技术员工资是四十六块。

那天刚好是发工资的日子，王建宁口袋里还有四十六块，他对小孙说道："小孙，我拿二十块借给你，我还剩下二十六块，比你十八块要多得多。"

"用这钱干啥？"

"你去买一些厚实的棉毛衫棉毛裤穿在里面，再买点毛线，织个毛衣和毛背心吧。"

"不行不行，我不能用你的钱！"

"我借给你好不好。"

王建宁知道，如果这钱直接送出去，小孙是不会收的，但他嘴上说是借，实际上也没想要她还。

过来了三天，小孙找到王建宁跟他说，她已经买了一套棉毛衫棉毛裤，花两块多，还寄了五块给她妈妈过生日，一共花不到八块，剩下十二块要还给他。

王建宁没收下，而是让她继续保留这笔钱。

当王建宁退休后，在两人一次通话中，小孙还提到这件事，她说："小王，我还有二十块没还给你呢！"

王建宁像小孩子一样笑起来，他笑着说道："这是无产阶级的友情！"

当年的知识分子深入实践，和工农紧密结合，潜移默化中，理论和实践相结合的种子就在他们心底开了花。

美国工厂，寻找燃料泵

三年后，1961年，王建宁被调入成都国营一三二厂任高级工程师。

成都国营一三二厂共有三万多名员工，其中工程技术人员就有两千多人，直属中央，实力雄厚。

为了节省成本，波音公司对发动机等核心技术予以保密，只把加工零件等任务对外承办。

凭借出众的技术水平，1976年成都国营一三二厂承包了美国波音公司飞机的一批零件制造，派出一批研究人员前往美国考察波音公司的需求，王建宁是其中之一。

1970年代时，国内的火箭燃料泵的设计一直有问题。

中国的燃料泵大多都是向苏联购买，中国无法自主生产。

但苏联对中国也有所限制，不把最先进的燃料泵卖给中国，这阻碍了中国军工技术的进步，王建宁想借着这次机会把这个问题解决掉。

中国的研究人员抵达美国，深入工厂生产线和设计单位，考察零件的加工需求。

美国工厂的生产线和设计单位的各个角落布满摄像头，时时监控着这批来自中国的技术人员，不许他们靠近生产线十米之内。

一旦跨越红线，哪怕仅一步，马上会被专门人员带走，下一步就是遣送回国。

生产线上，先进精密的高端设备在流水作业，王建宁在这里的每一步都走得小心翼翼。

王建宁知道，火箭的燃料泵是特殊、先进、大流量，加压时要加到五十个的大气压压力，相当于五百米高的水柱的压力，但泵体又不能很大。

王建宁以此为基础，在心里勾画出燃料泵的大致形状。

终于，在访美二十天行程中的最后几天，他敏锐地在生产线上发现一个类似燃料泵的器件。

美国人不让他靠近，隔着十米，他远远地看着，表面上假装若无其事，心里却十分紧张。

美国人从他身边不断经过，咚咚咚，黑色的皮鞋踏在锃亮的地板上，咚咚咚，王建宁的心脏激烈地跳动着。

他用眼睛牢记燃料泵的结构，观察加工过程，评估尺寸，估计大小。

看一次不够，他抓紧机会又看第二次、第三次，确保脑子里有深刻的印象。

回到落脚点后，因为害怕美国的监控，王建宁不敢画出草图，等回国再进行设计工作。

中国工厂，自主研发

"燃料泵是一个工业的小产品，但对火箭至关重要。"王建宁感慨道。

王建宁介绍说，一个总重量是三百五十吨的火箭，外壳大概有一百吨，剩下的一百五十吨是燃料。

如果火箭明早发射，今天就要把燃料灌满，所以相当于燃料泵要在二十四小时内输送一百五十吨的燃料，可谓任务艰巨。

1976年的美国之旅启发了王建宁关于燃料泵设计的灵感，回国后，单位组建了由王建宁担任小组长的八人小组，负责设计西昌卫星发射中心长征二号运载火箭的燃料泵。

经过几十次反复的实验，一天就要实验两三次，在实验的基础上，不断改进燃料泵设计尺寸、结构、形状，有时单单一天就进行了七八十次的改进。

改进之后，零件需要重新加工，王建宁必须到加工现场，考察零件是否能达到预想的结构和尺寸。

再用新的零件，进行重新实验。实验不是在火箭上进行的，是在平面台的实验仪器上进行。

整整两年，实验、改进、加工、再实验、再改进、再加工……日复一日地重复这样的工作。

"当时非常之艰难，我们日以继夜。"王建宁回忆说。

计算工作量巨大，1970年代末计算机还没在工业上推广开来，都靠人脑计算，白纸黑字地写下一串串数字。一大二十四小时，王建宁他们的睡眠时间只有三五个小时，常常是耳朵刚一沾到枕头，王建宁就睡着了，衣服都来不及换，三五个小时后起来，再直接奔赴研究岗位。

"理论要和实践相结合"，这是王建宁最常说的一句话。燃料泵的设计是理论与实践的结合，是真正落到实地的产品。

团队中有五人来自航空院校的优秀毕业生，分别来自北京航空航天大学、西北工业大学、南京航空航天大学，还有三人是来自西昌卫星发射台上的高级技术人员。

凭借丰富的实地经验，技术人员为研究人员提出实用性极强的建议，用发射火箭多年的经验帮助分析实验数据。

王建宁和团队还时常前往西昌卫星发射基地，了解火箭结构情况。

这一群年轻人热情高涨，气势高昂，两年的时光，全身心地投入这项工作里。

西昌基地，发射火箭的绝密之旅

1975年，作为燃料泵设计组长，王建宁来到西昌卫星发射中心参与长征二号火箭的发射工作，这次出行绝对保密，和家人说是出差。

控制室里，深黄色的地板由绝缘材料制成，一眼望去是密密麻麻的仪器，控制屏上显示着一条条轨迹，那是长征二号火箭的。

七十多个的技术人员坐在各自岗位上严阵以待，从开始发射到发射结束，每位技术人员要目不转睛地盯着控制屏长达半个小时以上。

平面型控制台采用浅灰色，浅灰色是保护色，有利于缓解技术人员眼睛的疲惫。

"不能一劳永逸就成功。忠于职守就是，你这个螺丝钉拧在哪里，你就在哪里发挥作用。"

这不是王建宁第一次参与发射工作，只不过之前的发射都失败了。

就算发射失败，哪里出问题也绝对保密，技术人员之间不会相互询问数据情况，他们的职责就是做好自己的部分。

每个人观察一小部分，每个人控制一小部分。

火箭发射是系统工程，每个人在自己岗位上默默努力，成功了不能张扬，失败了也不能透露，总工程师负责掌握这个系统的检修与顺利运行。

"过去要凭数据说话。"

过去不比现在，现在凭借高端科技，哪怕没有这些显示屏和仪器，也能掌握整个飞行的过程。

过去要凭数据说话，而数据由人观测得出。

每个人必须做好自己眼前的工作，连余光都舍不得分出，而是用来看左右的仪表和不同的显示屏。

技术人员靠肉眼观察屏幕上的数据，得出火箭进入轨道的角度，运行速度等等。

不同地区的观测站，大海上的测量船，控制室的数据显示，长征二号火箭已经进入轨道！发射终于成功！这次发射，将中国第一颗返回式卫星送入预定轨道。

长征二号（CZ-2）是我国运载火箭的基础型号，用于发射低轨道重型返回式卫星。

它的成功发射，使我国成为世界上第三个掌握航天返回技术和航天遥感技术的国家，这对加强我国国防力量，发展国民经济具有重要意义。

一则迟到的消息，一张迷路的奖状

  1982年，新闻联播上公布"两弹一星"一等功获奖者名单，分别是钱学森、邓稼先、于敏等八人，他们站在颁奖台上，接受颁奖。
  电视上仅仅是几十秒的转播，但他们在背后付出几十年的心血啊！
  两弹一星一等功8人，二等功18人，三等功106人。共计132名人才，132张奖状。
  王建宁是其中一员，因为长征二号运载火箭燃料泵设计做出重大贡献，荣获"两弹一星"三等功。
  但由于人事调动，消息的传达被延误了，直到1996年，十四年后，王建宁才知晓这一则迟到的消息，但那张奖状却在不同人的转手中，在岁月的时光中迷路了。
  王建宁最终没亲眼看见过自己的奖状。
  132张奖状背后是几十年如一日的辛劳，那些流下的汗水，是多少张迟到的奖状都无法抹去的。
  采访的最后，王建宁说了一句："祖国没有忘记我。"

作者手记

  这篇文章的灵感来自历史课堂上同学播放的自制纪录片里提及的福建航天事业人，他就是曾经在西昌卫星发射中心工作，因参与长征二号火箭发射工作而荣获国家"两弹一星"三等功的国家级工程师王建宁，他正好和我还是福建同乡。可能是出于对中国航天事业的梦想和憧憬，出于对中国"两弹一星"人物的敬仰，我便兴致冲冲地与他取得联系。
  与王老约定采访时间的过程颇复杂，有时因为他家里临时有事情，或者是他个人行程有变化，几次约定好采访都临时取消，虽然过程有些周折有点沮丧，但王老每次都会勉励和主动提出另约采访时间，经过不懈努力，顺利完成采访任务。

由于年代比较久远，采访中花费大量时间和精力，通过一点一滴的记忆碎片唤醒和新闻线索梳理，我努力地帮助王老回忆过往，追寻历史再现当时场景；通过王老保存下来的珍贵的日记手稿和照片图纸等工作内容和历史物品，重构了当年那让举国上下为之自豪骄傲和激动人心的历史时刻，1975年11月26日王老参与研制的由长征二号运载火箭首次发射卫星成功，将中国第一颗返回式卫星送入预定轨道，第一次实现人造卫星"收放自如"的航天科技，通过采访再次呈现参与此次工作的航天人的真实的内心感受和参与研发运载火箭燃料泵过程的心情写照。

采访和写作的时候，我的内心也比较激动和兴奋，由于采访素材比较丰富，内容也相对新颖，所以对于细节上问题就不是很在意，为了突显人物性格和真实经历，文章结构上前后调整多次，最后决定以那张没有抵达他手中的奖状为线索，按时间顺序串起王老二十五年的航空事业，回顾那个时代的航天科技工作者的成就与人格魅力。特别值得一提的是，在采访过程中，作为长征二号运载火箭燃料泵的主要设计人员，王老在回忆过往和叙述当时工作经历时，总是把国家的荣耀和团队的成就放在前面和第一位，他那种谦和朴实与平易近人的笑容更加彰显出老一辈航天人身上那种矢志报效祖国的时代烙印和使命情怀，就如我在文中所写的，我们没忘记他们的名字，祖国也没忘记他们在航天事业中付出的辛苦和做出的贡献，我们更记住他们的不计名利与责任情怀，这种航天精神也将照亮新时代大学生砥砺前行、不忘初心，不断探索人生中前进的道路。

指导教师点评——唐次妹

张欣仪这篇稿子是大学生返乡调查的获奖作品，选题重大，主人公投身并把一辈子奉献给中国航空航天事业,虽已退休,但那代人身上蕴含的历史感、那代人的使命感,那代人的牺牲精神都可歌可泣。文中的主人公王建宁曾做出卓越贡献,更值得书写。

采访难点是激活老人的记忆,抓住其中的精彩瞬间。显然作者花了很多心思在帮助老人回忆上。

蒙尘的"莆田鞋"标签,未来待被擦亮

邹雨欣

"dbq,打扰了,小范小号!"小范打开通讯录,向一个个好友发出申请。发完申请,小范还编辑了一条朋友圈动态,用几行字加表情包的方式来补充这条语焉不详的好友申请:"小范迫于生计最近开始卖鞋了,然后这个号主要是用来打广告 der……所以小范就加了大家……"好友申请一通过,小范立马在对话框里甩上一个卖鞋的群链接,再没有文字交流。加好友,甩链接,小范不断地重复这一系列动作。

小范是在大二的时候开始做微商卖鞋的,就读法学专业的她想赚一点生活费减轻家里负担。小范进每双鞋的成本大概 200 块钱,通过中间差价挣利润,每双可以赚个 10~50 元的差价。

"身边有挺多的亲戚朋友也在做,能讨教到很多经验,了解到很多货源。"小范头也不抬,一边发消息一边补充道。正如小范所说,在莆田,有不少人和她一样,选择做微商卖鞋,"莆田每家都多多少少会有人做这个啊"。莆田这座城市早已与"莆田鞋""假鞋之都"紧密相连,这些称谓已成为独属它的城市标签。

"莆田鞋"标签后的产业链

刚开始起步的时候,小范和别人谈生意完全不知道对方说什么,总有人要求她把发货地写成其他地方,问她怎么批发进货,这些操作比她认为的单纯卖鞋要复杂得多。如今莆田假鞋的生产销售已形成服务齐全的产业链条:A 货、超 A 货、真标货、爆真货、高仿鞋一应俱全,实体店、网店、微信朋友圈,各种渠道都可以销售供货。从产制假鞋、假收据,教授淘宝、开微商开店培训班到实名

蒙尘的"莆田鞋"标签，未来待被擦亮

电话卡销售、电商店铺拍图服务、代收快递发货、去制假工厂运输假货等均提供一条龙服务。不管是主营业务还是配套服务，都齐全地囊括在这条产业之中。

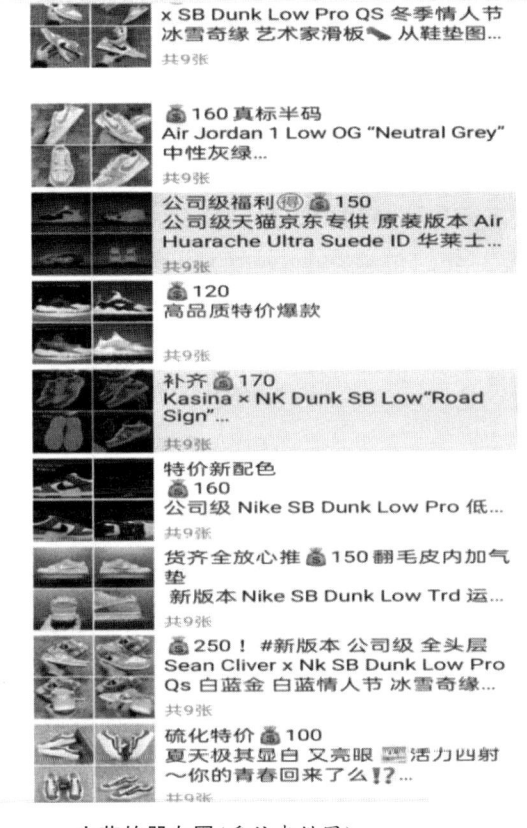

小范的朋友圈（受访者供图）

这样完整的产业链不是一蹴而就的，早在20世纪80年代，莆田凭借地理位置和廉价的劳动力，成为台资制鞋及名牌代工企业迁驻内地的登陆点。紧接着，以耐克为代表的一大批国外品牌进驻莆田，开设代工厂，由此开始，制鞋业成为当地的支柱产业。90年代，随着国家经济的飞速发展，人工成本变高，物料成本上升，于是这些大牌代工厂选择迁厂，瞄准拥有低廉劳动力的东南亚地区。面对订单有限的窘境，莆田人希望获得更大利润空间。在延续之前的代工厂角色之外，一批新兴鞋厂尝试模仿耐克等品牌的正品，通过贿赂正品工厂的员工，盗窃样品或图纸，再借助市场上低廉的原料和人工成本自行生产仿冒品，莆田的假鞋产业顺势而生。

103

"如果你穿的鞋一年就开胶了,那就是正版的,如果一年还没有开胶,那可能就是莆田鞋了。"这虽是一句戏谑,但也从侧面反映出如今莆田鞋的质量之好足能"以假乱真",拥有成熟制鞋技术的莆田曾多次试图创立自主品牌,结果却不了了之。其中一个重要原因是巨大的消费者市场,消费者愿意为"莆田假鞋"买单,用低价买品牌。

打开购物软件,一家莆田鞋网店的总销量居高不下,热门款式可以达到月销量900+的水平。月销量数字背后更重要的是消费者的留言——"没想到这个上脚脚感跟之前去实体店的试穿的脚感一模一样","这次真是见识了莆田鞋的厉害,完全一样的包装完全一样的鞋子外观细节"。对普通消费者来说,他们用便宜的价格买到类似的质量体验,是理性经济人假设的直接体现。加之炒鞋二级市场定价随意,品牌本身的营销溢价与部分消费者的虚荣心理,让买假鞋成为司空见惯。

软硬兼施的解决方案

买家用低价买到心仪的鞋款,卖家也通过卖鞋获得利润,看似默契、达成共识的贸易往来犹如在悬崖高空走钢丝,一旦被举报查处,就会坠入违法的深渊。"其实我也是学法的,知道卖假鞋是违法的,但是太多人都做了,政府要抓怎么可能抓得过来啊",小范笑一笑,打开浏览器搜索相关法条:根据《中华人民共和国产品质量法》第五十三条,伪造产品产地的将被没收产品并处罚金;根据《中华人民共和国刑法》第二百一十四条规定,销售明知是假冒注册商标的商品将处有期徒刑或者拘役,并处罚金。

法律的制定是对品牌与知识产权的保护,更是推动自主品牌研发的巨大推力。与莆田相比,同样曾是"代工厂"的泉州已经拥有众多自主鞋履品牌——安踏、特步……这些品牌已经不仅仅是地方品牌,而是升格为民族品牌。在人们对民族品牌拥有高度认同感的今天,早已拥有品牌的泉州鞋业正备好武装站在发展的风口,而莆田还在苦苦收集制作装备的材料。

"原来抓人那就只是走个过场,抓进去训训话罚个几万就能出来,几万块吗,对他们来说算个什么",阿霞的声音从前方的驾驶座传来。如果说小范代表这条产业链的上游,那阿霞就是这条产业链的下游,一个忠实的"莆田鞋"消费者。作为全职的家庭主妇,她经常会在朋友圈秀孩子买的鞋,"不过这两年不一样了,之前朋友圈有个微商做得比较大,就被关进去了好多年"。

鞋业是莆田市的传统优势产业、支柱产业、民生产业,据中国财富网报道,2020年莆田全市制鞋12.6亿双,从业人员50余万人。事实上,莆田政府对于制售假运动鞋的查处从未停止过,近年来更是重拳出击运动鞋制售假违法行为,决心规范鞋业市场经营秩序。

莆田市公安局公布的资料显示,2016年5月,莆田市公安局打掉四家黑鞋厂,总案值高达千万;2020年12月份起,莆田市公安局部署开展打击运动鞋制售假保护知识产权专项行动。采取专项行动以来,全市公安机关共立刑事案件30起,刑拘33人,移送市场监管局68人,查处各类涉假窝点共62处,查扣仿冒运动鞋及材料近32万件,涉案金额近3亿余元,冻结涉案账户资金300万余元。

一边是全链条的打击和监管,一边是极力扶持本地鞋业品牌的政策。据《湄洲日报》报道,2021年莆田市政府出台《加快鞋业高质量发展十大措施》,整合公共研发、设计、交易、展示、物流配送、供应链等要素,做强鞋业产业服务平台,加强公共赋能建设,构建产业生态圈。这不是莆田市政府第一次提出要大力扶持鞋业进行高质量发展。早在2017年,莆田市就与阿里巴巴合作,把品质好的自创品牌企业列入阿里的"中国质造"平台,玩觅、双驰都是入驻此平台的莆田品牌。

"高仿"的自主品牌

"你听说过玩觅和双驰吗?"车子停在十字路口的红灯前,阿霞表示从没听说过:"双驰是加工口罩的吗?"显然,这两个品牌,阿霞闻所未闻。

打开玩觅的线上官方旗舰店,销量排名第一的产品月销量是300+,与之前那家月销量1 000+的莆田"椰子"网店相比,销量存在明显差距。品牌需要找准定位,品牌产品需要设计,还有重要的营销推广……显然政府提出的措施——树立一个全新的品牌,并非一朝一夕就能完成的。尽管在全国鞋业市场上的发言权不大,但玩觅和双驰已经算是当地比较成熟的品牌,当地很多人对于品牌打造还停留在简单的法律层面,只要能成功注册独立商标就算品牌。

乘着阿霞的车来到莆田市安福电商城，随处可见贴着的"诚信经营""保护知识产权"标语。莆田市安福电商城曾是假鞋的重要交易地点，为了躲避执法部门的监管，人们夜出昼息，往往选择在晚上骑着摩托车来进行线下交易。阿霞每天晚上都会开车来到电商城附近，她的女儿就读于莆田三中，毗邻电商城。阿霞过去常常趁着等女儿的空隙来取鞋。为了躲避城管，微商会和阿霞约好时间地点，微商骑着摩托车经过，把鞋扔在约定的地点，阿霞立马捡起来。交易过程一气呵成，摩托车呼啸而过，只留下从前方传来的喇叭声。随着执法力度的加强，这里的晚上已经寂静很久，早已不是人们口中热闹非凡的"鬼市"。

据东南网报道，自安福电商城创建国家电子商务示范基地以来，列入统计的规模电商企业数量不断壮大，2016年共纳入统计的规模电商企业达125家，累计实现销售额119.87亿元，同比增长28.63%，年销售额超亿元企业35家，千万元以上企业114家。如今的安福电商城已是品牌汇聚，经营国内外品牌500多个，入驻国际一线品牌10多个，自主品牌100多个，其中有6家企业成功成为福建省著名商标，15个自主品牌获得市级知名商标称号。

可来到安福城就会发现，这些所谓知名商标企业让人轻而易举地联想到其他品牌，"纽巴伦""New bannuao"仿佛只要把那些出名的国际品牌翻译成中文，或者添几个英文字母就能拿去申请商标，打造所谓的自主品牌。

一些打着擦边球的"自主品牌"（邹雨欣摄）

防不住的失业，禁不完的线上交易

还未等到新的品牌创造就业岗位，就已经先有一堆从事假鞋产业的人面临失业的危机。"哎呀，一边说要扶持品牌，结果品牌还没扶持起来，人倒是都没工作了，好多莆田人待在家里都不知道干什么了"，阿霞摇摇头，她不理解这样的解决措施，在她看来，政府提倡建立自主品牌的想法实在不切实际。比起还未出现的莆田鞋业品牌，她切身感受到的是失业问题。

品牌的建立路漫漫其修远兮，线上交易假鞋的行为更是屡禁不止。作者和小范的聊天框里不停地弹出新信息："上次忘说了，我这个进货都是顾客下订单，我再去进，一般都是学生找我进货，你要是有需要的话可以直接和我说，像我们这种关系好的我就不收差价了。"像小范这样普通的线上卖方还有千千万，面对小散杂的线上微商平台，全链条的打击与监管像是遇到天敌。

比起假鞋市场的巨大消费需求和人们逐利的天性，无论是行政监管还是法律惩治，都无济于事，似乎只有从根本上改变消费者的意识，才能慢慢擦亮"莆田制造"的旧标签。坐在驾驶座上的阿霞像是想起有趣的事情，带着笑意转过头来："不过上次听说莆田市市长还专门为莆田鞋带货，那个什么新疆棉事件，他还专门录了个视频说什么他也支持新疆棉呢，最近不是还向社会各界人士征集莆田鞋业商标吗，我看到好多营销号都发了呢。"乘着等红灯的期间，阿霞分享了一个文章链接："其实啊，政府这几年的确已经做了很多了，被人笑，也是另一种出名的方式了，还得靠年轻人啊，年轻人……"阿霞话还没说完，十字路口的红灯转绿，阿霞重新转身回去，把车向前开去，开向远方的车流里。

作者手记

文中人物均为化名。

作为莆田人，每当看到关于"莆田鞋"的新闻报道时，我都是五味杂陈。这次有机会从财经新闻的方式,以记者身份记录莆田鞋的发展历程,让我对这个产业除了有感性的情感外,更增添了理性客观的认知:了解了整个产业的历史渊源,带来的就业机会,政府的监管措施以及未来的发展方向……也希望这篇作品能让人们对"莆田鞋"这个标签有更加全面甚至是全新的认识。

指导教师点评——唐次妹

邹雨欣同学关注自己家乡"莆田鞋"的变化,选择做一篇财经新闻报道,从小处入手,深入采访,同时查找相关的数据和背景资料进行分析,报道思路清晰,小处落笔,向大处开拓,引导读者从个别到一般,从感性到理性地了解新闻事实。报道中,直接引语和间接引语选取生动,细节描写细致,能够再现人物、现场和事件的精彩片段。报道如果能再增加莆田相关监管部门的采访会更好些。

范敬宜曾说过:"我一直主张,写经济建设、经济生活的变化,一定要着眼于那种静悄悄发生的,不为人们注意的,但一经点破之后会使人恍然大悟的事情。"[1]对于学生而言,留心发现周围生活的财经现象,是书写新闻作品的重要来源。

---

[1] 范敬宜:《总编辑手记》,人民日报出版社1998年版,第101页。

走过寒冬，梧桐花开在绿色矿山
——贵煤转型发展在路上

余盈洁

从贵阳出发，沿沪昆高速往东行驶大约两小时，就进入黔南布依族苗族自治州下辖的福泉市地界。再行四十分钟山路，便来到地松镇干塘边煤矿厂——这是老孟三个月前联系到的新工作单位，也是他自2007年来贵州后进入的第七个煤矿厂。

比起从前偏远、脏乱的矿厂，干塘边煤矿厂是他从业以来环境条件最好的一个：入山一路水泥路开阔，水田映照夕阳余晖，村寨依山傍水。更让人惊叹的，是那满山开满的紫色梧桐花，直到入矿都未有颓败之势，在雾气中若隐若现，恍若仙境。

干塘边煤矿场外的风景（余盈洁摄）

老孟最开始是在遵义很偏远的煤矿做安全生产工作——那时，从山里的工厂去最近的镇要开一个小时的车。做了四五年后，他又进过毕节、兴仁、六盘水等贵州各地的煤矿，待的时间一次比一次短。据他回忆，最短是在前年政策最紧张的时候:"环境差到都不知道怎么吃饭、睡觉、洗澡,工资现在还没要回来,两个月不到就带着人(工友)回老家了。现在这个矿环境好,开车二十分钟就到牛场镇,能赶得上一个县大……"

2008年遵义市三合镇三层煤矿正在玩耍的小孩(余盈洁摄)

干塘边煤矿,对于经历许多乱象、被行业和政策裹挟奔波的老孟来说,无疑是一个很好的落脚点。谈起这个行业,他更多是对自己十多年艰辛起落的感慨;但背后折射的,却是整个贵州煤炭工业从狂欢到沉寂,而后进行结构优化和转型升级的历程。

在西南煤海,"每天像在刀剑上赚钱"

2002—2011年,不仅是贵煤,更是整个煤炭业的狂欢时代。

我国宏观经济高速增长,对煤炭的需求大幅增加,煤炭产量从2002年的13.8亿吨大增到2011年的35.2亿吨。随之而来的是煤炭价格大涨,电煤到场标价从2004年的357元增长到2011年的866元,全行业利润从2002年的23亿元增长到2011年的3 246亿元。

在此行情下,煤炭投资大幅增加,煤源丰富之地成为许多务工人员的首选。贵州是南方煤炭资源最丰富的省区,含煤面积占总面积40%,素以"西南煤海"著称。贵州地区煤炭生产量则从2005年的0.5亿吨达到2011年1.56

亿吨，采选业投资从 2000 年的 5.31 亿元大幅增长至 2011 年的 359.97 亿元，仅次于山西、内蒙古、陕西。

当时还在老家的小孟，跟着煤矿里的"师傅"，随大流来到贵州，一晃十四年，成了吸着烟尘、染满煤灰的老孟。流浪孤苦是月上蕉窗，贵州山林成为第二故乡。

煤矿业的迅猛发展对我国经济增长有不可替代的作用，但狂欢却掩盖了行业高歌猛进背后的诸多矛盾——无序投资，盲目扩张，环境污染，与百姓抢占土地资源，企业管理滑坡等乱象随之而来。当被问及最有感触的矿业乱象时，老孟脱口而出"安全问题"。

狂欢时代，效益最好的十年，也是煤矿工业安全事故发生率最高的十年。《中国煤炭工业年鉴》和《贵州统计年鉴》公开数据显示，2004—2011 年，贵煤矿难死亡共计 4 514 人，其中 2004 年有 894 人罹难，一次死亡 10 人以上事故 8 起，远超其他所有省份。真实情况更令人唏嘘——这些数据背后，还藏着许多瞒报、谎报情况。

每一处矿场水泥墙上张贴的红色"平平安安上班"标语不再是祝福和提醒，反而成为死神的玩笑话。"每天像在刀剑上赚钱，见过不少爹妈哭、老婆哭、孩子哭的，最小的十来岁，也不知道哪天就轮到自己了。"老孟说完这句话后继续往矿场深处走去，一时沉默，身后黄色大铲车上的师傅还在大声招呼"孟矿"，笑声随着紫色梧桐花散入山风。

干塘边煤厂中正在运作的铲车与工人（余盈洁摄）

除了安全问题外，煤矿产业的利润空间刺激大小企业无序入行，最终使得许多矿企大幅举债、盲目扩张。煤炭业失去理性，陷入狂热，产业发展忽视科学和内涵。"一煤独大"的格局，也使相关企业错过替代产业的发展机会，丧失依托煤炭产业转型发展的重要机遇。

最终,气球胀气爆破行舟超载沉没。十年狂欢迎来终点,煤矿产业进入漫长的四年寒冬。产能过剩、煤价下跌造成行业大面积亏损,企业长期拖欠工资,失业、待业、转业的煤矿职工不计其数,造成不可挽回的民生之痛。老孟也自此开始他的"讨债""跳槽"生涯,踏上"再次讨债"的漫漫长路。

艰难相交的转型之路和生计之路

随着煤矿行业的野蛮崛起,一个个大矿区开办起来。

煤矿行业发展野蛮跃进,一个个诱人的大矿区建立起来,但过度涌入的资金和劳动力却将它变成死角。随之而来的整治,又引发不可避免的转型阵痛,煤矿工人的生计之路更添困阻。

随着供给侧结构性改革和"绿水青山就是金山银山"理念的推进,贵州的煤矿业去产能,搞改革,促转型,措施由浅入深,渐成体系。但对于基数庞大的煤矿工人来说,"十分艰难"四个字并非虚言,也是煤矿经数次因整治而关闭给老孟留下的回忆。

在老孟的记忆里,他所在的贵州煤矿,除了本地人,更多的是来自四川、云南、湖北,甚至是山东、山西等地的外来矿工。与他年龄相当的"兄弟们"在山林深处的煤矿度过大半生,吃穿用度都来自这些地下宝藏,生活技能也悉数围绕着这一方世界展开。对他们而言,"产业转型""去产能"是原本听起来熟悉、但和他们相距甚远的大词,却又深刻影响他们的生产生活。

2013年,国务院办公厅《关于进一步加强煤矿安全生产工作的意见》正式出台,各地加快了煤矿行业的重组、关闭和退出工作。在贵州,省能源局加紧印发能源行业安全生产要点文件,在全省开展智能化、机械化的"两化"建设。2016年,贵州省财政厅响应党中央、国务院做出的推进煤炭、钢铁等过剩产业供给侧结构性改革战略部署,着力提高财政资金供给效率。

根据《国家生态文明试验区(贵州)实施方案》和《关于加快建设绿色矿山的实施意见》的要求,到2020年,贵州要基本形成节约高效、环境美丽、矿地和谐的绿色矿山建设新模式;而到2025年,贵州将全面实行绿色勘查,全部矿山达到绿色矿山建设标准。

"关停的矿太多了!一开始换煤矿一打电话几十个兄弟跟着我走,后面不干煤矿的也多了,拿不到钱还要养家啊。回去进厂的有,开大车的有,还有一些回去卖水果,我们这行很多人没其他本事咯。天天骂了愁,愁了骂。"

贵州干塘边煤矿厂井口(余盈洁摄)

在老孟的记忆里,最好的几个兄弟已经没几个在身边了。最早在遵义的好友阿程南下深圳,做起了和"挖煤"毫不相关的互联网科技,蒸蒸日上,偶尔通个电话;在最艰难时期一直跟着他四处跑煤矿、亲如兄弟的小斌也终于被工资拖欠压倒,回老家填了山土,种橘树,养肥鱼,逢年过节总带上过分丰厚的农产品来串门;而当初那位他万般尊敬的伯乐"师傅"亦在数十年兜兜转转与纠葛中甚少联系……

老孟也尝试过转业。在女儿中考结束那年,他飞去深圳和阿程一起做芯片公司,却跟不上互联网节奏;开车进川藏高原倒卖蔬菜,高反严重又遇上风雪,赔本回家;想过进化工厂,但又实在不甘心这份工资……兜兜转转,终究又回到最熟悉的地方。

国家整治转型,与老孟以及他身后无数矿工的生活,到底哪个更艰难,这是一个没有答案的问题。"柳暗花明又一村,这是我女儿劝我的",老孟用不标准的普通话高声念着。

梧桐又绿老矿山

与转型初期工人陷入的困境相比,贵州煤矿业整体的绿色发展则较为顺遂。2019年,贵州省自然资源厅在《贵州省露天矿山综合整治两年攻坚行动方案》的指导下,大力开展露天矿山综合整治,至今已取得积极的成效。

2020年,经矿山自评、第三方评估、实地抽查等环节后,老孟所在的干塘边煤矿厂达到安全生产、绿色生产、机械化生产标准,被成功遴选为贵州省级绿色矿山。与它在同一个名单中的,还有另外 179 处煤矿厂。

贵州干塘边煤矿长污水处理处(余盈洁摄)

在严格的政策管控之下,煤矿业产能过剩的问题也在逐步得到解决。贵州省政府官网的数据显示,贵州省 2019 年计划关闭退出煤矿 80 处、产能 1 000 万吨/年;而到了 2020 年验收时,实现煤矿退出 81 处,退出产能共计 1 266 万吨/年。整个"十三五"期间,贵州省关闭退出煤矿 477 处,淘汰落后产能 7 426 万吨,超额完成 2016 年下达的化解过剩产能 7 000 万吨的要求。

随着转型不断深入,工人们也逐渐适应绿色生产的新模式。如今,跟着老孟来到干塘边煤矿厂的十余位老乡,在新煤矿厂过得都不错。地下流出的黄色污水、光秃秃的山坳、臭水沟渐渐成为记忆,卖不出去煤、讨不回来债的情况也在渐渐好转。"不过危险始终还是有的",这是开采业不能规避的风险。但从艰难走来,他们更多的是欣慰和乐观。

煤炭网的报告《解析 2020 贵州煤炭行业总结与展望》指出,"细数 2020 年贵州煤炭行业的种种变化,不难发现,保产保供仍是今后的重点方向","在保障生产安全的前提下,推进煤炭高效利用开发,快速释放优质产能,依然是相当长一段时间内,贵州煤炭行业亟须解决的问题"。

未来的路怎么走,老孟没有想过。走到后山污水处理处时,锅炉房的大叔给了他一个大大的肉包子,老孟倚身在被处理后的绿色水池栏杆上,青山里梧桐花随风飘落,他边嚼着包子边颇带骄傲的语气指着水池:"这是我们的污水处理设施,厉不厉害?"

老孟伴随着整个煤炭行业的起起落落成长起来。而未来,正在路上。

作者手记

文中采访对象为化名。

贾樟柯曾说道:"实际上,我在重新拉开我跟城市和世界的一个距离,我回到我出发的地方,寻找构建一个新的角度去理解生活,理解我自己。"写这样一个题材是因为我的父亲和父亲的许多朋友在这个行业中,我实际并不经常关注财经话题,但"煤"却是我割舍不去、离我最近的财经话题。我想描写出在整个煤炭业二十多年起伏跌宕发展中的一群人,于我而言,这些不是一个集体名词而是让我有鲜活记忆、能叫出名字的每一个人。从黄金十年、民工涌黔,到转型之初、艰难困苦,再到如今绿色发展、朝气却也落寞。我更想聊的是他们在面临时代转型造就的鸿沟时的努力,因为我是一个"煤矿发展"实打实的受益者,国家发展与身边人生存境况让我产生矛盾。但本篇文章更多地表现国家经济转型。

指导教师点评——吴琳琳

秦牧曾在中华全国新闻工作者协会报告中谈到新闻报道要善于描绘事物变化的过程,他说:"如果一个故事把形象的部分都抽调,只剩下故事的梗概,如同白菜晒成白菜干一样,味道也就丧失了。"[①]事物变化过程之所以具认识价值和报道价值,是因为它提供的信息具有个性化的特质与典型性的特质。

余盈洁的这篇报道,结合了老孟作为煤矿工人个人经历的发展变化——与贵州煤矿转型发展,关注煤炭行业下个人的生活境况,报道生动,注重细节描写,在直接引语中体现人的真情实感,紧密结合贵州煤矿发展的大环境展开分析,小故事,体现大主题。建议在以老孟为主线的情况下,还可以增加相关的人物采访,使得针对煤矿工人这一主体在贵州煤矿转型发展中的生活变迁的报道更为丰满。

---

① 蓝鸿文等编:《中外记者经验谈》,中国人民大学出版社1983年版,第137页。

拥有两百只狗、三十只猫是种什么样的体验

张欣仪

救助工作并不像他想像中那般容易

早上九点半出发,驾车一个半小时开往一百多公里外那收容两百只狗的救助站,十一点抵达救助站,开始忙碌的工作,换水,喂饭,铲屎,下午三点再换水,喂饭,铲屎,天黑前再重复一次上述流程。仅仅是来回往返花费在路上的时间就要三个小时,这是在北京 b 站 up 主"一对工具人"周末的一天,从 2019 年 9 月开始到至今,他和他的女朋友每周末到收容狗的救助站做义工这一行为已经持续了半年。

他去的第一个救助站有七百条狗,当时北京正处夏季,救助站在一个农村小院里,他以为国内的救助站和国外的救助站差不多,国外的救助站一般都有政府的资金支持,正规合法,卫生干净,每条狗有单独的笼子,有专人定时遛狗,与我们看到的宠物店差别不大。

走进农村小院之前他还不知道等待他的是什么。

他推开门。

"走进去,脑子一下就嗡掉了。"

整整七百条狗同时朝着他吠叫,像是七百个鞭炮在他耳边炸开。狗的身躯挤压着笼子,铁丝网不堪重负地发出噪音。夏日的热风把粪便和尿液的刺鼻味道猛地灌进他的鼻子,他脑子里一下子充满蜜蜂一样的嗡嗡声,大脑一片空白,停止思考。

他像个牵线木偶,在救助人的带领下,简单参观了救助站。流浪狗分区关在笼子里,至于怎么区分也是有讲究的,哪些狗容易打架,哪些狗会被欺负,这

些都需要救助人耐心细致观察。这位救助人请了四个工人,他们每天帮忙喂狗,打扫院子,定时遛狗。参观期间一只胖胖的老斑点狗一直紧紧跟着他,像是带领游客的导游。

直到离开时,踏出门槛后,他的脑子里还是充满嗡嗡声。

回去后,尽管这次经历和想像的出入不少,但他仍旧想去救助站做志愿者,同时也萌生出做视频的想法,让更多人看到还有这样一群人在帮助流浪狗,呼吁大家不要遗弃宠物。

之后,他联系到另一个有两百只狗的救助站,救助人是一名阿姨,这个救助站位于北京农村租来的院子里,听说要来志愿者,阿姨十分欢迎,身体不太好的她扶着腰到门口迎接他和他的女朋友。他可以看到,在阿姨身后,一只只狗鼻子从门缝探出来,鼻子一抽一抽地,它们似乎也在期待新朋友的到来。

走进门后,他发现,与这个救助站相比,之前七百只狗的救助站可以算得上豪华了。这个救助站流浪狗较少,可一进门的刺鼻气味甚至更加强烈。

因为只有阿姨一个人照料,清理实在没办法做到彻底,流浪狗散养在院子里,院子里的地面坑坑洼洼。但这个条件较为简陋的救助站,却是两百只流浪狗唯一的家,这件事阿姨已经坚持了九年。

通过帖子和朋友圈,阿姨得知有需要救助的狗狗,马上前往救助。还有不少狗是周围的人知道阿姨是做救助站的就直接遗弃在门口,有的是别人救助完寄养在阿姨这边的。

流浪狗很多都是被人遗弃的,但它们的内心还是很喜欢人。他一走进门,狗狗们的尾巴就像装了马达一样摇起来,热情地朝他扑过来,彼此甚至还会争风吃醋,企图赶走对方。这种率真的可爱,让他忍不住想摸它们的脑袋,也就不会在意它们身上的灰尘,空气里的刺鼻味道也就可以忍受了。

救助站里有一个池子,四五米宽,像一个泳池,有很多水,里面全是两百只狗的粪便。为了掏干净这些粪便,他花了一下午。

当时北京正处在夏季,气温接近三十度,为了避免热情的狗狗抓伤自己,他穿着长袖长裤,把自己包裹得严严实实。烈日下,一铲铲掏着粪便,并不好受,很是痛苦,汗水顺着脸颊滑下,他也没法腾出手去擦拭。

铲了一下午的狗粪后,被狗狗的热情激起的冲劲消退了不少。

"干完这件事,我有一瞬间不想再来第二次了。"

救助工作并不像他想像中那般容易。

三位九〇后男生"和猫住"

离北京大概一千八百公里的成都,在成都三环的一个居民区里,许哲、苏雪峰、罗盟三位九〇后男生和他们的三十多只猫开始一天的工作。

他们这份职业基本上是全年无休,每天早晨九点去到出租的场所,开始喂猫,换水铲屎,消毒清洁,一直持续到十二点后才能完成照料三十多只猫的工作。

下午他们三个人分别负责回复后台粉丝的消息,剪视频,写文章,商谈合作等,有时候还要外出救助流浪猫,没有固定的结束工作时间,有时甚至到十二点才结束一天的忙碌。

他们的工作是全职救助流浪猫,管理一个名叫"和猫住"的平台,在抖音和b站上传救助猫咪的日常。

"和猫住"定位为救助、领养流浪猫的组织。

2019年,他们救助的流浪猫最高在三十三楼一百米,最低在通风井负十五米,耗时最长、难度最大是冒雨营救二十九小时,救助地址最远来回一百公里,官方救援次数一百多次,到现在已累计接收和救助了三百多只猫。

他们在微信公众号上提供同城免费领养服务,对接同城救助流浪猫的人与想领养猫咪的人,在"和猫住"平台上已经有近一千五百只猫咪找到家。

他们在成都的线下站点内提供一套官方领养仪式,为领养增添仪式感,步骤1—线上沟通基本审核(猫咪名片可查看可以领养的猫咪信息);步骤2—条件适合现场沟通;步骤3—结缘双方互动交流;步骤4—现场猫咪猫瘟检测;步骤5—实名填写结缘登记,写下给小猫取的名字;步骤6—视频记录结缘誓词;步骤7—登记拍摄结缘合照;步骤8—官方颁发结缘证件;步骤9—过渡猫粮物资发放。

官方领养是有偿领养,需要付费三百,这三百元并不用于购买猫而是门槛和验证,包含了"嫁妆"及领养代替购买的福利——一是过渡猫粮,二是三针疫苗,三是猫瘟检测,四是身份识别芯片,五是免费体检一次、免费洗护两次。

2019年,已经有两百多人体验"和猫住"官方领养流浪猫的仪式,其中有四十人是带自己捡到的流浪猫来走官方领养流程享受领养代替购买福利。

"我们之所以设置这套领养流程,是想让领养有一定的仪式感和意义,通过这套流程使领养人有新的认识,认识到他们要负的责任,使其有一定的约束力。"

这套领养体系他们称为"和喜欢的猫咪来扯一次结婚证"

拥有两百只狗是种什么样的体验

与"和猫住"不同,两百只狗狗的救助站并没有一套自己的体系。

清理完动物排泄物后,在救助站休息的时候 b 站 up 主"一对工具人"和阿姨聊了聊救助站的现状。与其他救助站相比,阿姨很少收到机构的帮助,比如狗粮的捐赠。救助站设施也不够完善,狗狗缺乏挡风御寒的屋子。救助站没有帮手,九年来一直是阿姨一个人在照顾狗狗。

休息后,他给狗狗喂饭,换水,铲屎,狗狗里面有只一岁的萨摩耶,一直跟随和陪伴在他的身边。作为大型犬,它能震慑其他调皮狗狗,俨然的骑士做派,保护他们。

但不是每只流浪狗都像萨摩耶这般有良好的修养,在救助站他一般不敢蹲下,因为一蹲下,立刻就会有一群狗围上来,把他淹没,有激动地舔他。

其中有一只一岁的拉布拉多格外淘气,它会从远处跑过来,猛地扑向你,再跑走,再扑向你,就像永动机一样不知疲惫,反反复复。聪明的它还懂得咬开鞋带,他蹲下去系鞋带时,拉布拉多借机凑上来狠狠地舔他的脸,他不得不一次次被迫洗脸。

刚开始他还觉得拉布拉多挺可爱的,但在忙碌救助站的工作时,这种可爱影响工作,变成甜蜜的烦恼。

救助站晚上没有灯,他和女朋友不得不在斜晖消失时停止工作。夕阳下山的时候,他们锁上救助站的大门,舍不得他们的狗努力地把鼻子从下面的门缝中挤出来,一个个黑色的鼻头整齐排列在门缝下。离别的时候,阿姨诚恳地弯下腰,感激地说道:"谢谢你们。"

那一瞬间,他脑子里的退缩念头消失了。这是他第一次参与救助站的工作,他想继续把这件事做下去,这群人坚持的事应该让更多人看到,爱狗人士的事迹不应该是网络上的负面报道题材,他们中有像阿姨这样的人,几年如一日默默坚持救助和照料流浪狗。

他希望能帮助阿姨,让这个救助站做得更好。

平常大家很少看到救助站,也很难接触到救助站,因为救助站很少公开地址。

"一开始我不理解他们为什么如此防范外人——"

五六年前,救助站会公开地址。对狗肉贩子来说,一条狗至少可以卖到一百块,大型犬价格更高。一个救助站,是五六百条狗仅剩的庇护所和家园,也是狗贩子眼里肥得流油的肉,只为将那一只只无辜的生命送上血腥的屠宰场。

根据救助站阿姨所说,由于存在违章搭盖现象,她认识的一个救助站被狗贩子举报。在救助站被迫搬迁的过程中,流浪狗们乱成一锅粥。狗贩子守在门口,流浪狗一跑出来,他们就把它们敲走。更厚脸皮的狗贩子甚至挟持流浪狗,以此敲诈救助人,让救助人用三四百块来换回狗狗,否则就直接把狗抱回车上运走。这是救助人最不忍心看到的,他们只能向狗贩子妥协。

得知其中缘由后,他理解到救助人也不容易。

为了把两百只狗的救助站建设得更好,在第三次去救助站的时候,他拍摄了一段三分钟的视频"拥有两百条狗是种什么样的体验"并上传到 b 站。视频配乐轻松欢快,色调温暖明亮,狗狗们憨厚可爱,展现了救助站的日常。

收留两百条的狗是种什么样的体验?

抵达救助小院。

这里有两百条被救助的狗狗,大部分狗狗都是被人遗弃的,他们渴望和人们亲近。

今天有人来看我们了。

为了保持小院的基本卫生,工作量可是很大的。先从清理狗狗的水盆和饭盘开始。

开始喂食。两百只狗狗每天至少要吃一百斤的粮。

我们吃饱了。

从阿姨救助的第一条狗狗开始到租赁这个小院,至今已经有两百条狗狗。虽然这里食物和设施并不齐全。但它们很开心,因为这里有人爱它们。这里目前是它们唯一的避风港,也只有这里,让它们再一次感受得到了爱。

请不要遗弃你身边正在陪伴你的宠物。因为它们对你的爱是不会改变的。

视频底下有个链接指向一家名叫"TheyNeed 爱心义卖小铺",商品名称为"请狗狗吃一顿饭",单价五元。

在他意料之外的是,很快视频就突破一百万播放量,不断有人在评论区留言表示想帮助狗狗们。为确保救助站的信息不泄露到别有用心的人手里,他建了一个 qq 群,叫"一堆工具人",他在群里招募志愿者,发布捐款信息,安排领养事宜。

1 月份北京入冬时,小院里北风呼呼作响,狗狗们瑟瑟发抖。

为了给流浪狗搭建御寒木屋筹集资金,2019 年 12 月 25 日,他在淘宝开通捐款链接,截止 2020 年 1 月 28 日,他一共收到七千多元,还招募到四名志愿者。

爱心与资金

不像有两百只狗的救助站,在捐款这一问题上,"和猫住"明确表示不接受捐款,永远不接受,在决定全职从事流浪猫救助时就定下这个原则。

接受捐款的救助机构,不少被曝光存在欺骗现象,捐款去向不明。就连国家公益机构红十字会都遭受质疑和抨击,三位九〇后男生认为"和猫住"是私人创办的组织,更容易遭到非议。

"和猫住"是解决流浪猫救助问题的组织,他们并不认为自己从事的是公益,只是他们所作的事情也有公益人在做。首先他们没有政府的认证或是补贴,其次公益机构不能盈利,但不盈利就无法维持平台的运作。

一个有爱心的朋友很是认可他们做的事情,就出资二十万元帮助他们,2019 年 6 月收到的这笔钱,如今已经所剩无几,接下来需要他们自己解决资金问题,考虑挣钱使得平台收入与支出持平。

目前资金收入来源有三种,一是自媒体平台的收入,抖音和 b 站每月大概收入一万元,微信文章打赏每月两千元。

二是周边产品,但不是让粉丝因为爱而购买,而是让产品物有所值。因此周边产品生产需要花费大量精力与时间,他们唯一的产品是印有"和猫住"字样的卫衣,花了一万块钱自行设计找服装生产商,以高质量和高工艺为标准,生产出两百件卫衣,每件售价一百多元。

三是和微信上的猫住杂货铺合作售卖猫粮、猫罐头,顾客一般是粉丝。他们不希望定价过高,希望给粉丝提供正品且实惠的猫粮,本来想走薄利多销路线,但销量一直提不上来,每月净利润只有三千元,2月份基本没有利润。

"和猫住"一个月花费一万多,场地费五千多,药品疫苗猫粮五千多,一只猫一个月吃四斤猫粮,一斤猫粮十八元,怀孕的猫要吃得更好,一斤二十七元猫料。

目前平台收入能大致维持场地房租,救助费用,养猫的日常开销,而三个人的个人生活,衣食住行大致能满足,更多要求就做不到了。

他们计划今年去重庆,再开一个新站点,受疫情影响,计划暂时停止执行。但主要问题还是资金不足,他们缺乏开设新站点所需的资金,打算通过接广告缓解资金的紧张。

在救助层面,我国政府部门仅在为数不多的几个发达城市中设置有流浪动物保护机构,大部分省市的救助机构由民间爱心人士自发出资设立,其人员配置、资金及场地来源等均无法获得保障,救助工作的开展常常是力不从心。

前进的动力

收到捐款后,b站up主"一对工具人"在b站动态里公开捐款去向的财务报表,确保每一分钱都花在狗身上。

由于救助站的设施不够完善,狗狗缺乏挡风御寒的屋子。他和女朋友向公司请假,与其他四名志愿者一起用收到的捐款购买材料搭建木屋。

他们用防腐木头搭建木屋,里面配上岩棉板和小毯子,加强保暖效果。同时涂上防水防潮的漆,这样下雨天木屋也不会进水。阿姨还贴心地用棉被给木屋做了门帘,抵御外界呼啸的北风。

救助小院越来越有家的感觉了。

搭建的最后一步是刷颜料,与平常刷颜料不同,他们要做一件有仪式感的事——在木屋上写下出资人的名字。他们先喷一层白色油漆,再用画笔蘸蓝色颜料一笔一笔把出资人的名字写在白色木板上。最后,一个长两米宽一米八高一米二的大木屋就搭建好了,可以容下二十只狗在里面入睡。

后来因为疫情暴发,小院所在的村庄封村,他们没办法前往继续搭建工作,就紧急购买二十个一米宽一米高的小木屋快递给救助站。目前疫情期间狗受到的影响较小,虽然不能再进行志愿活动,但救助站隔壁的阿姨和工人会每天给狗喂食和消毒清洁,狗狗们都很好。

每次的志愿活动并不轻松,尤其是冬天时,在室外小院待一天下来,寒气刺骨,连手指头都僵硬,也经常会感冒。结束后要开一个半小时的车回家,车窗外夜黑沉沉的,只有微弱的车前灯照亮前方漫漫长路,他也会产生动摇,怀疑自己做这一切的意义在何?每次他自我怀疑的时候,他就打开 b 站。b 站视频底下大家的留言是这样的——

"救助这么多毛孩子真的辛苦了!"
"真的提倡领养代替购买,羡慕并惭愧。"
"说真的,我看哭了。"
"我非常想领养一只,希望 up 主看到。"
"已经捐款啦,谢谢 up 能够帮阿姨和这些小可爱们,突然觉得世间还是很美好的,有你们这些有爱心的人们来帮助这个世界上单纯可爱的生命。"

小伙伴们的留言是他前进的动力,他说——

"我们希望能把这种有意义的事情带给看我们视频的小伙伴。"

目前有七名志愿者去过小院,有的是通过 QQ 群招募,也有的是看完视频主动联系想要参加志愿活动,最小的只有十七岁。

除了建木屋募集了七千多元,疫情期间帮助小院解决急需的狗粮问题,他们募集了九千六百元,目前用了八千四百元买了六百公斤的粮。

之后救助小院想与一些狗粮的厂商谈成批发合作,长期购买来获得优惠价。阿姨房租一年是四万五千元 狗狗们每天需要消耗一百斤粮,喂饱两百只狗可不是一件容易的事情。

搭建小屋后,狗狗的生存环境已经得到较显著的改善,修缮救助站的下一步计划是用砖头铺平地面。

"救助不等于饲养,还是希望它们能被好心人领养。"
他还想发展救助站的领养体系,有一只三岁大的哈士奇叫帅帅,帅帅有点腼腆胆小,但很听话。救助回来前一直被人拴在大门外,吃的都是发了霉的饭菜,也没人陪玩。救助回来后,阿姨摸帅帅的脖子时它还会发抖,不知道它之前都经历过什么事情。幸运的是它已经被一个北京的家庭领养走了。

怎么样才能让这样的事情不再发生

"和猫住"和 b 站 up 主"一对工具人"都希望他们平台上的视频和文字可以带动更多的人关注流浪动物。

"和猫住"微信后台常常收到粉丝发送来举报虐待动物行为的消息,去年 10 月份到现在已经收到十五条举报,虐待的动物常常已经被肢解、殴打、虐待致死,等不到他们的救助。有一些人甚至把虐待动物的过程拍成视频,发到微博、贴吧、朋友圈、咸鱼上传播和盈利,比如在咸鱼上买动物虐待视频。

粉丝会在"和猫住"的后台痛心地留言:"怎么样才能让这样的事情不再发生?"他们会告诉粉丝收集证据,举报虐待动物的人。

但目前,我国并没有《流浪动物保护法》《宠物动物保护法》这样针对流浪动物保护的法律法规,有的仅是《野生动物保护法》《实验动物管理条例》等专门的法律法规,仅强调野生动物、实验动物等动物的法律地位,对宠物、流浪动物并无规定。

流浪动物并不属于个人财产,现阶段法律不能将抓捕流浪猫界定为盗窃,也没有相关的反虐待条文。施虐者未得到应有的惩罚,任何有良知的人在谴责的同时都感到无法可依的无奈。

全国人大代表、安徽省农业科学院副院长赵皖平在接受《新京报》记者采访时表示:"动物是人类的朋友,关爱动物就是关爱人类,希望我们从关爱动物的角度提升自身的文明素质。"

赵皖平介绍,此前一些人大代表曾建议制订《反虐待动物法》,但目前仍存在现实障碍,因而他此次提交议案将范围缩小,希望先从反虐待伴侣动物开始,兼顾动物"保护"和"管理"双重内容。

赵皖平表示,目前全国各地都有流浪动物保护组织,希望政府加强流浪动物保护方面的工作。"实事求是地说,我们相对一些发达国家,在这方面的法律规定还是缺失的,至少目前还没有达到我们设想的状态。"同时他认为,"肯定有一些人认为伴侣动物保护有些超前,还有许多工作要做,但即使此次不能立为议案,也要向社会呼吁,希望更多人关注到这个问题。"

面对流浪动物,不一定要去帮助,起码不去伤害。

政府与法律的缺位,也就为虐待动物的人提供了机会。

英国现行的《动物保护法》于1911年通过,之后陆续出台很多专项法律,在保证动物不受虐待方面有非常细致的规定。法律鼓励动物饲养者善待动物,未达到法律规定的将被起诉。英国还有历史悠久的动物福利组织——防止虐待动物协会。该协会设有管理委员会和监察员,在整个英格兰和威尔士有多个分支机构。

德国的《动物保护法》规定:每个与动物打交道的人必须仁慈地对待动物,必须具备一定的专业知识和相应的物质条件。《动物保护法》强调,必须把人以外的动物列入道德关怀的范围之内,凡是人为给动物造成痛苦的,都要追究法律责任。

但保护不等于管理,如何从根本上解决城市里的流浪动物问题呢?从流行病学角度来讲,每一只流浪动物都有可能是狂犬病、真菌细菌病毒、蛔虫心丝虫弓形虫、跳蚤虱子螨虫等的传染源和传播途径。

流浪动物有两个来源,一个是家养宠物被遗弃,另一个原因是流浪动物自身繁衍。

要解决流浪动物问题可以从上述两方面出发,按照一年发情四次算,一胎四只,流浪猫平均寿命为三年,一只流浪母猫可以生育四十八只小猫。节育是阻止流浪动物数量增长的有效途径。

专业的救助机构救助流浪动物的第一件事是带动物去医院进行驱虫和节育,"和猫住"和两百只狗的救助站里的猫狗都经过节育。

除了民间组织,当下还有个人定点投喂流浪猫狗的行为,但未经过绝育的投喂会加流浪动物数量,对此现状,有的宠物医院会免费提供流浪动物节育服务,鼓励投喂人带流浪动物来节育。

节育—收容—领养以救助流浪动物

美国和加拿大有7 000个动物之家,收留的流浪猫狗中约有4%的流浪猫和16％的流浪狗能与主人重新团聚。在美洲,"预防虐待动物协会"负责保护动物和收容流浪动物、制止虐待动物行为,也有一些私人或福利团体设立动物收容所。动物收容所通常不会拒绝送来的、捡来的动物。收容所会先为其检查身体,没做绝育手术的一律先做绝育手术,有病的则先治疗,然后为其寻找收养家庭。

目前中国还没有官方的动物收容所,收容所大多由个人创办,缺乏场地、资金和专业人力。

"和猫住"面临资金难题,两百只狗的救助站面临领养困境,他们是民间救助组织的缩影,也是流浪动物管理难题的一个切面。

这两个平台都在认真负责地救助流浪动物,但也要看到有些虚假救助组织打着救助流浪动物的旗号,实则骗取捐款,倒卖动物。

在上海动保人士的圈子里,"上海宠物救助领养网"一直很有名气。不过它的名气不是因为它做了许多好事,而是它常年打着免费收养流浪动物的旗号进行诈骗和非法贩卖。接收流浪狗要收"寄养费",爱心人士领养一只市场价一千左右的金毛则要向其提供近两千的"赞助费"。十年来,尽管动物保护人士多次举报,媒体也多次曝光,但这个组织却一次次更换地址死灰复燃,如同打不死的小强,坚挺地生存到现在。

曾有人多次向警方、工商等部门举报,但该组织一直以"所签为'收养协议',非买卖合同"为由脱罪。

在国内还没有救助、收养相关的完整的法律体系,这让黑商贩有空可钻。黑心商贩对爱心人士造成的伤害会大大降低公众参与公益的热情,黑心商贩留下的烂摊子最后往往只能由正规公益组织接手。

在"和猫住"和b站up主"一对工具人"的视频底下,也不乏不和谐的声音:

"说句不好听的话,这些人都是骗子,骗爱心人士的钱,有很多类似的案例","①协警打死咬伤4人的金毛狗,遭爱狗人士人肉av17878218,②环卫工驱赶随地排便小狗,惨遭爱狗人士打昏av37850113……"

"笑死,天天麻烦消防员过来救猫,一只猫死了也就死了,自己上去的怪谁……"

"这肯定是摆拍的……"

因为有人浑水摸鱼,以救助名义欺骗大众,使得救助动物组织良莠不齐。

缺少政府和法律的支持和引导,爱心人士和公益组织也难以对流浪动物进行有效的保护,所以我们需要政府与法律在动物保护和管理上发挥他们应有的作用。

无论保护还是管理,绕不开的问题都是遗弃,遗弃像是推动连锁反应的第一块多米诺骨牌,比起节育、收容、领养、立法、解决流浪动物效率最高的行为是——不遗弃。"和猫住"的猫咪被领养后,他们会定期线上或线下回访,也是为了防止二次遗弃的问题。

他们领养表上的宣誓词来是:"我( )于某年某月某日申请领养(猫咪名字),我承诺我会对猫咪负责,无论健康或疾病,高冷或乱拉!我会一直陪伴它!我会定期除虫、按时疫苗、适龄绝育、有病治病、科学喂养!如果有一天因不可抗因素,我无法继续陪伴,我也会给它找个更好的奴才,永不会让它流浪……"

作者手记

这次关于"拥有两百只狗,三十只猫是种什么样的体验"一文的写作受b站视频博主"一对工具人"的视频的启发,做这个视频是我在第一次接触流浪猫狗救助站时,当时想知道流浪猫狗救助站在国内是个什么情况,于是我通过视频下方的QQ群号进入志愿者群,联系上视频博主"一对工具人"并对他进行采访,他用业余时间救助流浪狗,向我叙述了设在北京小院中的救助站的故事。接着我又联系上专门的流浪猫救助机构"和猫住",通过"和猫住"三个人的讲述,我进一步了解到如何系统专业地运营一家救助站。所以这篇文章中用了两个视角,进行交叉叙述,第一个是视频博主"一对工具人",从他第一次前往救助站开始,到对救助工作产生疲倦迷茫,再到后来坚守,希望能将读者带入他的成长环境。他还在其中穿插"和猫住"的视角,两者相并补充说明,对比两者的不同之处,更加系统地展现国内救助站现状。

指导教师点评——唐次妹

  这篇稿件是"深度报道"课程作品。好奇心和对新闻的敏感能帮助我们发现选题。作者看到一个关于流浪动物救助的视频，敏锐地感觉到这是能够触动很多人情感共鸣的题材，救助流浪动物，在某种程度上可以反映社会的文明和富裕程度。

  视频激发了她的好奇心。流浪动物是可怜的，猫猫狗狗是可爱的，那些救助流浪动物的人是不是更可爱呢？他们是谁，为什么要做救助，怎么就做了救助，怎么做的，付出了什么，遇到哪些困难，如何解决这些困难，如何在困境中坚守，有什么有趣的或者难忘的经历，他们与这些被救助的动物关系如何？如何互动？一般人对待流浪动物的态度和行为是怎样的？对待流浪动物救助的态度和行为又是怎样的？流浪动物救助在国内是什么状况？国外什么状况？这些问题，有的通过采访解决，有的通过公开渠道查询。作者通过社交媒体联系到视频博主，还采访到另一些从事动物救助的热心人士，一步步深入上述问题，收集到素材，获得大量细节。在这个过程中，作者自己被感动了，然后感动了她的读者。

人文厦门篇

人与木偶：千载风云掌中留

傀儡人生

潘维廉：厦门第一"老外"

为流动儿童点亮一盏灯

百人合力送王船巡境　千人齐心祈厦港平安

记住泥窟：被连根拔起的"城市乡愁"

被需要的面线

海上有白鹭

人与木偶：千载风云掌中留

林虹 魏琦

"一口道尽千古事,十指操弄百万兵。八弦寰宇集一艺,袖里乾坤日月升。"

台上一出好戏,伴随着锣声与鼓点,布袋木偶舞剑、搏杀、跳跃、翻身。

台后一双巧手,操偶人高举双臂,手指操控着掌中木偶的一举一动,演绎性格鲜明的人物角色。

一张面孔,笑对百味人生。几根手指,上演世间悲欢。

掌中有乾坤,木偶戏人生

1962年2月,二十七岁的黄亚水在灌口镇成立家庭木偶剧团。

走进黄亚水的家,映入眼帘的是摆放在客厅里的各类布袋木偶,墙上还挂着他参加各种比赛、演出的照片和奖状。

在厦门集美的灌口村里,有一个木偶世家。小小的木偶,在这家人的手中,已经传承了三代。

出生于龙海石码的黄亚水,是厦门市非物质文化遗产项目布袋戏代表性传承人。这位八十六岁高龄的老先生,已经与布袋木偶结缘七十余载。

红衣的妈祖、黑衣的武松、绿衣的关羽,祂们或被防尘袋包裹,或被置放于玻璃柜中,在外行人看来,似乎与普通玩偶无异。老先生将他颇为喜爱的"妈祖"套在手中,几个简单的动作,就把这木偶演"活"了。

这样信手拈来的本事,并非全靠天赋,背后是外行人难以想像的长年苦练。

由于父母早逝,为了维持生计,年仅八岁的黄亚水师从大家郑福来,开始学习布袋木偶戏,从此开启他的"掌上"人生。

"那时候很苦。每天早上都要起来练习基本功,最开始需要练习'劈手'和'甩手'。像这样把食指和中指张开到90度",老先生用闽南语讲述练习的要领,在桌面上演示了起来,"只有这样,木偶在观众眼中才会'正',不会变形"。

起步不易,坚持亦难。操偶师是不能出现在台面上的,要将双臂高高举起。长时间举着木偶表演,不是一件轻巧的事儿,有时,一场剧目没有中场休息,他便要连续表演近一小时。往往一人分饰多角,甚至左右手齐上阵,"我们在表演的时候需要'讲古'。最多的时候我要表演五个角色,发出五种完全不同的声音"。

除此之外,操偶师还要熟记不同的剧本,既当演员又任编剧,自己更新和创作新的脚本。长年累月的积累,黄亚水的脑海里已经存下无数剧目,"就算是我一个人出去表演,也可以保证演一年(剧目)都不重复"。

1961年,黄亚水到灌口演出。他发现那里没有专业的剧团,便做出了一个大胆的决定——"我要留下来,创立木偶剧团,发扬传统文化,做集美木偶第一人"!为此,他花光了自己的储蓄,购置各项设备,成立家庭剧团,命名为"灌口木偶剧团"。

从那以后,黄亚水就活跃于民间木偶戏的各种舞台上,为一方百姓呈现闽南传统艺术的魅力。

除了在灌口地区演出,他还会到同安、安溪、晋江、龙海、漳州、漳浦、华安、长泰等地表演,逢年过节经常免费为当地乡民献上节目。他的剧团曾因"四清"运动不得不停业,但这并未阻断他的木偶戏生涯——几年后,他重新组团。全团十二人,黄亚水一家占六人(夫妻、两儿、两女),他自任团长、导演和主要演员。

沉浮二十载,戏里看人生

夜幕下,漳州小乡村的庙前人头攒动,不一会儿,一个像模像样的戏台便搭好了。

锣鼓一响,老的少的,男的女的,乌泱泱一片,都来看这艺人操弄手中的木偶,像是一场田野上的民间狂欢。

两手拨动古今人,一口道尽天下事。在父亲的耳濡目染下,黄月娇从小就喜欢木偶戏。她拿起木偶,一演就是几十年。

"一听到要演出,其他村庄的人都跑来看,人山人海,我们就跟明星一样",黄月娇回忆当年随父亲下乡演出的场景,"一般会从晚上八点演到半夜二点……乡下的农民白天忙农活,只有晚上有时间来看"。

在操偶人的巧手之下,木偶踩着锣鼓声互相缠斗。通常一台戏的后台需要六至七人,前台需要五人,还有打鼓、拉二胡的角色。到了木偶戏艺人的手里,木偶便有了一举一动、一颦一笑,英姿飒爽的武将,飞天遁地的齐天大圣,无私善良的妈祖,仿佛瞬间获得生命。

但到1997年前后,这种盛况几乎是看不到了。"那时候电视兴起,大家都更愿意待在家里看电视剧,木偶戏就开始走下坡路",这回就像突然刹住车,"一直往下跌",甚至闽南传统的农历七月普渡节,本可以从农历初一演到三十,但由于种种原因也不能演了。

街巷中难觅木偶戏班的身影,而结了婚的黄月娇自然无法只靠木偶戏养家糊口,"一个月就演三场五场,三餐都不饱,当时就想放弃了"。没有收入,坚持不下去了,就想着去做点别的事情,到工厂打工也好,剥点花生米去卖也罢,总之要赚点钱,先解决温饱问题。"可谁知道我父亲坚决不允许",她说,"他认为这是上一辈传下来的,不能在我们这一代手中断掉,逼着我和弟弟继续坚持下去"。

就这样,她的人生彻底与木偶拴在一起。

戏班不能在厦漳泉地区的公园、小广场搭戏台,黄月娇便跑到教育局去,申请到学校里教孩子们学木偶戏,但这就像在大海里捞针,没人理会,渐渐也就搁置了。她不甘心,又跑到三明地区去表演,"演了一次,本来是去两天一夜,结果我第一天晚上就想回来了",黄月娇说,"那边的人都听不懂闽南语啊,他们不知道我们演什么,我们演得好没意思"。

兜兜转转,沉沉浮浮,她只能寄希望于闽南地区。

闽南人迷恋"拜拜",无论是婚丧嫁娶、乔迁节庆这样的日常活动,还是"佛诞""普渡"等谢神敬佛的仪式,人们都会邀请一个好的戏班来助阵,俗称"嘉礼",其中一种便是这布袋木偶戏。

政府不让演,但拗不过闽南乡村这般风俗,终是默许了庙会巡演的存在,"下乡"也就这么保留下来。

"再困难,下乡也一定要坚持下去",现场观看的人逐年变少,最多剩些早前的老戏友还在支持。但每逢庙会,村子会花钱请黄月娇的戏班下乡表演。

一场场不会缺席的木偶戏,已经成为闽南人心目中固定不变的传统,"少了这个,就没有安全感,心里怪怪的"。

随着时间的推移,一台戏不需要那么多人了。"现在已经简化很多了,一场下来只需要六到七个人,原来敲锣打鼓的背景音乐也都变成直接播录音了",二十年间,黄月娇的木偶戏团基本维持在十几人的规模,成员里最大的六十多岁,最小的十八九岁,"剧团的经费有限,不允许养活那么多人,但又需要有人来传下去啊,年轻人还是太少了"。

创新戏韵长,木偶伴人生

事情的转机出现在 2014 年。

厦门市推行"闽南戏曲进校园",作为非遗文化的闽南布袋木偶戏也因此获得政府的扶持。黄月娇获准进入几所学校,教授学生学习木偶戏,"我去过杏南中学、后溪小学、五缘湾小学、厦门五中。学生们从没接触过木偶戏,都很好奇",她每周坚持去杏南中学上一次课,"学生很多,心里很骄傲,(木偶戏)肯定不会失传"。

黄月娇大半辈子都与木偶共生,对她来说,"下乡"是必有项目,"进校园"则是锦上添花。登台演戏,是木偶戏艺人的信仰,"哪里会后悔呢"。

王洪淇和杜亿伟这对师兄弟,便是在杏南中学与木偶戏结缘的。如今,他们都已经是灌口黄月娇木偶剧团的成员了,也都于 2018 年年底加入厦门市集美区戏曲协会,"为了把这个闽南文化传承下去"。

师兄王洪淇毕业后便自主创业,师弟杜亿伟还在泉州上大学。他们相隔两地,无法每周参与"进校园"活动,只是利用假期的空闲时间,跟随师父黄月娇下乡演出。如果师弟师妹们遇到比赛和演出,杜亿伟也会特地从泉州赶回厦门,利用周末时间陪他们练习。

"那时候才学了不到一个月的时间,就突然接到通知,第一次演出,而且还是厦门电视台要过来拍",王洪淇说,"不过能上这么大的舞台,是电视台对我们的认可"。

他们表演的剧目是《少年英雄方世玉》,王洪淇出演的角色是大反派"雷老虎"。这个角色的表演和唱白要霸道,还需要一人分饰二角,武打更是显功力。王洪淇的嗓音磁哑,气场强大,和"雷老虎"这一角色的气质很是贴合。

但由于闽南语地方口音的差异,王洪淇不得不逐字逐句学腔调,改变根深蒂固的语言习惯,对他来说绝非易事。他能做的,就是苦练。一遍又一遍,"原本暴躁的性子也改变了不少,遇到事情不会那么冲动了,懂得换位思考"。

出演男一号方世玉的,是当时刚上初二的杜亿伟。不过,要想拿下方世玉这个角色,杜亿伟必须得改变自己内向的性格,"学这个让我变得开朗一些,要去和别人接触,要登台表演"。两人虽说都是新兵上阵,但好在表演的过程很顺利,五六分钟的木偶戏处处见功夫,也得到电视台人员和师父黄月娇的赞赏。

第一次登台表演的经历让杜亿伟对木偶戏的学习充满信心,也成为他坚持到现在的巨大动力。一坚持,就是六年时间。

能促使杜亿伟坚持这么长时间,和他在受布袋木偶戏文化浸润的马銮村长大有很大关系。村子里每年举办庙会,都少不了布袋木偶戏表演。"那时候,学校说有一个'闽南戏曲进校园'活动,我就迫不及待地报名了",一开始大家都很好奇,和杜亿伟一起加入木偶戏兴趣班的,有二三十人,"但最终我们这届只剩下我和另一个同学"。几年来,这样的状况并没有得到大的改善,能坚持到最后的师弟师妹依旧寥寥无几。

如今,木偶戏和其他传统民间艺术一样,陷入传承和发展的困局,资金短缺、受众流失、人才凋零等问题都是他们面临的现实。

政府扶持是一方面,但从买道具、租场地、组戏班,到最后上台表演,是一笔不小的开销,钱也只能省着点用。如今看的人也和从前大不相同,几乎都是爷爷奶奶辈的,他们喜欢这种传统的东西,抑或是小孩子,觉得这热热闹闹的玩偶很有意思,但"真正来看的人总体不是很多。更多是表演给神明看的"。

"上了大学后,我在班上表演过木偶戏,也有一些感兴趣的同学想跟我学习木偶戏,但最后都不了了之",杜亿伟觉得有些遗憾,"一方面是因为大家课业都很忙,没有足够的时间来学;另一方面,学这个需要我先跟师父商讨,由师父来教,我不可以私下教他们的"。

所以,倘若只是单纯地守着,木偶戏很容易就这么沉沦下去。要想开辟一条出路,创新或许是个办法。

在这个娱乐方式丰富得令人眼花缭乱的时代,木偶戏原本的表演方式和相对固定的剧情套路逐渐偏离年轻人的审美趣味,木偶戏的发展陷入尴尬。

"越来越多闽南当地的年轻人听不懂闽南语,师父就说干脆改成默剧。"引进川剧变脸,把它融入表演中,做出一些花样来。再改变以往操偶人"不露脸"的模式,人偶同台,可以加入人的肢体动作、走步走位等。

喜欢玩快手、抖音的王洪淇,还开始在这些短视频平台上发布木偶戏表演的小片段,吸引更多年轻人的目光,"也会有一些人私信我,想要学习或者了解木偶戏"。

这门技艺已不如当年那般炙手可热,操偶人坐"冷板凳"是常态。但这些小小的改变或者积极的尝试,都是为了让木偶戏不至于成为尘封在博物馆中的陈列艺术,用更贴近年轻群体的方式,讲最深厚的文化内核。

在读商科的杜亿伟打算毕业后创办一个木偶剧团,"和师兄一起,我们还是会继续在这条路上走下去的"。

作者手记

回看这篇报道,我想用九个关键词总结这一历程:刻苦、查阅、奔走、交谈、思考、整理、写作、修改、积淀。

作为土生土长的闽南人,我们对这片土地上孕育的文化满溢着骄傲与热爱,也在见证着一部分"失落"。作为与互联网一同成长的一代,我们亲身经历着周遭文化环境的剧变——传统民俗正在渐行渐远。所以在"新闻编辑"课上,编辑部决定以"河里"为杂志名时,两人一拍即合,"批判"与"思考"闽南传统技艺木偶戏。

开始前,我们对木偶戏一无所知。查阅文献和以往报道,获知这是用木偶来表演故事的戏剧,而厦门集美区灌口镇有一个木偶世家,从父亲,到女儿、儿子,小小的木偶在他们手中活灵活现。十分幸运的是,我们联系上他们,表明来意以及对木偶戏文化传承的关注后,黄月娇女士(并代表她的父亲)欣然同意我们的采访请求。

循着这样一条线索,我们前往集美区灌口镇和杏南中学,开始了木偶戏的探寻之旅。一路上遇到不少趣事,略提一二以作花絮纪念。

因路途遥远,我们约好受访者十一点抵达其住处,早晨八点便从厦大白城出发。谁知一路聊得尽兴,在集美学村坐车时坐反了方向,等我们反应过来的时候,人已经被扔在终点站。一路颠簸,竟也摇摇晃晃过去三个多钟头。下车后,两人商量上门拜访应带点小礼物,便到超市买了一箱纯牛奶和一箱"六个核桃"。两个小姑娘既要看导航,又要拎着它们过天桥,一点不输男生。

到了老先生家时已是饭点,热情的一家人招呼我们吃午饭,一番好意让本就缺乏经验的我们更加紧张和不知所措。但美食确实拉近人与人之间的距离,聊聊家长里短,双方的话匣子也逐渐打开了。我们便抓住机会问些问题,无形之中采访渐入佳境。

但作为闽南土著,我们竟几乎听不懂老先生漳州角美腔的闽南语。他讲起木偶戏来滔滔不绝,一激动,话说得是又快又含糊,给我们的理解和沟通造成不小的挑战。经同意后,一边手写笔记一边录音。但事实证明,当场听不懂的,录音回来还是听不懂。好在黄月娇阿姨在一旁协助沟通,记下的内容倒也基本不落。

当然,我们也对曾在杏南中学学习木偶戏并坚持发展这门技艺的两个年轻人进行了线上采访,还到杏南中学跟着上了一堂木偶戏课。之后便是反复听录音,确认庞杂的细节,填充进稿子,逐字审视词、句、段在内的每一部分,来回琢磨,最终让稿件能够成形。

我们深知这篇报道还有许多明显的不足。但每一次采访都不可复,每次呈现的文字也是少之又少,越挖掘,越发觉受访者身上有无尽宝藏。如果我们有更丰富的知识储备、更多的阅历、更强的观察力,或许还能收获更多的启迪,写出更饱满的文章。收获有多少,遗憾就有多少,但这些遗憾或许才是不断学习的最大动力吧。

惊喜的是,我们还收获了对"人""土地""城市"及其"合理""不合理"的思考。一群人、一方水土、一段过往,或是不幸被"不合理"淹没,或是有幸成为幸存者。我们需要体察者和记录者,没有高高在上,只是俯下身子倾听,学会怎么和普通人说话,怎么对人和事感同身受,体会个人命运沉沉浮浮。

因此,我们更愿意称之为一场奇妙的旅途。从条分缕析整理出一段材料,到字雕句镂斟酌出一种表达,向文字揉进十二分的郑重,为思考与记录攒出百分百的力气。

平等、关怀、责任、良知,这是我们的共同追求,也是新闻人的分量。这篇报道诚然是波澜不惊的一笔,成长与进步依旧任重道远,但欣喜的是,我们已经在路上。

指导教师点评——唐次妹

魏琦和林虹这篇稿子是"新闻编辑"课作品,两位小姑娘虽是闽南人,却对木偶戏一无所知,这篇稿子,是对一个木偶世家的造访,也是一次木偶戏的探寻之旅,更是对家乡传统文化技艺的重新发现和再认识。我们的新闻业务课,不正是要激发学生对身边事物的好奇心,通过具体的人和事,去发现和认识我们的世界吗?

傀儡人生

黄吴葳

"十指能做天上人,掌上可出千古事",能享此美誉的,必是那传承千年的闽南布袋木偶戏了。不到二十岁的连跃龙怎么也不会想到,当年那个不知布偶为何物的自己,会一股脑地选择传承这项技艺。这数年如一日地坚守,让他如今亦能独当一面,一个人,一台戏;不同角色,同时演绎;一双巧手,舞向世界。

初识,以木偶为真人

"说谎鼻子可是会变长的",连跃龙知道,下一秒父亲只要抬手一摸,就能感受到电视机后方犹存的余温,而自己方才那脱口而出的谎话"没看电视"将不攻自破。

三,二,一,果然父亲一转头看向自己,霎时就变了脸色。连跃龙自知不妙,一个转身,一边子弹般吐着"我去写作业,马上,现在就去",一边拉着书包肩带飞速溜进房间。父亲没跟进来,客厅飘荡着电视声响——"作业没写完,休想看电视。别以为我不知道……"

定了定神,连跃龙想起刚刚电视剧里出现的那两个戏剧小人,一人趁门倌样的人物熟睡时去偷喝他的酒,怎奈这门倌像是早有预见,一个扑腾起身把那自作聪明的小厮教训了一通;这真是像极刚刚自己偷看电视,父亲一秒侦破的场景,再把父亲的怒颜与那门倌滑稽的走步一搭,连跃龙趴在桌上低声笑了出来。

不过,那出戏中每个人物举手投足都与常人无异,但似乎又不像是真人,真真假假,假假真真,还挺有意思的。唉,不纠结了,还是好好写作业吧。连跃龙想着,到现在,父亲还拿《木偶奇遇记》的梗来唬自己,真是太小瞧小学生了。

139

布袋木偶戏经典剧目《大名府》(黄吴葳拍摄)

连跃龙与木偶戏正式结缘是在厦门艺校学习时。

只稍一抬手,连跃龙的食指便会不自觉地向上而立,笔直如松柏,巍然如山巅。他说这食指上支着的是木偶最重要的"头部",可千万要立直了,绝不能随着其他手指左右乱晃。俗话说身正不怕影子斜,这木偶正不正,关键就要看这食指上支着的头部能不能立直了。

"就像人一样,昂首挺胸,直视前方才会自信,才能做好事。都说木偶人生,其实不仅仅是我赋予这木偶生命,这些木偶也丰富了我的生活",谈起自己与木偶戏的不解之缘,连跃龙露出孩子般的笑容。

"我生在漳州,学在厦门。传承的也恰好是漳州北派布袋木偶戏。"

作为中国南方的戏曲之乡,福建闽南地区是布袋木偶戏绵延的沃土。在长期发展演变的过程中,形成以漳州为中心的"北派"木偶和以及以泉州为核心的"南派"木偶。奇怪的是,南派中心泉州居北,北派中心漳州在南,这与地理位置恰好相反。连跃龙是地地道道的漳州人,到厦门前却从未接触木偶戏。

小学时的连跃龙并不喜欢上台表演,台下乌泱泱一片予人厚重的压迫感。表演得好,或能赢得掌声与喝彩,万一演砸可就成了小丑。但与此同时,他又格外佩服那些在台上收放自如的人,他们神态自若,表演一气呵成,有时连跃龙会觉得自己或许不仅是为表演本身鼓掌,更是被那种享受舞台的状态所感染。

2012年的盛夏,窗外蝉声聒噪,刚经历小学毕业考的连跃龙津津有味地看起电视,东调调西换换,总能瞧见《西游记》和《还珠格格》。父亲与母亲在厨房切西瓜,除了电视的声音,隐约能听见他们在商量着什么,"厦门""庄老师""木偶戏"……

"跃龙啊,你以后去厦门学习木偶戏怎么样?"

父亲一本正经的问话让跃龙颇为震惊,他瞪大了眼睛,心里咯噔一声皆是疑惑,父亲是认真的吗?初中、高中、大学不继续读了?要走和大家都不同的路吗?

2012年,连跃龙十二岁,厦门艺术学校重开办木偶班,距离1958年第一届木偶班已经近六十年,那年只有六个学员。

不出意外的话,连跃龙或许会和大多数孩子一样勇攀学历高峰,通过高考走出去;可如今,突如其来的选项却使自己的人生戏剧化起来。

是继续上初中,还是去厦门艺校?

面对父亲为自己安排的未来,连跃龙觉得上初中也是学习,学木偶戏也是学习,条条道路通罗马,都是能实现自己价值的路子,能传承好一项传统技艺也是他的荣幸,如此人生方向反倒立刻清晰起来,便欣然接受了。

但木偶戏究竟是什么?字面上看倒是挺好玩,年少的连跃龙并不深究太多,父母说,家里有位远房亲戚也从事木偶戏表演,虽未曾逢面,但从他的口中知晓,木偶戏表演该是很有前景的职业。

2006年布袋木偶戏被认定为第一批国家级非物质文化遗产,得到国家的承认与重视,发展和传承获得政策支持,布袋木偶戏在厦门艺校重新招生并对新人进行专业培养,为布袋木偶戏的传承发展提供了人才基础。

当时主讲木偶戏的老师可是庄晏红,她是中国民间文艺最高奖"山花奖"的获得者,在闽南布袋木偶戏圈子里是叱咤风云的人物,出访过澳大利亚、巴西、美国等三十多个国家。

第一次走出狭小安逸的城中村,来到厦门这样一个车水马龙的大城市,虽然陌生与恐惧交杂,但庄老师的音容笑貌让连跃龙逐渐安心了下来。第一次见庄老师,宛如春风拂面亲切。她高盘着发髻,身着一袭百花点缀的国风长裙,谈笑间自带大家风范;说话铿锵有力,掷地有声。几十年表演经赋予她自信与气场,走到哪儿,哪儿就是属于她的舞台,随时随地可以来一段令全场喝彩的表演。

连跃龙暗暗下定决心,"终有一天我也会成为像庄老师一样大师级别的布袋木偶戏传承人,将这门传统艺术发扬光大"!

宿舍里,大家来自五湖四海,连跃龙惊喜地发现脑后会扎辫子的郑叶凯芳和沉稳安静的游泽新也来自漳州。都说老乡见老乡,两眼泪汪汪。三人三言两语就说到一块去。来自遥远四川的舍友,连续几个月,每与父母通话就哭得更厉害了,引得自己也开始想念爸爸妈妈。

不过连跃龙又想起临行前父亲对自己的期望:"记住,学艺术要受的苦可多着呢,既然做了,就要坚持,我可不要听见你想放弃的话。"

学习,苦练木偶技艺

艺校六年几乎是军事化管理。每天早上六点,十六个木偶班的学生就得准时起床,开始早功。

先绕操场慢跑个七八百米让身体活动开,热起来。跑步间隙,连跃龙和同学们常边跑边拿隔壁舞蹈班的同学打趣,看那群人练早功,又蹦又跳,就像在耍杂技。

当有同学抱怨早上长跑太累时,庄老师就劝导孩子们,操偶师有时一天要演出好几场,站一天,双手就得上举一整天,没有体力吃不消,演不出精气神,大家务必重视早功,强身健体。

跑操结束后,学生们全去教室压手指,就像跑步前拉伸练,食指与其他手指独立,双手直立与桌面垂直,抵着桌子压一压,累了再甩一甩,尤其是担任木偶头部的食指,得多压一压,找到那种挺拔的直立感。

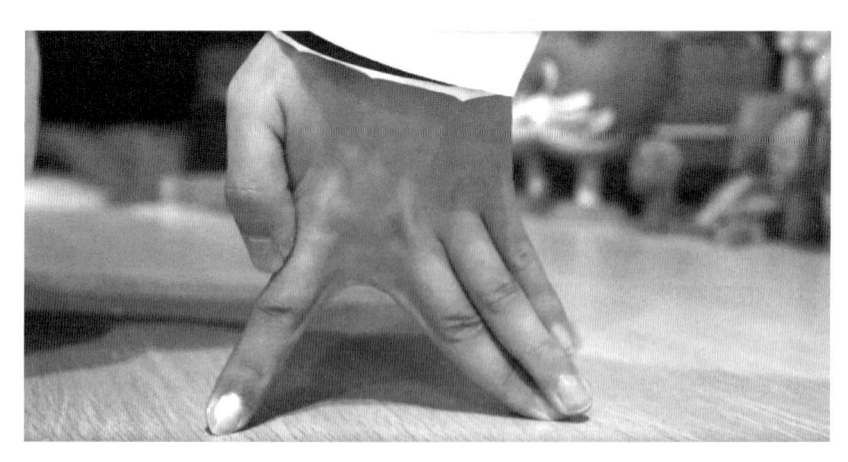

压手指练习(连跃龙拍摄)

为什么食指就是立不直呢,只要其他手指一动,食指就不自觉弯下来。连跃龙紧盯着手指,蹙起眉头,脑海里浮现标准手势,心里默念着,力度再大些,坚持,再坚持一会儿,不到食指僵硬决不罢休。这份执着,也让连跃龙的进步快于旁人。

上文化课时,连跃龙才知道,木偶并非只发源于中国,其实世界各地都有富于特色的木偶剧,意大利童话故事《木偶奇遇记》里的匹诺曹;陪伴八〇后,九〇后的中国经典动画片《阿凡提》《神笔马良》《崂山道士》,它们并非 3D 动画,都是木偶演出来的。

木偶类动画片

布袋木偶又称"掌中戏"。偶高三十多厘米,由头、中肢和服装组成。头以樟木雕成;食指扮头部,中指、拇指操纵双手,腕做腰。操偶师通常分饰两角,一手一木偶,以武打戏居多,打斗间,一系列动作行云流水般畅快淋漓,让人拍案叫绝。

然而,在精神文明相对匮乏的年代,布袋木偶戏的发展却呈现许多无奈。市场需求不足,演出收入不足以满足生活支出,手艺人得不到尊重。但许多民间团体,于街头乡间卖艺,演员多数也只是半职业艺人,收入微薄,不足以支撑生活,操偶师纷纷转行,布袋木偶戏日渐式微。

木偶展品(连跃龙拍摄)

要传承好老祖宗的宝贝,就得先解决传承人的问题。

令连跃龙开心的是,学习木偶戏后他又多了一项传承木偶戏的重任,荣幸而又独特,他可不能辜负这项重任。

最初的二年里,练早功和基本功成了连跃龙生活里的标配,但仅仅只停留在练习手上功夫,大家都未能一睹木偶风采,更别说上手耍了。

有一次,连跃龙按捺不住,主动向老师要木偶练习,庄老师笑着摇摇头:"跃龙呀,太早啦,现在不可能给你,先老老实实把基本功打下来再说。"

厦门冬季虽常能有十几度,但鹭岛的风却能把人吹得瑟瑟发抖。练功房里,没有空调与暖气,但不论是男生还是女生,都只穿着短袖,至多再搭个薄外套,双手抬高、伸直,便火热地对打起来。

"衣服穿厚了,手举不直,动作也施展不开",游泽新谈起多年前练习基本功的状态,觉得这并不算一个坎儿,大家力争上游,反倒是大汗淋漓,哪管它春秋冬夏。练功房里,大家只管比谁双手上举坚持的时间最久,打得最好。

每每这样一练,连跃龙觉着两只胳膊到最后近乎没了知觉。汗水从眼角淌过时就想用手擦一擦,但一想这样自己或许就输了,他咬咬牙,心想,不行,我一定要做最厉害的那个。只要看到小伙伴垂下胳膊,连跃龙就开心极了,不忘跟着其他还在坚持的同学一起打趣:"哈哈,你好弱啊。"

庄老师也会鼓励大家:"看看你们谁能超越我。"一个多小时过去,就算下课铃响,大家也暗暗较劲,不肯松懈。

长时间高举对打并不打紧,可课后一个个手臂酸疼,甚者没了知觉。连跃龙吃饭时连碗筷也端不稳,颤巍巍地,手抖得厉害,大家坐在一块相互打趣:"刚刚见你挺能打的,怎么这会儿筷子都拿不起来了。"但到下一次体能训练时,又都重振旗鼓,铆着绝不服输的劲再来一较高下。

但连跃龙也没想到,在见到真正的布袋木偶之前,这基本功一练就是三年。只知食指为头,手腕为腰,其余手指负责动作施展。他也自知,练牢基本功,熟能生巧,只有在看得清手上细节时,以后套上布袋木偶才能操纵自如。

待到终于能套上布袋木偶练习时,最让连跃龙头疼的就是展现人物的性格特征了。人体动作随着剧情走下来倒也容易,可要把人物演活来,还得自己顿悟。

不懂便问,摘下木偶后自己也不停尝试木偶动作。偷瞄不得精髓,连跃龙就常趁好友不注意时,手往后一背,身体微倾,缓缓探过头去,待对方要回头时,又赶快转回脑袋,低下头,若无其事地干自己的事。同学发现后,也打趣他道:"难怪总感觉背后发麻,原来是你在偷瞄。"

待到庄陈华老师来看大家练习,发现连跃龙这个孩子在展现人物动作时有自己的理解,练习丑角步态时,门倌大摇大摆,步履与身躯晃动的节奏感恰到好处,滑稽自出。在表现武丑的奸诈狡猾,店小二的自私贪婪,文丑的高傲自大时,相较其他人只是把动作做好,这个孩子在人物性格塑造上似乎要更胜一筹。

庄陈华老师是庄晏红老师的父亲,师从木偶大师杨胜,是国家一级演员,深谙丑角表演的诀窍。

连跃龙不会忘记,初入艺校最为欣喜的时刻是庄陈华老师把自己叫到跟前来:"跃龙,以后演出,你可以担任丑角。"

传承,创新木偶技艺

十六个学生里,自己是第一个被告知重点发展角色的,还是被庄陈华老师亲自选中的,自己可是做梦都想着能表演丑角,逗人一乐。连跃龙喜出望外,晚上一回宿舍就迫不及待地拨通家中电话,想第一时间和家人分享好消息,电话那端的祝贺与期待让连跃龙更加坚定了自己的木偶梦。

过去的木偶演出总是走煽情路线,拿个麦克风,配上锣鼓之音能唱一个晚上。到了杨胜这一代,演布袋木偶戏不止于讲台词,不拘泥于对唱,强调技法给人以视觉的冲击感与美感。

以哑剧的形式向观众呈现故事情节,不用过多口白、唱腔,观众只要通过木偶的一举一动就知道角色定位与故事走向。

各种杂技的诀窍尽在隐藏机关之中,线与缸相连,顶缸就轻而易举,庄陈华老师有各类机关创作技术,学会了并好好应用,木偶本身肢体便可灵活运动,能取物,能开弓射箭,能耍杂技转碗……只嘴上线一拉,帽子便转悠起来,嘴吐烟圈亦是有趣。如此,木偶也能表现射箭、顶缸、开扇、换衣、舞剑、搏杀、跃窗等一系列高难度动作,更易获得年轻人欢心。

连跃龙第一次到剧院看《大名府》,才发现幼时在电视里误以为是真人的戏剧就是布袋木偶戏的经典剧目,可能,这就是缘分吧。

六年时光转瞬即逝,苦练了六年的十六个木偶班学生即将毕业。毕业晚会前夕的排练期间,连跃龙是早也练,晚也练,回了寝室一样冥想,手指不自觉动起来,功夫不负有心人,总算为自己争取到门倌这一丑角,庄陈华老师亲自来指导他。

2017年12月15日,连跃龙和同学们以精彩的演出迎接毕业,出演的还是布袋木偶戏的经典剧目《大名府》《雷万春打虎》,满座阵阵叫好,掌声雷动令他泪目,从此刻起,他能独当一面了。

毕业后,连跃龙与游泽新、郑叶凯芳、刘睿三位同样来自漳州的同学一起到庄老师创办的弘晏庄木偶艺术馆工作,其他人不是转行就是彼此失去联系。

"我的人生已经和木偶紧紧相连,转行是不可能的,苦学了六年啊,肩上担着布袋木偶戏传承人的责任,只要有舞台,便会去争取。"连跃龙对木偶戏的热爱已然融进血脉之中,随生命热烈涌动。

厦门艺校木偶艺术班的毕业晚会表演(黄吴葳拍摄)

一个木偶演员,应当是万能的。一个人应当撑起一台戏,生旦净末丑各个角色手到擒来,包括木偶制作工艺。

现在如果你迈进木偶艺术馆,一般会看到连跃龙坐在接待处专心致志地雕刻木偶头或上漆,在木偶的樟木表面上一层特殊的油,能使其更易于雕刻,正是这些油让木偶流传千年而不易腐蚀。给这些木偶上漆讲究薄而均匀,每次涂完一层待晒干后继续涂抹,至少三层,每道程序都得沉下心来,精雕细琢。

制作好的木偶头可以随意置换到木偶身上,武生换个脑袋,再换件衣裳就可以任意变成其他角色了。

不接团时,偶尔有散客参观,连跃龙总是热情迎上去有问必答,只要有客人买票,他就会和伙伴们认认真真地呈现一场绝妙演出。大众点评上不少人表示,虽然观众不过二三,但看得出演员们非常用心,上前体验也指导得亲切耐心,那笑与热情骗不了人。

连跃龙觉得,一切表演都要符合自己的水平,对得起舞台,对得起观众。这是传承人应该做并且必须做到的。

很多人觉得,随着文化娱乐活动不断增多,非物质文化遗产逐渐没落,看木偶戏的人渐渐少了,对传统戏剧抱有热情的大概都是些怀旧的老人罢了。

其实不然,艺术馆接待的学生团不计其数,在厦门,从幼儿园到各中小学,都来馆内研学。厦门之外,有各地的青年旅行团、亲子活动、国际学生,连跃龙和他的师兄弟们也会走进高中的课堂去表演和分享。

要传承好布袋木偶戏,就得让观众爱看,受众面扩出去,尤其是年轻一代,在孩子们心中栽下对传统技艺好奇与热爱的种子。

化繁为简,不费丝毫口舌,人物动作交互行云流水间,小朋友们也自得其意,技艺出彩便是欢笑丛生,掌声阵阵。

"为什么木偶的手那么小可以端茶倒水?""那个缸是怎么一下就抛到脑袋上的?太准了!""为什么他的帽子能转,嘴里可以吐烟圈!""原来大老虎和打虎英雄都是哥哥演的,怎么做到的?"

精巧的木偶能表演端茶倒水(连跃龙拍摄)

《大名府》里各种角色炫技总能博得孩子们一乐,每当向孩子们演示木偶动作时,连跃龙都能感受到这些稚嫩生命心里迸发出的那种对传统高超技艺的无限惊叹。

除了经典木偶戏剧目演出,连跃龙也带着孩子们体验木偶表演与 DIY 木偶。每次和小朋友接触,他都会被这些孩子的奇思妙想震惊。套上木偶后,孩子们就能按自己的想法斗出一番天地。给木偶头添上颜色,制作衣服又是另一番景色。

孩子们体验木偶表演(黄吴葳拍摄)

"以后还要来玩。"看着孩子们在木偶制作的世界里玩得热火朝天,连跃龙觉得自己所做的一切都意义非凡。

传播,木偶走向世界

2018 年 10 月 29 日,连跃龙随东南卫视一起到台湾参加"亲亲闽台缘——两岸广播暨非物质文化遗产交流表演活动"。

第一次只身赴境外表演,连跃龙的心情就像坐过山车,从最初的喜悦到忧心演出的各种细节,练习中只要有一丝不完美,在他的眼里都会被无限放大,焦躁,而后又得静下心去琢磨,直到悟出精髓,练到满意为止。

比如《雷万春打虎》中的打虎节奏,动作无碍了,可随着急促鼓点,咚咚咚咚,人虎交锋要到劲头上,手上动作就像刹车失灵只照着惯性冲出去的车,看着带劲刺激却失去灵魂。

练习首先要获得肌肉记忆,然后要凌驾它,做到收放自如,连跃龙明白得将这情节、动作入脑入心,而不是让手自顾自打下去。

演出前每天睁眼闭眼间尽是虎啸与雷万春摩拳擦掌之姿,连跃龙坚信自己能做到万无一失。演出当天引得台湾观众连连叫好。

连跃龙在台湾嘉义表演《雷万春打虎》

连跃龙知道,闽台布袋木偶戏虽各有千秋但同源,据史料记载,早在明代万历年间布袋木偶戏就从福建流传到台湾以及东南亚等地。随着两岸民间文化交流越来越频繁,布袋木偶戏也成为闽台文化交流的名片,这更有利于闽南布袋木偶戏的传播与传承。

之后,连跃龙和小伙伴纷纷踏出国门,到世界各地去演出。泰国、美国、澳大利亚……民族骄傲的东西,亦是世界欢迎的。传承者最自豪的便是自己视为瑰宝的技艺得到认可,自己获得尊重,薪资也足以为生活添彩,传承之路越走越通畅。

傀儡人生

连跃龙(右)与郑叶凯芳(左)在东南亚演出(连跃龙供图)

如今国家重视非物质文化遗产保护与发展,将中华传统文化置于人类共有精神财富的坐标系上;作为民族自信的底气和骨气,政府加大对布袋木偶戏的宣传与保护力度,木偶戏的受众渐渐多了起来。

"舞台小天地,掌上大乾坤",小小木偶在代代相传、创新实践虽曲曲折折,但已然从街头艺术成为代表中国闽南文化的靓丽名片。

连跃龙认为,虽然布袋木偶戏已大有起色,但仍在起步阶段。长风破浪会有时,直挂云帆济沧海。他会用毕生去实践,用老一辈那精益求精的工匠精神传承好这项传统技艺,讲好中国故事。

记者手记

第一次接触木偶戏是在中山路的新华书店里,书屋的偏僻一隅陈列着各色陶瓷,依稀的流水声伴着锦鲤戏水,那是木偶戏表演的入口,在它与书架的交界处,身着古韵服饰的工作人员不时揽客,态度极佳。但每次去书店,都不见有顾客买票。

那时的自己只觉得一项传统技艺竟然要沦落到必须和书店相依为命了。虽然它们都透着高雅的气质,书店主静,木偶戏主动,演出虽不会打扰顾客,但两者的结合不免格格不入。

我的解释框架很快定位为,新时代传统艺术的没落,演出的受众应大多为老人,且吸引不到新一代的传承者。

找典型,抓主要矛盾

回校后,查阅厦门布袋木偶戏的相关资料,意外发现这项传统民间艺术并不像我想像的那么没落。多家央媒与外媒报告过厦门一家三代的木偶戏传承人,只要在搜索框中输入"厦门布袋木偶戏",页面上几乎都是他们的新闻。其中庄宴红女士创办的弘宴庄木偶艺术馆,只要上大众点评就会发现,它与厦门旅游捆绑在一块儿,而且评论区有言,就算只有两三人,艺术家们都会认真热情地表演;她的父亲是闽南北派木偶戏的集大成者;而她的女儿詹皓晶,在CGTN和TED上用一口流利的英语把木偶戏介绍给外国朋友,脸书收看量达2万$^+$,初中后就出国深造的她,对把握时代脉搏传承创新非物质文化遗产有自己的见解,她们对于布袋木偶戏传承发展的有益探索或许能给其他非遗借鉴。

粗略浏览了有关她们的报道,我发现所有媒体都只着眼于他们现有的成就而进行宣传,并不了解分析这项非物质文化遗产是如何跟上时代浪潮,如何吸引传承者与受众,如何做好传播扩大影响力的。

从人,也就是表演者的角度,他们从哪儿来,有多少人能坚持下去;从物,也就是木偶布袋戏本身的制作工艺,表演过程都是怎么继承传统,推陈出新的;从传播效果上,布袋木偶戏怎么讲好中国故事,这一系列的问题都可以归结到"传承"上。

一步步靠近信源

采访前就去了两次木偶艺术馆,主要是看表演,是否吸引人;与工作人员闲聊,看看可挖的东西多不多;添加联系方式,以便后期对接。接待的表演者其实跟我年纪相仿,沟通起来就更轻松自然一些。明显能感受到的是,微信交流信息还是受限,面对面,更有温度。

一个古老艺术能流传下来,除了自身有魅力,更重要的是有一代又一代传承者在坚守。老一辈传承者现在怎样吸引、培育新的传承者。这些木偶戏的年轻血液成为我后期研究的主要对象,想从他们的学习、表演、传播的过程来看木偶戏的传承之路。

败笔总结

虽然前期准备了很多,但对受访者的资料搜集还不够;提问题的角度还是太大,没能提起被采访者的兴趣。另外,应该主动挖掘事实和素材,而不是让受访者来填充自己的问题框架。

主观方面,对方是德高望重的前辈,有自己的气场与脾性,接受过无数高级采访,我只是慕名采访的学生。姿态放得太低,会让对方觉得你不够自信,不太能产生信任感。所以那次采访得到的信息不够。

后来把写作视角转换到学徒身上,写作时一些细节、群体中突出个体的方面也没能处理好,多名学徒表述千篇一律,不太能找到特殊的点,这些都是以后要慢慢磨炼的吧。

指导教师点评——唐次妹

这是"深度报道"课程作品。黄吴葳希望探索当下中国非物质文化遗产的传承和发展的困境和路径,让中国传统文化焕发新的生机。这个理想萌发于她在厦门新华书店与木偶戏的一次偶遇,在"深度报道"课上她提出要以此作为课程作业的选题。随后她查资料做文献,走访木偶艺术馆,采访木偶戏演员、学徒,跟采木偶戏的下乡计划和演出现场,几番艰辛,终于写出这篇文章。作者最初想把视角放在已经功成名就的木偶表演艺术家和传承人身上,因为采访受阻放弃了,转而从学艺初成的学徒的视角讲传统文化传承的故事。稿子虽然存在不少问题,但可以看到作者的用心,我看到她的新闻实践精神,看到她提高新闻"四力"(眼力、脚力、脑力和笔力)的努力。

黄吴葳还用此题申请到国家级大创项目,继续她的研究和探索,希望她的付出能有更多的回报。

潘维廉：厦门第一"老外"

牟 广

潘维廉从1988年起在厦门大学管理学院任教，四年后，他申请在中国永久居留，成为福建省第一个拿到"中国绿卡"的老外。

在中国工作生活三十一年，他了解并热爱中国，见证了中国经济的发展变化，先后帮助厦门、泉州等地获得国际花园城市金奖，他还荣获中国国家外国专家局颁发的中国"友谊奖"，获得"厦门市荣誉市民"等称号。

2018年年底，潘维廉出版新书《我不见外——老潘的中国来信》，以外国人的独特视角，记录和展现中国改革开放的历史进程和伟大变革。习近平总书记高度赞赏潘维廉的"不见外"，为他"作为中国改革开放的见证者，热情地为厦门、为福建代言"的行为点赞。

潘维廉获评"2019年度感动中国人物"，央视的颁奖词为："打开心扉，拥抱过就有了默契，放下偏见，太平洋就不算距离，家乡的信中写下你的中国，字里行间读得出你的深情，遥远来，永久住，深刻爱，我们都喜欢你的这种不见外。"

百年厦大——潘维廉眼中的"国际化学府"

厦大早有国际化办学的传统，通过引进外籍教师等措施推进国际化办学，一大批外籍教师"不见外"，在厦门大学学科发展、学生培养以及国际化建设中发挥重要的作用，潘维廉教授就是其中之一。潘教授在厦大执教三十年，他不仅见证了厦大在改革开放之后的办学成就，更是全程参与厦门大学双一流建设新征程中。

1921年，陈嘉庚先生以"教育为立国之本，兴学乃国民天职"为信念，倾资创办厦门大学,开启了与国家民族同呼吸共命运,矢志兴学强国的壮丽征程。"唯其艰难,才更显勇毅,唯其笃行,才弥足珍贵",百年的求索与开拓、苦难与辉煌,都内化为厦大人心中传承永续的热血记忆和引以自豪的精神坐标。这百年的发展路离不开每一位厦大老师、每一位学子的共同努力。时值厦门大学百年校庆之际,本刊对厦门大学管理学院潘维廉教授进行了专访。

潘维廉的家在厦门大学思明校区的凌峰社区。记者沿着蜿蜒的小径踩着阶梯往上走,在绿树环绕的几栋老楼前停了下来,一扭头,就能看到厦门的山与海。早期厦大教职工都住这里,后来许多人在校外买了房,搬了出去,这几栋楼便留给新老师或访校暂住的人。邻居换了一批又一批,潘维廉却没动过,一下住了三十年。

"我觉得厦大最有意思的就是我觉得(它)是全国最具有国际化气息的学校。"在一个外国人的眼中,厦大为何具有如此的国际化特色,可以从潘维廉的回忆中找到答案。

对外国友人的接纳

潘维廉曾是美国空军军人,1976—1978年在台湾服役,因偶然发现"来自天堂的一封信"的大陆宣传单,了解到海峡对岸有个大陆,萌生到大陆去看看的想法。退役后,他毅然决然卖掉公司,准备到中国学习汉语,了解中国文化。当时,周围的人都不支持他,甚至专门打电话给他,表示强烈的反对。然而,潘维廉并未被他们阻拦,他抱定了要到大陆的决心,因为在他看来,道听途说的一切并不能代表中国大陆的真实情况,他想要到大陆亲眼看一看。1988年,中国大陆招收外籍教师的大学只有厦门大学一所,于是潘维廉与厦大正式结缘。

"1988年的时候,很多人问为什么来厦大?我说因为没办法到其他的地方,因为1988年全国只有厦门大学让那些留学生来学中文,也可以带家里人。"回到20世纪80年代,北京、上海的诸多高校虽然有更好的发展条件,但这些大学不像厦大这样开放。了解到1921年陈嘉庚建厦大的历史,潘维廉认为:"陈嘉庚很有国际的想法,第一年的学生差不多有一半的是从国外回来的。"

推动管理学院走向国际化

来到厦门大学，潘维廉在管理学院任职，与学生建立了亲密的联系。90年代的物质生活没有现在这么发达，大家的娱乐活动较少，因此他经常邀请学生们到位于半山上的家里吃饭，包饺子。与此同时，厦大的工商管理项目也在潘维廉及其学生的努力下蓬勃发展。

"中国经济在过去三十年里发展很快，令人吃惊。而这些变化的基础是贸易。对中国来说，取得这种成就并持续发展下去，学习国际贸易显得很重要。中国需要国际贸易的人才，所以我觉得自己在干全世界最好的工作。中国是发展中国家的希望，要发展经济，我很高兴正好能帮上忙。"说到在厦大的工作，潘维廉自豪地称，来中国以后最难忘的一件事就是到厦门大学教书。

全国第一所在海外建分校的大学

打造对外开放教育的新高地是国家大政方针。教育部于2020年要求，扩大新时代教育，对外开放，是教育发展的需要，是国家建设的需要，是新时代发展的需要，既迫在眉睫，又恰逢其时。

2013年，应马来西亚政府要求，厦门大学在马来西亚雪兰莪州的沙叻丁宜筹律厦门大学马来西亚分校。学校由厦门大学全资所有，是第一所在海外设立的中国知名大学分校。厦门大学马来西亚分校是我国教育对外开放的一次全新尝试，是我国高校走出去战略的第一步，为"一带一路"倡议的实施输送更多高素质国际化人才，同时也能够更好地向世界讲好中国故事，传播中国文化。

所以从很多方面来看，国际化是厦大一个鲜明的标志。潘维廉十五年前写过一本书——厦大的书，里面涉及厦大的诸多个"中国第一"。潘维廉认为，百年厦大之所以能够取得如此成就，闽南人的思想、闽南人的精神是关键因素："一千年前闽南就是海上丝绸之路的，所以这边的人确实就是有着国际视野的，我觉得那是最重要的。"

老外眼中的"中国速度"

用普通话"讲段子",偶尔来两句闽南话,潘维廉还是保持着"中国通"特有的诙谐。采访中途,他甚至还用闽南语唱起《爱拼才会赢》,在他的眼中,中国速度就像这首歌,催人奋进,令世界为之喝彩。

跑四万公里看脱贫攻坚

"如果说这两年发现了什么,那么我觉得这两年最重要的是,我觉得现在我有点了解中国为什么发展这么快,这么全面了。"1994年潘维廉跟家人就开始游览中国,自己驾车两万公里,耗时三个月,所以,以前看到的是改革开放刚刚起步的中国。但如今,他为了看看二十年里中国的变化,看2020年的全面脱贫目标能不能实现,潘维廉以厦门为起点,再次游历二十五年前他曾经到过的城市与乡村,游历了习近平总书记提到或工作过的地方,包括延安、梁家河。他和厦大的同事一起,纵横两万公里,足迹遍布二十六个城市,历时三十一天。

"全国的变化好大,现在西部东部差不了多少。"潘维廉一行人去到兰州、格尔木这些地方,发现这些城市居民的生活条件变得非常好了。"我记得三十年前在厦大条件也不是很好,我第一次申请电话机,花了三千人民币等了三年才装好。而现在我到宁夏,那个农民在宁夏刷我的微信,我说你有微信?他说当然,他天天上网买东西。我想中国怎么会这样的?这么快、这么全面的?后来去年我开始了解。"

2020年抗击新冠证明"中国很棒"

"我现在生活在地球上最安全的国度里,这里没有疫情的恐惧",见到记者,潘维廉聊起2020年3月从美国"逃回"中国的事。

2020年年初,潘维廉趁寒假回美国探亲。得知新冠疫情暴发后,他一直持续关注着来自中国的消息。

3月初,潘维廉向厦门大学提出返校申请,而那时中国疫情还比较严重,病毒在美国并没有大面积扩散。但3月21日,潘维廉还是坚持要回厦门。当记者问及,3月下旬,中国疫情还很严重,怎么敢确定中国很安全?潘维廉说:"这个问题很简单,中国抗疫是科学的,是实事求是的,美国不顾事实,肯定要成为最不安全的地方。"他说,自己坚信:"中国会做得很棒。"

政府艺术——中国的第五大发明

"中国政府做事情是有逻辑,也是科学的。因为这么大的国家,这么些现代的问题,面临的问题又这么巨大,必须用科学。"

在中国生活了几十年,潘维廉渐渐认识到,也开始了解中国的社会背景。在他看来,中国能在这么多的领域取得突出的成就,一个很重要的原因,就是高效率的中国政府。"我觉得针对这个我准备写一本书,就是中国第五大发明。"三百年前的一个英国政治家说过,全世界都知道中国有四大发明,但是他说世界承认中国最拿手的、最好的是政府管理艺术。三百年前西方人看中国这么古老的国度,这么大的国家就早已有了这种思想,所以三百年前世界非常佩服中国的政府。"我觉得现在也开始了解今天的中国还是很厉害,所以我希望可以写第五大发明。"

厦门成就了他,他让世界读懂中国

初到厦门的头几年,为了帮助在厦门的外国人解决吃饭、交通等日常生活中遇到的问题,潘维廉花了一个下午的时间写出一本小册子,给不熟悉当地的人们提供"生活指南"。从2000年开始,他陆续出版《魅力厦门》《魅力福建》《魅力泉州》《魅力厦大》等十余本图书,让更多的外地人了解厦门,了解福建。为了方便不同人群阅读,他又开始出汉英版。"后来我越来越了解福建的历史,越来越感兴趣,所以我继续写很多了。"他的书里除了文字,还不乏活泼生动的卡通手绘插画,这是属于潘维廉的独特的写作方式。他还设一个网站,向世界介绍中国,介绍福建,介绍厦门,主持过四百多集关于中国历史文化的电视节目,协助《国家地理》拍摄郑成功专题。

年轻人要"会讲中国故事"

抗疫和扶贫的优异成果说明中国很棒,但世界对中国还是有很多误解。这是潘维廉一直关注的问题。

在自己新书的前言中,潘维廉写道,外国人对中国不了解,除了西方媒体的偏见,也与中国媒体"不太会讲故事"有关。同时,在潘维廉看来,中国年轻人也不敢在外国人面前讲中国故事。这是编辑"用英语讲中国故事丛书"的初衷。

两年前,潘维廉加入"用英语讲中国故事丛书"的编写队伍,该丛书2019年4月由人民出版社出版。这本书用地道的英语讲地道的中国文化,受到师生们的喜爱。

"我希望中国青年人看了这本书后,知道如何给外国讲故事,而不只是会讲自己的年龄以及读什么专业这类话题。"潘维廉说。

2020年1月底,尚在美国休假的潘维廉给自己的好友、新航道国际教育集团董事长胡敏寄去一封英文信。信中,他赞赏中国政府在应对疫情时所表现的果敢和担当。收到信后,胡敏立即将其作为英语阅读材料,发给"停课不停学"的学生学习。

从这封信开始,在胡敏的支持和鼓励下,潘维廉继续用书信的方式与中国年轻人交流。陆陆续续的十几封信中,潘维廉分享了自己对于英语学习、中国故事、家庭教育、抗"疫"经验等话题的思考,帮助中国青少年在后疫情时代更好地了解自己,了解中国,了解世界。

我不见外——老潘的中国来信

2018年12月,潘维廉的新书《我不见外——老潘的中国来信》出版,书里汇集了他从1988年开始写给家人的四十七封信件。该书出版首发后,潘维廉给习近平总书记写了一封信,随信寄送了这本书。2019年春节前夕,总书记回信,不仅对新书出版表示祝贺,也对他的"不见外"的精神表示赞赏,鼓励他继续向世界讲述真实的中国故事。

得知总书记给自己的回信,潘维廉表示"高兴并荣幸,同时也很吃惊"。他还回忆起当年习近平在福建工作时对自己研究福建历史文化、讲中国故事的鼓励,他说:"我相信,中国未来的机会将越来越好,责任也越来越大,要好好利用这样的机遇,让下一代有更好的中国,更好的世界。"

跨文化传播的使者

如今的潘维廉,依然每天快乐地生活在厦大,是同事和学生眼中的"快乐老潘"。除了喜欢研究历史,他还喜欢音乐,吹拉弹唱样样会,他的吉他弹唱是管理学院的保留节目。

潘维廉在他的书信接受采访后(牟广拍摄)

潘维廉在厦大管理学院讲授"组织行为学"等课程。上课时,他有时会插入魔术,还做游戏,由于课程生动活泼,深受学生喜爱。学生们说,他的这些游戏并不是纯粹为了逗乐学生,很多都与课程紧密结合,让学生在游戏中弄懂管理与沟通的方法。厦大管理学院 2016 级学生李嘉说,潘老师在讲"组织行为学"时非常注重跨文化传播,因为他对中国文化、美国文化都非常熟悉,所以课程很能让学生接受。

最近,潘维廉还准备写一本英文书,书名就叫"潘维廉的厦门来信"。除此之外,他还常开讲座,向东南亚来的学生讲中华民族的文化,讲一带一路,讲中国人和平贸易的精神。他希望通过这种跨文化的传播,让外国人能更深刻地了解中国,也希望中国人有文化自信。

管理学院同事的记忆中,潘维廉是个"工作狂"。20 世纪 90 年代前后,他担任"宏观微观经济学""比较管理学""组织行为学""经营战略""商务英语"五门课的教学工作,工作量超过厦大教师额定工作量的一半。中午他一般不回家,啃几个馒头,而不是面包。

当厦大的师生称赞他热衷"向中国以外的人们介绍真实的中国"时,他常常笑言,这种对外宣传所得的稿费还不够买一杯咖啡。

现在的潘维廉,依然保持着年轻时的工作劲头。作为学校环球行政人员工商管理硕士项目的负责人,他亲自规划,亲自设计课程,不论是与厦大教师沟通,还是与国外院校联络,他都游刃有余。

最后,在谈到有什么想对厦大建校百年说的时候,潘维廉在现场直接为我们唱了首歌,一首经典的闽南歌曲《爱拼才会赢》:一时失志不免怨叹,一时落魄不免胆寒,哪怕失去希望,每日醉茫茫,无魂有体亲像稻草人。人生可比是海上的波浪,有时起,有时落。好运,歹运,总嘛要照起工来行,三分天注定,七分靠打拼,爱拼才会赢……

作者手记

这是唐次妹老师"新闻编辑"课的作业,这门课要求我们组队办一本杂志,编辑部从一开始就确立"厦大百年校庆"这一主题,而我则选择"风华正茂"这一专栏。所谓江山代有人才出,在过去几年,厦门大学在各方面取得突破性成就,而给我印象比较深的,并且在生活中能够近距离接触到的就是潘维廉先生。

关于这篇报道，我起初的灵感主要来自两个方面。首先，最重要的应该是我们厦大师生都见证了潘维廉对于厦大的发展做出的杰出贡献，从他来到厦门，进入厦门大学执教，他作为中国改革开放的见证者、厦门大学的建设者，我想要将先生这三十年的点滴付出展现出来，勉励百年厦大的每一位学子。其次，开始选题的那段时间我有幸参与迟月利老师的团队中，当时团队做的项目主要是去拍摄潘维廉教授、潘越教授，记录他们在厦大这些年的经历，传达他们对百年厦大的寄托与祝福。借助这次机会，我有幸近距离接触到潘维廉先生，从前期采访到后期资料整理的过程中，我对先生有了更深入的了解，这十分有益于我后期进行稿件的撰写。

为什么从"国际化"这一视角去构思全文，其主要落脚点分别在于厦大的办学特色以及潘维廉先生的独特身份。潘维廉先生在厦门生活了三十多年，从他不一样的视角展现厦门大学面向东南亚、开放办学的特色，我想这要好过干巴巴的成果堆叠。

在采访的过程中，我印象里记得先生的普通话说得很好，更让我眼前一亮的是先生竟然会唱闽南歌曲，对于一个"老外"来说，这是很难得的。于是，我便把先生唱歌的这一段用来作为我这篇报道的结尾，"爱拼才会赢"这句歌词很是应景，希望厦大和厦大的每一位师生都能够在新的百年征程中奋勇前行。

指导教师点评——唐次妹

这是"新闻编辑"课程作业。

作者年广试图从新的角度去理解潘维廉，采访用心，素材也很丰富，从多个维度书写"厦门第一老外"的中国缘、厦门缘、厦大缘。稍显不足的是文章的结构，条块分割的结构割裂了故事的连续性，细节的缺失也影响文章的可读性。

可以尝试以潘维廉的中国初心为切入口,以潘先生在厦门、厦大的工作生活为明线,将潘先生的家信、他在中国的旅行见闻(对中国认识的加深、观念的变化、情感的变化……)作为暗线编织,能写出一篇更具志趣意味的好文章,讲好一个老外的中国初心故事。

为流动儿童点亮一盏灯
——走访厦门市湖里区高殿公益图书馆

何小豪

12月11日,下午四点半,正值附近的小学和幼儿园放学,高殿的街头逐渐热闹拥挤。孩子们背着书包,三两结伴,走进高殿公益图书馆——这个在街角并不起眼的小房子,坐落在厦门市湖里区殿前街道高殿社区已有两年之久……

给外来娃留的一扇"阅读"窗

12月11日,下午五点,高殿公益图书馆里陆陆续续来了不少孩子。登记名字,洗手消毒,坐到桌子前,打开书包,一笔一画地写着老师刚布置的作业。像回到家一样,孩子们娴熟连贯地完成着一整套动作。

坐在另外几个孩子们中间,和孩子们唠着嗑的,是高殿公益图书馆馆长张小颜。2018年7月,在多个民间公益团队的共同筹划下,高殿公益图书馆正式开馆运营,这其中也包括张小颜所在的鸟巢阅读计划团队,高殿公益图书馆是鸟巢阅读计划团队创办的第四个面向城中村儿童的图书馆。"开馆时间是每天的下午四点到晚上九点,主要是面向高殿的这群孩子们开的。"张小颜介绍。

门面并不起眼的高殿公益图书馆,占地总共四百五十方米,除了敞开的公共学习空间外,还有活动室,用于周末举办文化教育活动。一面面书架紧凑地靠着墙,陈列着各式各样的儿童读物:《格列佛游记》《绿山墙的安妮》《快乐的小豆子》……看台上零散地坐着七八个孩子,安安静静地,一头钻在故事世界里。

"馆内的书籍都是社会各界捐赠的",高殿公益图书馆馆长张小颜告诉记者,图书馆内借书零门槛,不需要任何费用和办理借书证。目前馆内图书已有近万册,以文学类和科普类的少儿读物为主。

立足"流动儿童"的多元尝试

提供阅读和公共学习空间之余,图书馆也在尝试提供更多元、更深入的文化教育服务。

12月13日,上午十点,活动室里的二十几个孩子们已围坐一堂。来自厦门大学古月新湘团队的成员们用心地向孩子们展示苗绣图案,娓娓讲述苗族的故事。孩子们捣腾着色彩斑斓的油画棒,由着自己天马行空,涂满每一个区域。活动负责人王雪表示:"出于安全考虑,原先的刺绣体验取消了,改为描绘图案上色,让孩子们在上色中感受苗绣的艺术魅力。"

由馆长牵头,高校志愿团队、社会义工组织和个人协调合作,这样的课余活动每周都在高殿公益图书馆开展。本周末,除了苗绣文化体验活动之外,图书馆还举办了四个类型各异的活动:"久趣英语"为孩子们提供英语锻炼的舞台;让科学立体,让知识有趣,"好坏的科学"带领着孩子们探索科学奥秘;"电影工作坊"以观影的方式带给孩子们不一样的人生体悟;"亲子互动"游戏则为父母和孩子提供拉近距离、加强沟通的平台。

成立两年,高殿公益图书馆的运营管理逐渐稳定。在各方团队的协调合作下,不少项目有条不紊地逐渐推进,队伍也在不断壮大。张小颜是今年6月份刚刚"上任"的,负责图书整理和周末活动统筹的工作。"我也是高殿社区的一员,之前从事幼儿园教学工作,自己也比较喜欢小孩子,就想来尝试尝试。"短短半年,张小颜已经是这里的"孩子王"了。

除了张小颜,馆内还有不少"小馆长"。孩子们自愿报名成为志愿者,帮助张小颜整理图书,提醒入馆人员戴好口罩。"让孩子做一些琐碎的小事,也是希望他们可以尽快融入这里,能更有参与感",张小颜坦言。

城中村:"流动"的困扰

下午五点半,今年上小学二年级的吴桐,正在认真翻看刚从书架取下的《脑筋急转弯》。在吴桐旁边,两个小男孩饶有趣味地讨论着数学题,他们是吴桐的同班同学,也是邻居。"我在等爸爸下班来接我,接完我再去接弟弟",吴桐腼腆地说。

在高殿,不少父母下班的时间和孩子放学的时间相隔甚远,孩子放学往往一个人,得不到陪伴。"有的家长甚至要到九点多下班,孩子得不到照顾,在街上闲逛",张小颜说。

下午六点半,吴桐的爸爸吴振东到图书馆接孩子。"孩子放学时间早,一个人在家读书也管不着,很容易走神。所以就让她放学待在这儿看看书",吴振东坦言,自己的文化水平并不高,对于孩子的教育问题很是头疼,尤其是孩子缺乏阅读兴趣。吴振东的下班时间并不固定,很少有时间陪伴吴桐,"这孩子很内向,我也希望在这里有人能陪陪她,替我跟她说说话"。

事实上,吴振东的困扰并非个案。

作为厦门市众多城中村之一,高殿目前有常住人口一万两千人,外来务工人口十四万多。像吴桐这样,跟随打工的父辈来到城市,没有流入地城市户口但在居住城市就读的流动人口子女,在社会学上被称为"流动儿童"。流动儿童是改革开放以来我国社会转型期的产物。

流动人口普遍文化水平低、工作强度大,子女教育问题往往被忽视,即使重视,也常常"心有余而力不足"。因此,流动儿童在学习与心理上融入城市时容易遭遇一定障碍。此外,在小升初时,孩子们还将面临能否上中学的问题,如果不能获得城市户口,只能回到家乡上学,成为留守儿童。在流动和留守中徘徊的社会边缘儿童,时常陷入身份认同的困境。

"教育是一朵云推动另一朵云,是一棵树拨动另一棵树。"在多支民间公益团队的组织下,城中村儿童的教育问题似乎获得更多关注。越来越多的图书馆在厦门的城中村落地生根,11月29日,厦门市海沧区新垵公益图书馆正式开馆。"单靠民间的力量还是不够,希望政府能够有更多的支持和引导",张小颜说,流动儿童还有很长的路要走。

晚上七点,在一片嘈杂市井声中,来来往往的家长下班归来,手里牵着背书包的孩子。高殿的小楼十分拥挤,被称为"亲嘴楼"。行走在窄巷中,林立的电线杆上缠绕着密密麻麻的电线,遮蔽大部分的光线。

公益图书馆的出现,为城中村点亮了一盏灯,但,更多的灯,还应该,在路上……

指导教师点评——叶虎

文中提及人物均为化名。

阅读是人类进步的阶梯。作者聚焦于厦门市湖里区高殿公益图书馆,满怀着社会责任感呼唤"为流动儿童点亮一盏灯"。乡村文化振兴是系统工程,一座座公益图书馆就是其中闪耀的星星,为孩子们特别是流动儿童点亮人生的道路!作者紧扣这一迫切的社会课题,以问题意识为先导,通过较为扎实的采访引发人们深入的思考。

百人合力送王船巡境 千人齐心祈厦港平安
厦门沙坡尾举办第十届厦港"送王船"活动

李天昊 蔡佳莹

在高腾的烈焰中,伴随着"噼里啪啦"的木柴燃烧声,王船浴火重生,带着民众驱邪、祈福的愿望被"送"往远方。11月15日,国家级非物质文化遗产——海峡两岸第十届"送王船"文化节在沙坡尾精彩举办。宋江阵、大鼓凉伞、疍民歌舞、拍胸舞等精彩民俗节目陆续上演,信众与游客们共同见证了厦港有史以来规模最大的送王船活动。

船身涂满彩绘,舷边插满纸偶,船头正面为狮头图案,两侧插上旗子,左"青龙",右"白虎",船前挂一赤幡,上面写着"代天巡狩池府千岁"。这次"送王船"活动由龙珠殿年过九旬的阮过水主理,厦港街道七八十岁的老渔民共同参与,纯手工打造的王船长达十一米一二,宽二米五五,创下历年之最。

王船从沙坡尾出发(蔡佳莹摄)

下午一点半，各路"神仙"和"乩童"开路，在信众、舞龙、舞狮、大鼓凉伞的陪同下，王船带着三百米长的游街艺阵队伍从沙坡尾出发，经大学路、蜂巢山路、思明南路、演武路、大学路，来到珍珠湾附近的书法广场。王船绕境厦港一带社区，庇护这一方风调雨顺。

王船抵达书法广场后，工作人员将金箔、食物等祭品堆在船的四周。下午四点半，王船被点燃，船架在熊熊的火焰中垮塌，最终化为一地黑色的残骸与灰烬。海水涨潮时，大海会把船灰一起带走，象征着把祭品全部送给祭祀对象。这样做既是为了祭拜"王爷"，也是为了告慰葬身大海的英灵。

王船被点燃(李天昊摄)

相比往届，本届"送王船"活动吸引更多年轻人的参与，有从漳州来的一家三口，也有远道而来的大学生，来自北京师范大学的民俗学专业博士研究生林昱雯就是其中之一。"看着他们这一群七八十岁的老人们不求回报地起早贪黑去做这么一件事，或是为了信仰，或是为了家人、他人，我就想着，我不想只当局外人，希望能帮他们多做一些事"，林昱雯说。

为了配合疫情防控需要，本次活动也采用云端直播的形式，弥补海外同胞未能齐聚厦门的缺憾。

据悉，2016年，中国厦门和马来西亚马六甲联手向联合国教科文组织申报将"送王船"列入人类非物质文化遗产代表作名录，目前已进入关键的评审阶段，预计下个月将公布申遗结果。此次活动正是双方共促送王船非遗文化保护传承的联合行动。

指导教师点评——叶虎

昨天的新闻就是今天的历史，2020年12月17日晚，我国与马来西亚联合申报的"送王船——有关人与海洋可持续联系的仪式及相关实践"项目顺利通过评审，进入联合国教科文组织人类非物质文化遗产代表作名录。回看这篇消息，作者深入现场进行采访，一路追踪"送王船"的整个过程，在叙述和描写的交错中呈现"厦港有史以来规模最大的送王船活动"。难能可贵的是，作者还特意点出此次活动与往届不同的特点——吸引了更多的年轻人参与，展开现场采访。整篇消息画面感强，叙述描写紧凑，给人留下难忘的记忆。

记住泥窟:被连根拔起的"城市乡愁"

林 毅

厦门地铁二号线途经湖里区数个典型的城中村——蔡塘、泥窟、古地石、何厝、坂美、洪水头……这些裹挟在城市高楼里的村庄,不仅是外来务工人员的庇护所,更是当地土著居民生于斯、长于斯的根基。

2019—2020年,随着厦门城市的发展,岛内城中村拆迁改造工程加速推进,城中村面积正在急剧缩减。从今往后,它们或许只能以地铁二号线所标记的站牌名存在,而不再是城中村本身,城中村的特殊样貌将成为过去。

泥窟,是其中尚未开始动工拆除的城中村之一。在泥窟社横岔蔓生的拐巷里,还时不时能碰见陌生的拎包者。他们可能刚从这里退租走人,几分钟后,将会出现在泥窟南门村口前——那条通往城市的坂何公路上,去寻找新的居所。

坂何公路

坂何公路是位于泥窟和石村两个城中村交界的村际路,也是城中村与外围城市接壤的过渡地带。不宽敞的路面上没有人行步道,四周低矮的楼房和沿街商铺堆叠。沿坂何公路向东走几百米至前埔路,路口处可见一座名为"爱丁堡连锁酒店"的高大棕色建筑,由此路面顿时开阔,往来车辆喧闹更加肆意,俨然进入与城中村景观迥异的另一个世界。顺着马路向外走,泥窟北边,是在"思明区最佳人气购物中心榜"上排名第二的宝龙一城以及六七万元一平方米的高层住宅小区"上东美地",地铁二号线在这里贯通,途经软件园二期;沿坂何公路的另一个方向,在泥窟社西侧,思明区协和双语学校占据了两万多平方米的地块,旁边是提供双语教学和智能教学的嘉裕英语幼儿园。泥窟便鸡立鹤群般挤在这一众华丽而极具现代感的名字之间,像折叠在城市高楼里的一个隐秘角落。

　　林军是在泥窟生活了几十年的本地人,在村庄里有百来间房子出租。在他印象中,从前的坂何公路算是一条主干大路。旧时的五路公交车从这里经过,连接厦门火车站和岛内最东边的何厝,串起禾山地区的数个村庄。只不过,旧五路如今已不再运营,禾山也于2004年撤镇设街,成为厦门岛内最后消失的一个镇。村庄零落,剩下的那些便成为"城中村",坂何公路终于也成了"小路"。现在,来自前埔路和洪莲路的车流不时驶入,常常使这条并不宽敞的村际路陷入小规模堵车的困境,尤其是在下午四点到五点的这段时间,正好是坂何公路中段的群艺幼儿园放学的时候。

　　坂何公路是泥窟与外界城市交相混杂的地带——外来的一切从这里开始涌入村庄。几乎每天,都会有拎着包裹的外地人在这里茫然驻足,向村道口垃圾桶旁的环卫阿姨问路,他们的目的地通常不是泥窟就是石村。

傍晚时分的坂何公路(林毅摄)

　　坂何公路上,开得最多的是三种店——汽车维修店、电动车行以及来自大江南北的小餐馆,诸如河南面馆、麻辣烫、热干面、西北拉面,也有烤鱼排挡和经济套餐。华莱士炸鸡汉堡店算得上是坂何公路上众多餐馆中最整洁光鲜的

"爆款"之一。在这家以便宜实惠为吸引点的洋快餐店里,不到十块钱就能买到一份颇为丰盛的含饮料和小吃的汉堡套餐。有食客在大众点评上给了它五星好评并留言道:"华莱士真的便宜又好吃!对于贫民窟的我来说真的是福利!"2021年1月1日,新年第一天晚上六点半,店里——就像城市里的麦当劳和肯德基一样——靠近窗子的大桌上坐着一家三口,一位孩子正对着薯条包装盒印着的"七分钟内口感最佳"这句话感到疑惑,好奇地询问爸爸妈妈薯条是不是刚炸好的;而爸爸妈妈则谈论着自家的新房子以及搬到岛外去的朋友,不久以后,他们一家也将搬离城中村。

"美团二十八!"在晚上的饭点时间,平均每隔十分钟,就会有穿着黄色衣服的美团外卖小哥冲进店里,报上自己的单号并取走相应的外卖。很快,他们将骑着电动车横穿过坂何公路,遁入对面泥窟的巷子里。

无序烟火

谈起泥窟,"无序"是林军用得最多的词。

"应该是在2000年左右,大量外来人口涌入……无序地涌入……我们自己盖些房子,能出租,能回报一点利润,在当时也是一种方向。所以这些民房就无序地加盖起来。没办法,作为本地村民,失去土地,唯一的生活来源就是这个房子的租金。"

20世纪90年代,厦门设立经济特区后以湖里区为中心开始城市的扩张。对于那些纳入城市的农村,政府采取绕开农民宅基地而只征收耕地的方式。耕地消失,但农民聚居的村庄样貌还在,厦门的城中村由此形成。

这里没有城市的规整,没有统一清晰的门牌号。各色房屋随性而建,将空间纷乱地切开,形成窄巷、拐角、岔路或者断头路。握手的距离间悬吊着一条条蛛丝般的黑色电线,上面有时挂着不知从谁家落下的白色布帘。一位送煤气的男子在一座铁皮屋旁的三岔路口犯了难,摩托车绕来绕去找不到五号楼的位置,他对着手机的另一头大喊着:"喂,我现在进来了,但不知道你住哪?!"

在泥窟的街巷里,手机导航常常失灵,要准确地定位到某一栋建筑,只有靠经验或者熟人带路。"知乎"上那条"在厦门城中村租房,是种什么样的体验"的问题下,一位名为"青铜叁皿"的答主如此说道:"最怕的事情就是同学问你家在哪里？尴尬了，城中村里没有地址好吗，就算有我也不好意思说啊，同学问尚且能应付过去，老师让填表格就完蛋了，有些村里的同学在这种情况下会填'住在小区的亲戚'的地址，有些像我就乖乖填村里的地址，填得模模糊糊，我也是尽力了，谁能找到我家算我输。"

在泥窟，几乎找不到两栋一样的楼房。每一位自建的楼主都会按自己的想法建不同样式的房子，砌上不同的砖瓦，粉刷不同的颜色。矮的楼房有两层，高的有四到五层，有些还能看出明显的加盖痕迹。甚至在同一栋楼房，不同楼层房间的布局、窗户开凿的位置也是任意的。唯一的相似点，大概是这里的楼道都一样狭窄和昏黑。"没经过规划，没经过设计，想怎么建就怎么建，这安全系数呢，都比较低，经不起五级地震，全部倒掉。"林军对这些房子的抗震能力没有信心。

泥窟社中无序的出租房（林毅摄）

厦门市城市规划局2018年统计数字显示，岛内城中村总面积为81平方公里，占城市总体居住用地的25.8%，常住人口达到52.9万，平均每人所占面积为153平方米，其中，外来人口是户籍人口的六倍多。

泥窟保留着原始的无序，也保留着来自五湖四海的生活烟火。贯穿全村的无名路是泥窟的市场，也是村庄里人流最密集、最热闹的地方。下午四点半，北村口门前的青菜摊已经被几位染着头发的中年妇女占据，她们一边熟练地挑拣蔬菜，一边和摊主砍价；一间名为"蒸蒸日上"的面包店里，站在蒸笼旁的店主正伴着手机里短视频流行歌曲的节奏舞动手臂；几家烧烤店都还没正式营业，但已经在准备食材和炭火。

这里不需要什么交通规则，接学生放学的电动车、收废纸的三轮车、朴朴超市的绿色电动车和买菜的人群相互避让；在超市的透明柜里，高压锅、剃须刀、购物袋、性用品和租房广告被放在同等显眼的位置——城中村窄小逼仄，却十分务实地满足了衣食住行物质生活的所有简单需要。走上一圈,理发店、手机店、服装店、药店诊所一应俱全。

夜晚,泥窟嘈杂无章的声响更甚。蹲在路边的年轻男子脸上被手机屏幕照亮,不时传出消息提示音;小孩子坐在超市门口一元玩一次的电动玩具上,配乐是节奏欢快的《小苹果》;满身酒气的三五老乡勾肩搭背地走着,一路唱歌一路醉话;玉秀中小学的篮球场里有相约打球的年轻人;楼上一扇亮着白炽灯的窗户里大声传来国产电视剧对白;在路灯照不到的地方,防盗门的锁头发出绿色的光点,水泵声从黑洞般深邃的巷子里传出,一个男人正茫然站在巷口的那排垃圾桶前。

泥窟社内的出租房,背后能望见高层住宅小区(林毅摄)

城市包围

在泥窟,许多出租房更像是单间宿舍。十多平方米的房间,推门进去便是一张贴地的大床。一男一女坐在床上,架起一张小桌子吃简单的晚饭,就可以有家的憧憬。门外,有时停着一辆卖福鼎肉片和瘦肉羹的三轮车,或是一辆扛着鸡蛋汉堡箱子的改装摩托车,有的则是一辆环卫保洁三轮车。泥窟人将载着它们驶向繁华的都市地带,去赚取各自的生存所需——这是他们与城市的联结。

无论是本地人还是外地人,都未停止过对城市的向往和联系,村庄里因而能看到越来越多模仿城市的痕迹——尽管这样的模仿有时带着一点蹩脚的可爱:"席梦思"这个有着一点高贵味道的词语,已经成为租房招贴上的标配;上网,几乎是必不可少的需求,一栋"移动信息公寓"以接通移动宽带为傲人卖点,蓝底白字的牌子上直白而诱人地写着——2M 光纤,免"猫"直接上网;巷子里的美容店闪着粉红色的浪漫灯光,打出的广告是"想要做女神,先做唇眼眉",在这里,做一次美甲需要四十九元。靠近坂何公路的店面不大的炸鸡店为自己取名"今晚吃鸡",并在右下角补上了一句英文"fride chicken"(尽管正确拼写应该是"fried chicken",但这并不妨碍店主展现巧思和生意的火爆);一家名为"东方美发"的理发店不忘给自己冠上"健康生活体验馆"的头衔,它对面的"江西精剪屋",广告用的是凌厉的黑色艺术字,算是这条街道最花哨最有设计感的。

在《南风窗》一篇名为"这里是城中村,这里也有理想"的文章中,作者将这样的现象称为"低端城市化"——"低端城市化"是对城市中心高档商业区的模拟和复制。

商业的复制景观也逐渐出现在泥窟四周。林军记得,十多年以前,购物要到莲坂去——那里才称得上"市区"。彼时泥窟还只是一个村庄,没有什么城市化迹象。随着湖里万达广场的开业,再到近些年东百蔡塘广场、瑞景商业广场、宝龙一城、航空古地石广场的相继出现,这些叫得出名字的商圈在村庄周围落地开花,泥窟才成了被商业区围拥的"城中村"。蓝色的达达、绿色的朴朴、黄色的美团,各种颜色的送货电动车越来越频繁地出现在泥窟的街巷里。

"方便"是林军对于村庄及其周边商圈建设与城市化的整体评价,这为他的退休生活带来不少新变化。例如,他现在喜欢到瑞景广场和古地石广场的 K 歌房去,邀上三五好友唱上一两首歌。在全民 K 歌软件上,他一共有五百三十六首作品。

与泥窟相较,相距不足三公里(直线距离)的洪水头也是名副其实的城中村,两公里范围内有四个大型商业广场,按开业时间先后分别是湖里万达广场、五缘湾乐都汇、建发湾悦城和天虹商场。

2011 年 9 月 2 日,万达广场在仙岳路正式开业,当时一篇发布于腾讯大闽网的文章称它是"大连万达在福建浓墨重彩的又一大手笔",文章用颇有广告意味的语气写道:"不缺人气,更不失别致;她的潮流品牌很 IN,但不曲高和寡,厦门湖里万达广场,有'小资'范儿!"

万达开业那年,洪水头的土著心怡正在高林中心小学上五年级,每天放学,她都会经过那里。开业不久的万达给洪水头带来一些显见的新鲜变化:村里的老奶奶天天组队去逛万达,村里有妇女到万达沃尔玛购物广场工作,有时候,心怡到万达去买酸奶,在那边工作的熟人阿姨还会送她一大堆东西。

"以前没什么吃的,后面越来越多外卖车进来,也会听有的阿姨在那边炫耀说,我儿子带我去吃海底捞……"这些看起来可爱新奇的变化,发生在心怡回忆里那个正在起变化的洪水头。

村庄瓦解

城中村因无序发展、存在安全隐患且难以管理而必须改造,部分处于城市重要基础设施规划线路上的城中村亦面临拆迁的命运。逐渐萎缩的城中村,让那些在此落脚的外来者不得不另寻他处,支付更高额的房租;同时,对于林军和心怡这些土著来说,祖居地的拆迁改善了他们生活质量,却也切断了他们与生长根基的联系。

根据厦门市发展改革委网站发布的消息,2020 年 1—11 月,厦门计划征收房屋 207 万平方米,实际拆除房屋 467.7 万平方米,完成进度 225.9%,完成年度计划 184.3%。岛内的高林－金林片区、湖边水库东片区、湖里体育公园片区百分之百拆除,心怡所在的洪水头就是其中的一个村庄。

心怡高考那年(2019 年),拆迁的机器开始进村。"它开进来,村里人也会去围观……感觉像是动到大地的什么神经。房子也会跟着晃一下。"

2020 年 3 月,心怡的邻居们开始互相打听租房信息,那时她才意识到拆迁来临了。

5 月,心怡一家搬离洪水头住进小区。那栋居住了二十年的三层老房子成为定格在记忆里的过去——心怡出生那年它刚好建成,和她一样大。

与此同时,三公里外,林军所在的泥窟在 5 月底完成旧村改造第二轮摸底工作,面积约八十五平方米的违章建筑钢架铁皮棚率先被拆除。

林心怡制作的短片《再见,洪水头》视频截图

6月上旬,房屋测绘顺序号抽取工作启动。

10—11月,签约工作按计划顺利开展,厦门莲前街道官方公众号于2021年1月1日发布消息,泥窟、石村片区第一轮签约率达98.37%,签约动工面积超过55万平方米。根据泥窟、石村片区旧村改造的发展规划,这一片土地未来将被改造出有一心(中央核心绿地)、双廊(轨道慢行廊道、产业提升廊道)、四片(安置片区、居住生活片区、洪文社区中心区、产业提升片区)大型生活圈。

"站在一种比较高的角度来说,改变生活环境,提高生活品质,从这一块来讲,应该是对了。"谈及拆迁的看法,林军谨慎地说道。

"我是第一次在城里住。很好笑就是,去到小区里,第一次看到楼下会有这么多吃的喝的东西",住进小区的心怡细数着诸如天然气管道、浴霸、煤气灶、电梯这样的新事物,"而且以前在村里还是可以明显地知道大家的生活水平是不一样的,村里有收破烂的爷爷,他就经常睡在篮球场上。但是你到城里的话感觉跟周围的人没什么差别,见到的都是一副很现代的样子"。

不同于那些在城中村租房的外地人,林军和心怡这样的本地拆迁户,他们是真正有机会通过拆迁"改变生活环境"的人,真实地体验着出村入城的改变。对于村庄的变化,对于城中村和城市的差异和冲突,他们往往有更切身而细腻的理解。

"以前隔着一条马路,对面可能就是高楼大厦。所以小时候挺向往外面的世界,感觉好精彩,但现在也会怀念以前在村里的日子,真要搬的时候才珍惜起来……虽然一方面说你得到了多少的利益,但是你如果回头一看,原本所处的地方在那边已经一片荒芜。"

再见,城中村

对心怡和林军来说,城中村不仅仅是居所,还意味着原乡的情感。

在泥窟和洪水头,每年菩萨诞辰都会有歌仔戏一类的民俗表演。演出当天,戏班子的人通常会在村里人吃晚饭时绕着村子走一圈,敲锣打鼓,告诉大家好戏开场。这样热闹的景象至今留存在心怡和林军的记忆里。只不过后来,台下看戏的只剩得零星的老人,而未来,它或许会在城市里完全消失。

"有人会说,你一个拆迁户伤感什么。但是你的童年,从小学到高中,所有的经历都在这里,就感觉是……不说出来别人无法知道,说出来别人也不能完全理解。"

一切正在以极快的速度变化着。

为了留住自己的"根",心怡抢在洪水头全部拆除前用镜头记录下原初家乡最后的模样。

林心怡制作的短片《再见,洪水头》视频截图(林心怡供图)

在心怡拍摄的短片里,她展现了2020年1—4月近半年以来发生在洪水头角角落落里的种种变化:墙壁上是粗野的红色漆喷拆迁号;人去楼空,居民楼的窗户被敲除,只剩下黑色的空洞;连片的工厂拆得一点不剩,平地里长出荒草;村口新装的大喇叭正提醒着搬迁的最后期限。

从前,洪水头村里的妇女会在井边洗衣,人们喜欢在村道旁的大榕树下乘凉,翻新的庙宇会有热闹的"开京门"仪式,篮球场是小孩们玩耍的地方,存载着心怡和儿时伙伴学旱冰的记忆……她很庆幸,自己把村庄里面这些大家经常活动的场所的情况一个不落地记录下来。"有想要赶紧把它装起来带走的感觉。不然每过一天,它都会再变一点点……以后人家也就只叫他体育公园而再也不会叫它洪水头。"

心怡最近一次经过洪水头时,村庄已经被夷为平地。

新的一年,泥窟石村的拆迁工作也将按旧村改造计划执行。或许以后,城中村独特的景观——交杂,无序,五湖四海的烟火,原始的乡土活动——都将成为城市发展中被必然同化和消解的历史一页;城中村人将从城市的角落里倾巢而出——就像华莱士里的那一家三口——有条件者住进小区,无条件者则搬至岛外,扎进另一个角落里去生存;剩下的也许只会是城中村的名字——像如今地铁一号线站牌上的将军祠、文灶、莲坂、吕厝一样——成为印刻在交通线路中的一个个站牌名。

正在消逝的城中村里,有的人迫不及待离开,也有的人恋恋不舍。在短片《再见,洪水头》结语处,心怡用闽南话说道:"二十年/洪水头陪我长大/土路变水泥路/老房子变新房子/田地变工厂……将来,洪水头就是体育公园了/我希望以后/还有人依然记得它的名字。"

记者手记

从泥窟社回来的路上,我在地铁里看到移动电视播送的城市宣传片,在站台上看到新楼盘和艺术展的招贴,穿过西村踏入校园的时候,突然感到一丝陌生,有种回归原本所在世界的感觉:城中村和宣传里艺术气息浓厚的美丽厦门的距离实在太大,那是藏在高楼里的一个城市角落。

城中村这个选题缘起厦门一篇拆迁资讯,里面描绘了2019年以来厦门城中村接连拆迁的进展(拆迁地图),起初只是直觉地认为这个话

记住泥窟：被连根拔起的"城市乡愁"

题可能含有冲突和利害关系，涉及"变迁""阵痛"这样的元素。想起上学期曹立新老师在"新闻采访"课上曾告诉我们，有机会应该去城中村看看（当时以马垅举例），不要局限于自己生活的大学周围。于是我循着那份拆迁地图开始寻找。

泥窟石村片区是已经进入签约阶段、但未开始动工拆迁的城中村之一，算是比较合适的参访和观察对象。当晚在泥窟转了几个小时，也在备忘录上记下了一些日后可能用得上的细节。作为一个在城市里长大的孩子，泥窟介于城乡之间的粗粝感和混杂感是我前所未闻亦未见的。当时我对好朋友描述的原话是"那里没有一点文明城市的影子，五湖四海原始的生活烟火气息很浓"。生活在其中的人所感受到的厦门，与我们感受到的相脱节，而拆迁意味着，这样的角落也正在被同化，城中村特殊的景观日后将完全湮灭在城市进化的历史中。想到这一层意义以后，我决定写这个选题。

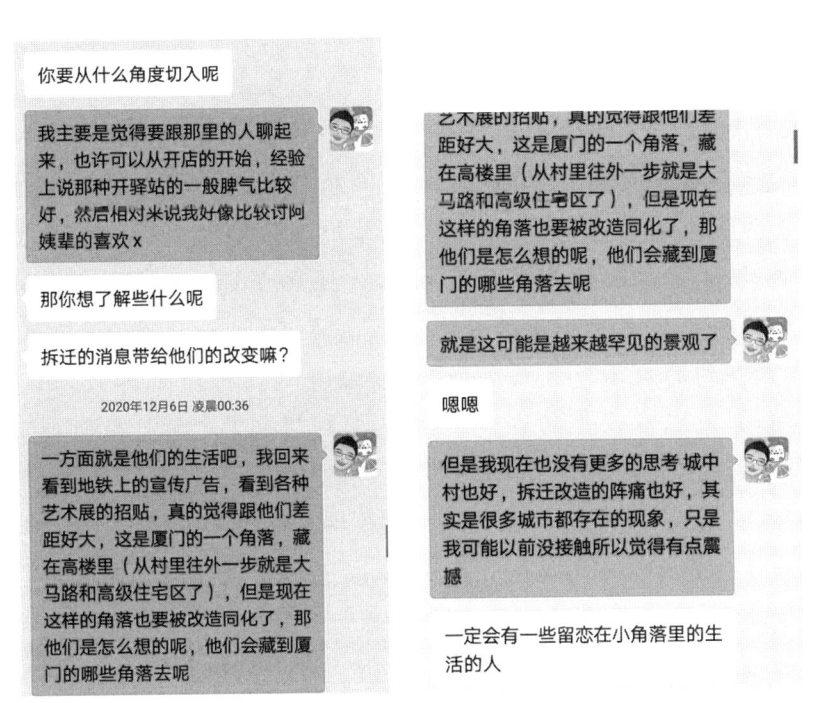

第一次从泥窟社回来后与好朋友讨论的微信截图（林毅微信对话框截图）

不过正如前面提及,此前我与城中村接触很少。这可能是我第一次感觉到生活在大学象牙塔里的"大学生"这样一个身份会给我的介入带来阻力,何况我本身并不是十分生活化的人,和陌生大众拉家常是我的弱项。这应该是操作选题时遇到的最大困难。

所以开始做调查的时候,除了收集厦门市政府发布的关于城中村的文件和相关领域的城市研究文章,我还很注重那些真正来自城中村生活者的信息,主要是在知乎、抖音、厦门小鱼社区论坛,还有一些租房平台上翻找。一方面是碰碰运气,看看能不能找到一些现有的联系方式或者是故事,即使没有,也能从中发掘一些具体采访时能参考上的细节(像老师讲采访时说的,有的细节要靠自己预先提点然后触发被访者回忆,一点一点地填补);另一方面,更重要的是,希望尽可能贴近他们的生活习惯、他们关注的话题、他们的思想观念……了解他们的表达欲望落在哪些点上。

为此,在后面几次的走访中,我也思考和尝试了更多接触方法,比如每次出发都会故意穿得比较朴素一点;先买上一串烤面筋或是一个红糖馒头,与店主说说话,然后边走边吃;假装新人去向保洁阿姨问路并趁机聊天;其中有些思路奇奇怪怪,比如想在那边的理发店剪一次头发,因为一般剪头师傅话很多;比如找一个看起来慈眉善目的店主借充电宝,因为充电需要时间,可以顺理成章地在他的店里坐一会儿然后聊起来;再比如故意在租房广告下看很久还拍照,假装是前来找房的学生,等着从某个角落里出现的房东带我去看房(这一条是从《南风窗》那篇文章里得到的启示)……当然这些方法并不用每个都奏效,但至少我的观察和介入不应让生活在泥窟的人感到冒犯,而我也确实得到一些很有价值的信息。

宏观的层面,我发现华侨大学 2020 年有几篇研究城中村的硕士毕业论文,其中一些建筑学、社会学的知识给我带来启发;还有《南风窗》《这里是城中村,这里也有理想》《南方人物周刊》《住房的激荡》《漂泊在深圳的年轻人》、ZaomeDesign《广州城中村影像记录》等文章,以及作家郝景芳、梁鸿关于城市阶级分化、城乡流动的访谈和演讲,这些尽管很少呈现在最终的成稿中,但让我能够从更理性、更高的角度去思考城中村与城市发展之间的矛盾关系。

泥窟社北门(林毅拍摄)

在完成这些工作以后,我对城中村有初步的认识,也有书写和表达的意愿,老师上课时提到"主题事件化,事件故事化,故事人物化,人物性格化"的思路,我缺少的是支撑文章的人物和故事,找到它们是我接下来的任务。

一开始寄希望于通过扫街来物色可能的采访对象,或者直接敲陌生人的门,但最后未成功。于是我从身边的朋友开始寻找被访者。首先非常感谢两位电台学姐帮我转发寻人朋友圈,我的第一位被访者林军就是通过这条线获得的;其次是我自己通过翻找朋友圈,了解到心怡和另外一位学姐贺玉婷都有在城中村生活的经历(但考虑到熟悉程度、与泥窟林军的距离、时间等因素,最后只采访了心怡);还有非常给力的一位学长,帮我把寻人的消息放在厦大帮平台上并且转发到很多个群里(虽然后来也没有人联系我……猜想其中有传播范围和受众信任的问题,还有因为无偿的缺乏表达动力的问题)。

几位学长姐的帮助微信截图(林毅微信截图)

  采访前我先做了提纲,思考要从这些被访者处获得什么方面的信息,对问题进行分类。我想从林军处获得两个信息,一个是泥窟环境及拆迁的信息,一个是租房者的信息(甚至有可能从林军处获得一些租房者的故事或联系方式),但实际情况让我措手不及:采访开始不久,林军就说自己最近刚刚搬出泥窟,退休前的工作也是在外面,对村庄不是特别熟悉,租房相关事宜是其夫人在管理——一下子把计划内的两个方向都封闭了。当时我有些慌张,只好先问一些拆迁相关的问题(感觉他对这个问题比较有话说,但也蛮谨慎),同时思考后续的采访思路。毕竟林军在泥窟生活了几十年,所以讲拆迁的时候还是问出了一些村庄变迁的现象和对外来人的印象;而且采访前我翻了一遍林军的朋友圈,发现他很喜欢唱民歌和朗诵,就循着这一点问出了周围商圈的一些情况以及对他退休生活的影响(这部分有点像是正式采访之后的兴趣了解,林军反而讲得比较自在)。

  对心怡的采访顺利得多,一方面是因为我跟心怡本来就认识,并且通过看她拍的短片有了更深入的了解;另一方面心怡本身是一个理想的采访对象,性格开朗,表达欲很强,也有很多思考。所以我就按着童年、拆迁搬家、新家这么几个阶段,尝试抓一些细节,结合她拍的片子去聊,因为是同龄人,能聊起来的话题也更多。采访的最后阶段,我们两个都已经有了感慨冲动,我试着往情感的方面去引导(特别我最后问:你还有什么想说的吗,心怡又说了很多感性的话)。原本计划聊四十分钟左右,结果聊了一个多小时,真的有种酣畅淋漓的感觉。

会不会每隔一段时间去看一下出租的房子?
每个月交租的时间?会有拖欠的情况吗?
疫情期间是不是和房客会有更多的交流?会给他们提供一些什么帮助吗?

关于城中村内外的问题——
城中村大约是在多少年前,开始有大量外地人进来的?主要是什么原因?
泥窟外面的宝龙一城、高级酒店(如爱丁堡)、住宅小区(如上东美地),这些地方是什么时候建起来的?
当时泥窟社里大家会谈论起这些外面的事情吗?给你们的生活带来什么影响?
您平常会经常到城中村外面去吗?一般是去哪些地方?去得最多的是哪里?
在城中村里,您去得最多的地方又是哪里?
我看到石村那边还有青年社区公寓和台球馆之类的,您对这些地方有什么印象?
您觉得城中村和外面最大的差别是什么?

关于泥窟环境的问题——
泥窟的治安好吗?
什么时候装的防盗门和监控?
有遇到或者听说过东西被偷的事情吗?
现在住在泥窟的本地人还多吗?他们大多搬到哪里去了?
泥窟的物价怎么样?东西会比外面便宜吗?
泥窟一天中什么时间最热闹?哪个地方最热闹?(比如某家饭馆?)

采访林军前准备的提纲(林毅微信截图)

  采访全部完成以后,我开始整理之前收集的资料和采访文字稿,把采访中那些需要再确定或展开的细节标红,通过其他资料进行验证(比如坂何公路和禾山镇),在这个过程中开始整理写作思路。采访前的想法一度是写外来租房者,最终我没找到合适的信源,所以必须调整。转念一想,其实正如开头说的,自己最想表达的是城中村与城市之间的差异和相互影响,林军和心怡这样的土著居民,恰恰是真正有机会同时体验城乡两种生活的,也是真正有机会通过拆迁改善生活的;更重要的是,城中村对他们来说不仅仅是住所,更是根和原乡,他们对城中村抱有更深的情感,而这两点是无法通过外来租房者的视角呈现的。一般书写城中村的故事会从租房者角度去关怀,更多地讲生存艰辛和理想奋斗,但这个角度的报道很多,所以我觉得自己的新思路也未尝不可。这些对于城中村的理解逻辑和情感体验都体现在成稿中了。

在泥窟,搬家广告与租房广告并行不悖(林毅拍摄)

落笔写作的时候,前半部分主要参考特立斯的写法,把观察所得的细节写得更加生动,用合理的逻辑和层次组织起来,《南风窗》的文章以及《白银往事》也给了我启发,让我尝试兼顾细腻的生活细节与恢宏的历史背景(虽然这一点还是没做好);把泥窟(林军)和洪水头(心怡)两个故事衔接起来应该是写作上遇到的最大问题,除了对象不同,两个故事的侧重点和素材类型也有很大差异,一方面需要能讲通顺的逻辑,另一方面需要合理的文字过渡。这一点我在第一稿就没做好,唐老师给我提了第一次建议以后,我改得还是不理想,第二次唐老师亲自帮我修改了段落,我才惊讶原来可以这么改,原来我之前一直没抓住衔接点。还有一个问题就是老师上课时强调过的,不要以采访某某的方式写,而要直接从被访者的视角去写,这一点在写心怡故事的时候我已有体会,不过心怡有一些很个性化的表述,我觉得能体现其形象,就保留了直接引语,动作类和事实类的信息就按老师说的方式写。

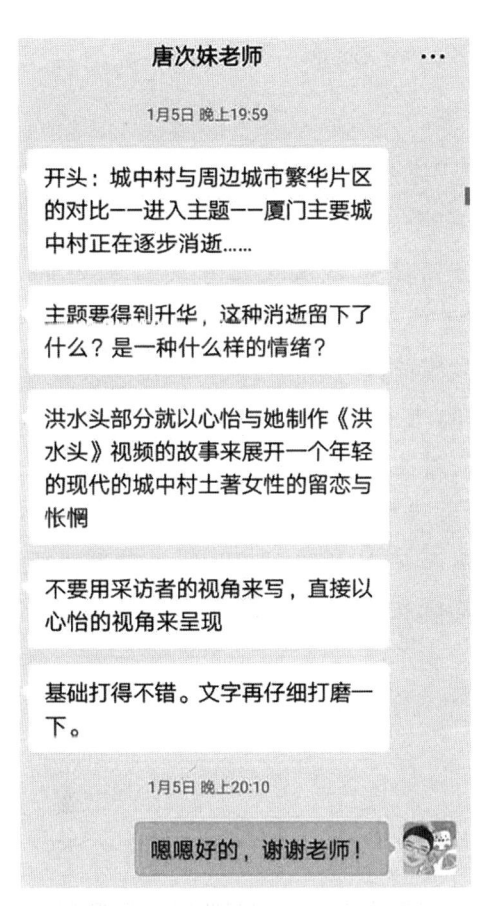

> **唐次妹老师**
> 1月5日 晚上19:59
>
> 开头:城中村与周边城市繁华片区的对比——进入主题——厦门主要城中村正在逐步消逝……
>
> 主题要得到升华,这种消逝留下了什么?是一种什么样的情绪?
>
> 洪水头部分就以心怡与她制作《洪水头》视频的故事来展开一个年轻的现代的城中村土著女性的留恋与怅惘
>
> 不要用采访者的视角来写,直接以心怡的视角来呈现
>
> 基础打得不错。文字再仔细打磨一下。
>
> 1月5日 晚上20:10
>
> 嗯嗯好的,谢谢老师!

📄 城中村:一片即将逝去的城市角落(0105初稿).docx
📄 城中村:一片即将逝去的城市角落(0105唐老师批注版).docx
📄 城中村:一片即将逝去的城市角落(0112修改版).docx
📄 城中村:一片即将逝去的城市角落(0117终稿).docx

在唐老师的修改建议下打磨稿子(林毅制图)

  这是我第一次写长稿,平时看的深度报道作品其实也不多,所以这次写出来有这样那样的毛病,也无法完全理解老师的思路。跟人打交

道、处理素材、写作等对于记者来说应是相当重要的技能,课堂上的理论和案例讲再多,也需要实践,才能有锻炼和体会。

指导教师点评——唐次妹

这是"深度报道"课程作品。

作品关注厦门一个不起眼的城中村,就像厦门数十个城中村一样,虽不起眼,但又是厦门城市发展过程中无法回避的一个角落,本地人、外来人在这个角落里休养生息。泥窟,是这些人的乡土。

泥窟,有别于城市中心的繁华、高端、整齐,虽显低矮杂乱,但自有另一种秩序和美。作者表达了城市发展过程中城中村的样态及城中村面临拆迁时的现实,对生于斯长于斯的这块土地抽之不去的离愁别绪。

林毅虽是第一次操作这么复杂的选题,但他投入了,正如他在手记中记录的,经过复杂而完整的流程,他完成特稿采写训练,得到一篇质量不错的特稿,这是他在"深度报道"这门课程上最大的收获。

被需要的面线

陈 熙

晴天五月的下午总是充满温热的阳光,慵懒地照射在古老的闽南式红砖古厝上,定睛细看,枣红建筑之中有一抹耀眼的白,这是面线手艺人黄加的院子,晒满了刚做好的手工面线。细如蚕丝的面线随着微风轻轻飘动,在太阳的映衬下更加显眼,这耀眼的白与传统的红碰撞在一起,吸引了记者戴舒静的注意。出于记者的职业本能,戴舒静知道这是个好选题,仿佛这次相遇是久别重逢。这不是戴舒静第一次开车到离厦门岛内五十多公里远的新圩镇转悠,却是他第一次发现黄加,在这远离城市的村落,这位老人能把面线拉成像瀑布一样,白如雪细如流,场面十分壮观。事后回想,相遇这一刻仿佛是命中注定,细细长长的面线在冥冥之中将他们俩联系在一起:记者戴舒静迟早会遇见非遗传承人黄加,非遗传承人黄加也迫切地需要记者戴舒静。

面 线

面线在闽南人生活中占有非同寻常的地位。作为食物,它不仅活跃在日常的三餐中,更是饥饿时随处可得的能量补充。各种仪式上,也少不了面线的身影,闽南人的婚丧嫁娶都需要它来见证。闽南的面线形式、口感多样,泉州人喜细长面线,厦门人则喜欢宽扁偏多。但口感、香气以及归属感是闽南不同地方人们共同的追求。戴舒静初次到访前,黄加的面线,凭借着手工制作才有的Q弹口感,在福建境内已经小有名气。

做手工面线不是一件简单的事,从面粉的选择开始就要讲究。面粉一定要是高筋和活筋的结合体,用优质小麦作为原材料,这样的面粉筋度高,不容易死筋,以免发不了酵——这样会失去面的味道。

制作面线的温度要控制好，黄加面粉工厂的主要厂房的一侧上方安装着加湿管道，细细小小的水蒸汽与房间内飘散的面粉混合在一起，在白炽灯的照耀下，制造出神秘、浪漫的光影效果，美味畅销的手工面线诞生在这里。

弯着腰双手向下用力压，跪着膝两掌发力使劲揉，年过六旬的黄加借助和面机的力量将一百多斤的面粉和得均匀饱满。一大坨面粉就这样与这个头发已经斑白的老人对峙，黄加并不害怕它，因为再巨大的面团经过他的手都会变成柔顺的面线。面粉也不惧怕这个身型略微瘦小却有着结实身材的老人，相信他的手艺，把全身毫无保留地交给它。将和好的面倒出在巨大的、放置在地上的砧板上，再用擀面杖一点一点把面团擀平、擀薄。面团变成薄厚相同的面皮，面积扩大了不少，黄加甚至要整个身子俯下去才能勉强完整擀一次。均匀的面皮将会被盖上纱布，静置，等待风味在时间流逝的缝隙中初露端倪。醒好后，面皮被切成两指宽的条，整齐码好，紧接着就要过条。

这一流程会重复两遍，这是面团变成面线的关键一步。宽大的面条在黄加手中被整条拉伸成拇指粗细，面条的每一寸都会在黄加手中尽情发育，在这之后就可以上面杆——将一根长长的面条绕着两根棍子旋转裹好，再用力把两根棍子向外拉，面线的粗细在这一流程中确定。

当然，要想口感好，第二次醒面不可缺少。待面条在杆子上醒发好，黄加会把面线从屋子转移至户外，开始晾晒。由于面线对于湿度、温度极为敏感，根据天气决定面线晾晒时间就需要黄加发挥多年经验。雪白成丝的面线一排排晾在院子里，微风拂过，面线丝微微晃动，场面好不美丽。晾晒一会儿，马上收回，否则面线会过干易碎，影响品质。黄加通常把它们先码成一小团一小团放在室内，等待回暖，最后分成常见的一束一束的样子，便于食客每餐分食。

这不是戴静舒第一次接触传统技艺类的报道，相反，在日复一日的新闻采写中，比起突发事件新闻，这类是最好写的——只要能找到素材。为此，戴静舒常需要在翔安区走街串巷，这里问问那里瞧瞧，成为朋友口中的"翔安通"。但是，能找到黄加的面线工厂，甚至用自己的力量促成一个非物质文化遗产项目是他没想到的。

黄加居住的地方——厦门市翔安区新圩镇金炳村——虽然远离岛内市中心，村委会围墙上用红色油漆四四方方刷上的"厦门第一村"标语却宣告着这个村落在厦门独特的历史地位。黄加祖辈居住于此，靠着手工制作闽南特色食物面线而闻名。他们家的面线向来都热销于附近居民,居住在岛内的食客也时常慕名前来购买。

然而,到了黄加这一辈,制作面线的手艺断了。父亲在黄加年少时匆匆过世,而黄加还没到掌握面线技艺的年纪,只能看着自家的手艺失传。在家人眼里,几代人传承下来的面线制作手艺失传不是要紧事,倒是手艺失去之后,家里唯一稳定的经济来源断绝了,这更使人担忧。黄加长大后,舅舅立马送他去晋江安海梧埭村的吴安然师傅那里学习手艺,好回来接着祖辈的面线名号卖面谋生。他在师傅那学了一年多就回来自己做面线了,刚开始的时候因为没有稳定的客源,做的面线就少一些。凭借着踏实好学的性格和一点一点积攒的名气,他将品牌越来越好,面线也越做越多,他也越来越有兴趣、热情做面线,至今已经有四十多年。

黄加说,自己的面线之所以独特,因为他见的面线多,所以更懂面线。由于做面线时间较早,福建做面线的人他大多认识,早年曾做面粉批发商——从面线制作的源头"弯道超车"的经历又使他能够掌握各处面线厂的面粉配比和大体制作方法,他在此基础上综合考虑,取长补短,总结出一套属于自己的面线制作方法。虽然现在大多数面线工厂使用相同的面粉,但黄加制作出的面线既Q弹又不容易扯断,面香十足,在竞争激烈的闽南地区脱颖而出。

尽管年过六旬,黄加进出晾晒面线还是一路小跑,腿脚仍然十分利索。黄加通常凌晨四点天未亮时就起床做面线,通常要做到正午十二点,一天一百多斤的量才能完成。面线制作不一定非得在凌晨开始,但黄加已经习惯了如此作息,他也不午休,这样做完一天的面线,还有一个完整的下午来做其他事情,对他来说,这是工作与生活的完美平衡。

面线初见

黄加第一次接受媒体采访是2013年,在莲前街道与新圩镇的手拉手活动中。而在《厦门晚报》记者戴舒静看来,这是一次纯粹意外的相遇,在远离市区的大帽山脚下转悠寻找报道对象本就是他常见的状态,遇见黄加就是意料之中的顺理成章。

2013年5月一个天气还不错的下午,戴舒静在办公室随手翻起新圩镇政府编写的杂志《新圩新机》——这是一本介绍翔安区新圩镇风土人情与民俗文化的刊物。像这样的资料，戴舒静的办公室里还有很多，有的是戴舒静访问镇、村时随手带回来的，有些是地方镇府为了邀请媒体宣传合作而硬塞的。这些材料是他漫游时的归宿、灵感的来源——就像这一天，戴舒静从图片中发现新圩的奇妙。这一天来得不早也不晚，正好遇见黄加晾晒面线。

2013年，戴舒静毕业的第三年，也是他调来翔安做记者的第三年。2009年他入职《厦门晚报》的时候，报社正想要开拓岛外新闻，而当时负责翔安区的记者同时肩负着同安区的新闻任务，实在跑不过来。就这样，戴舒静成为《厦门晚报》第一任驻翔安记者——直到现在，戴舒静入职的第十年，情况依然如此。翔安区的同事勉强多了半个人，同时负责跑翔安区、同安区——这两个厦门地理行政区域最大的区，戴舒静还是报社唯一在翔安永远驻守的"士兵"。

刚来时，他对翔安一无所知，却什么类型的新闻都要跑，突发新闻、农业新闻、市政新闻……初来乍到没有新闻线索，他就先去认识120司机、急诊科医生护士，从跑突发新闻开始，车祸、火灾、凶杀等这类的新闻是他笔下的常客。但这样的新闻不可能天天都有，要想自己把握主动权，还是要自己多去看看，所以骑着小摩托四处转悠就成为戴舒静的常态。

在他眼里，引起人发朋友圈欲望的事件，往往蕴含着新闻要素，能引起自己感官上的关注，这正是他选择的报道对象身上都有的品质。在他无题可选的迷茫时期，黄加的面线犹如一道白色闪电，从视觉上给他无法用语言描述的冲击，一点即燃的火花在会面的时刻点燃——这个面线是他需要的。

飞跃面线

作为记者，和受访者成为朋友是时常发生的事情。在戴舒静的建议下，黄加着手申报区级非物质文化遗产代表性项目，黄加的面线从小有名气升级，受到官方认可，最终名气越来越大。对于黄加来说，这是这最重要的东西。

2013年5月23日，戴舒静为黄加手工面线写的报道《新圩手工面线又Q又香 一根可拉三十二米长》刊登在《厦门晚报》上。隔日，接听从厦门岛内慕名打来的订购电话就占满黄加的闲暇时间。从此，黄加每日制作的面线逐渐增多，即使未开通网上订购渠道，更未把面线销售给其他经销商，只是靠着微信和电话预定，每日制作的一百多斤面线都销售一空。

2015年，黄加面线正式成为区级非物质文化遗产，得到名号，随之而来的是许多不言自明的"特权"。非遗项目的曝光几率大大增加，地方的非遗展会必定少不了黄加面线的身影，政府网站、媒体对于非遗保护的关注更是让黄加面线乘着东风"再上一层楼"。普通的面线一斤两块，黄加的普通面线五斤六十块，只取每一段面线中间最细最弹部位的特别版面线，一斤二十块。虽然定价是普通面线的好几倍，购买的顾客还是络绎不绝。邻近的面线工厂甚至只有等黄加把面线单价加高后才敢加价。

在戴舒静之后，来大帽山脚下黄加家里取景拍摄的媒体络绎不绝。香港凤凰台就曾经专程前来采访黄加，《舌尖上的中国》舍弃厦门的文化源头同安区赴此取景。视频、文章陆陆续续的各大平台上刊发，黄加手工面线的品牌就此打响。

面线困局

享受了入选非遗带来的荣誉，翔安区文化馆也开始重视面线手艺的传承。面线手艺大抵不用担心在这一代失传，黄加的一个儿子已经学成，已经可以独立制作面线，黄加让他自己找一个地方开始打拼。面线手艺却可能失传，黄加的儿子一天只能做八十斤面线，因为"年轻人没兴趣，嫌辛苦"，而且要靠着父亲的品牌才能卖出好价格。同时，没有新的年轻人愿意来学，不像以前学习手艺需要千里迢迢到师傅门下打下手，伙食费交得上也要别人愿意收你才行。文化馆叫黄加教人手艺，黄加确实也免费教人手艺，他也不在意血缘或是其他的羁绊，只是实在没有人愿意来学，甚至连花钱请来打下手的帮工对此也不大上心，时常做坏面线。辛苦的体力劳作和重复单调的长时间工作吓走多数年轻人。

做面线的辛苦和无聊在黄加眼里是再正常不过的，"有钱赚什么都不会觉得辛苦，不会觉得无聊"。对于他来说，面线是他生命中的嘉奖，"我靠面线出名，所以我会做到我做不动为止。现在走到哪里大家都夸我的面线好，所以做到现在我也不能不做面线了，就天天做面线，越做越有力气。如果走到哪里大家都嫌你的面线不好，那我就不想做了，没力气做了。走到哪里都有政府部门，很多人都认识'黄加面线'这个名号。不认得我这个人的也有很多，所以我更是越做越有力气，让更多人认识我的面线。"

黄加面线，祖辈百年传承，非物质文化遗产，被众多媒体先后报道……这样的面线一斤能卖普通面线的几倍，这是黄加一直坚持做面线的原因，没有名气的加持，年轻人制作的手工面线卖不上价格，也是年轻人不愿意制作手工面线的原因。

被建构的"面线"

戴舒静报道过的手艺人数不胜数，虽然不是人人都可以申请上非遗项目，但是经过他的报道，销量飞跃是常态。一篇文章就是可以如此轻易改变一个东西的知名度、一家人的收入、一种文化的延续。报社发现了自己的无穷力量，政府窥探到宣传之中的奥妙，两者一拍即合，记者不用再为报道对象纠结，政府不用再担心没有效果，合作悄然形成。

早在2011年，戴舒静就与翔安区的新店镇和内厝镇政府合作过，推出一系列关于当地特色民俗、小吃的报道。政府出题，记者写稿，术业专攻。由政府购买，媒体提供的集策划、沟通、写作于一体的品牌运营宣传服务，造就了大大小小"面线"，手艺人享受着由此带来的名与利，乐此不疲地配合着，这个链条上没有输家。随之而来的问题是，到底什么样的宣传才真正有效？什么样的非遗传承手段才真正有助于落实技艺传承？每月五百元的非遗传承人补贴无法解决传承人遇到的现实问题，传承人需要的物质保障和心理建设应该是系统而真实的。

戴舒静在《厦门晚报》上新连载的专栏《走街串巷》记录马巷老街中的传统手艺与美食，这是他与马巷政府合作的新项目，他又遇见许多新的"旧物"，即将看到许多小店因为他的报道而再次热闹兴隆。黄加的传统面线手艺刚刚获得市级非物质文化遗产项目的名号，每天制作的一百多斤面线都销售一空，但是他的面线包装上还是印着戴舒静在《厦门晚报》上介绍面线的那篇文章。对于他来说，面线几乎是他的全部，这篇报道很关键。对于戴舒静来说，对于媒体来说，这类"面线"是需要的。

作者手记

这篇稿子来源于拍摄闽南非遗视频时的经历，从厦门的非遗名单中找到手工面线的技艺传承人黄加先生，经过实地拍摄、面对面采访交流后制作成一部三五分钟的常规非遗短片。这种短片近几年非常常见，无外乎是介绍技艺、手艺人坚持的故事和其中蕴含的宝贵文化与精神传承。我们在前期构思时也打算走这种套路，但在构建视频内容框架时发现这种套路在黄加这个选题上很难实现：他做面线其实没有太多的抱负，更像是被生活推着走了下来。遇到瓶颈后又返回分析当时报道黄加的文章与视频，发现他们在处理黄加的内容时会忽略个人，着重展示面线对于闽南的重要性，重在突出"传统""手工""非遗"这些热词上，手艺人只是一个小小的承接点。这种披着人物故事外壳、实则是文化宣传的报道打开了我的眼界，它并没有什么不好的影响，甚至还扩大了这些传统物产的知名度，但这种"流水线"式的套路令人感觉有些难受，因此想到把这背后的思路写下来。

我先在网上找到最早报道黄加事迹的记者的名字，通过认识的厦门记者获得他的联系方式，说明来意后他很爽快地答应了我的采访请求，向我普及了政府与官方媒体的合作方式。后来在曹老师的课上才知道，原来这种形式已经是广泛使用的。黄加也好、政府与媒体也好，我觉得我内心的落差是因为对传统手艺、报道和相关视频有一层莫名的滤镜，总觉得他们是不食人间烟火的，纯粹价值导向的，但其实每个东西都有自己存在的自洽逻辑，一套与物质的交汇方式。

指导教师点评——唐次妹

这是"社会调查与非虚构写作"实训课的作品。作者把面线和它的非遗传承人制作者的故事写得荡气回肠。

海上有白鹭
——厦门足球史话

李天昊

一时失志不免怨叹

一时落魄不免胆寒

那嘸失去希望

每日醉茫茫

无魂有体亲像稻人

人生可比是海上的波浪

有时起有时落

好运歹运总嘛要照起工来行

三分天注定七分靠打拼

爱拼才会赢

"臧海利！臧海利！"

"刘建业！刘建业！"

"厦门鹭岛！越来越好！"

2021年4月17日，厦门市海沧区的福建省足球队训练基地，闽魔球迷会的几十名球迷从福建省内的各个地方赶过来，为正在训练的厦门鹭岛队呐喊助威。

深红色的战鼓咚咚作响，冷烟花的雾弥漫在半空中，拉起助威的横幅，挥舞起古旧的队旗，他们竭力地呼喊着球员和主教练的名字。

"厦门鹭岛！越来越好！"

这也是一场壮行会。下午4：10的飞机，球队即将启程飞往云南，在泸西完成自己2021年中国足球乙级联赛的征程。山高路远，能到现场观赛的球迷就少了。这一别，沙场点兵，"孤篷万里征"。

这一支球队，厦门等了十几年。这一颗足球，厦门踢了一百五十年。

"厦门鹭岛"队与闽魔球迷会合影（"厦门鹭岛"供图）

飞 鸟

这事怕是还要从一颗足球引发的单恋说起。

福建女作家赖妙宽写过一本传记长篇小说，叫"天堂没有路标"，以著名妇产科专家林巧稚的生平为线索，进行适当的艺术虚构，生动地展示了林巧稚一生的心路历程。书的第九章《海的女儿》讲述了林巧稚医生和李宏业的童年初遇。

1919年的一个夏天，一颗足球从番仔球埔被踢飞出来，落在了晃岩路上。里面踢球的洋人想要路人帮忙捡一下球，人们纷纷避开，谁也不愿意帮这个忙，因为不远处有一个侮辱性的牌子，"华人与狗不得入内"。

不过也有例外，一群同样热爱足球的小男孩往往会守在路口，等足球飞出来后，呼朋引伴踢上几脚，再踢回球场里。

话说这颗足球就滚到偶尔经过这里的林巧稚脚下，只见她用脚钩住球，然后猛地踢了出去，和球一块飞出去的，还有她的红皮鞋。球不知道飞到哪里，红皮鞋落在李宏业身边，他把它捡了起来。林巧稚也不害羞，大大方方地过来找李宏业拿。

"谢谢,你姓什么?"

……

"怎么称呼你呀?"

"我姓李,李宏业!"

两人再相识,已经是中年了,林巧稚一生未嫁,虽是相互欣赏,也只和李宏业做了肝胆相照的朋友。

这一段故事有几分虚构,除了作者谁也说不清。但厦门足球的起源,基本就在这之中。

1872年,时任美国领事李仙得租下通往鼓浪屿田尾、港仔后、日光岩三岔口的一片土地,围起矮墙,辟成球场,专供外国人使用。那时候的厦门人管外国人叫"番仔",球场也就被称为"番仔球埔"。

随着越来越多的外国水兵到访,番仔球埔又增设网球、棒球、橄榄球等项目,有时也举办家庭迎新运动会。

再说李宏业,1919年时,李宏业就读于英华书院。

1898年2月,英国伦敦会宣教士山雅各与英国长老会在鼓浪屿创办英华书院。学校创立之初,就组建了足球队。

1910年,英华足球代表队正式组建。1917年,长老会的宣教士洪显理任英华书院总理,在他的带领下,英华在厦门、泉州、福州等地四处征战,战无不胜,是当时福建足坛上的一支劲旅。此外,英华足球队还经常同英国水兵的球队切磋球技,学习到不少先进的足球技巧、战术和理念。

美国学者杰拉德在《美国归正教在厦门(1842—1951)》一书中写道:"虽然这些孩子们不算是最高明的板球手和足球运动员,但是我肯定他们从这些运动中获得了极大乐趣。特别是足球,他们让观看者们感到非常有趣。"

作为国内赛场上的佼佼者,英华书院的优秀足球运动员逐渐踏上国际赛场,这其中就包括后来的抗日英雄——陈镇和。

1930年第九届远东运动会上,陈镇和作为中国队的左前锋出战。中国队在"裁判员既不公又违章"的不利条件下以3∶3战平日本队。

1934年,第十届远东运动会在菲律宾马尼拉召开,陈镇和再次出战,决赛以4∶3战胜日本队,荣获锦标。

英华书院1901年购地拓校园

民国时期的中国国足

  1936年,第十一届奥运会在德国首都柏林举行,中国足球队首次参加奥运。陈镇和与另一位厦门籍球员徐亚辉一同出战,但由于舟车劳顿、体力不支,0∶2负于英国队。虽然没能晋级下一轮,但福建人的风采依然令世界侧目。

  1937年,日军全面侵华,彼时的陈镇和已经是中国空军的飞行中队长,负责保卫南方海岸线,屡立战功。

  1941年11月,陈镇和驾驶的战斗机在兰州上空失事,年仅三十五岁。

《申报》报道第九届远东运动会

也就是在这一年,英华足球代表队第一次进入番仔球埔踢球。这一年,太平洋战争爆发,日军占领鼓浪屿,赶跑其他洋人,剩下的日本人"脚痒",来找英华足球队踢球。这一年,英华书院被日伪政权接管,改称"厦门市第二中学"。

英华中学足球队于1941年首次进入"番仔球埔"踢球

1949年,洋人球埔改名为"人民体育场"。英华书院元老队会在每周三和周末来训练,直到今天,风雨无阻。

1951年,厦门市政府接收英华中学,将鼓浪屿所有中学合并成"厦门第二中学",英华书院被认为是厦门二中的前身。

几十年来,厦门二中人才辈出,百年足球的传承也一直在延续。厦门二中的优秀校友、中国工程院院士洪伯潜还曾入选过福建省足球队。

飞鸟自海的那边衔来足球的种子,在厦门悄悄地生根发芽。

狮 吼

2004年以前,中国足球的顶级赛事是全国足球甲A联赛,下面分别是甲B(全国足球甲B联赛)和中乙(全国足球乙级联赛)。这三级联赛被称为职业联赛,顾名思义,是职业足球队和职业足球运动员参加的。三级联赛后面还有业余联赛,参与的多是业余球队和业余球员。

1995年之前,整个福建省没有一支职业足球队。一年夏天,全国老年人足球赛在福州举行,场下的球迷打出横幅——"八闽大地呼唤足球"!

这一幕触动了当时的省领导,在福建省委书记贾庆林的倡议下,厦门作为福建经济发展的领头羊,开始筹备组建职业足球队。"股份制足球俱乐部"的概念在中国率先被提出,既能吸引多家企业投资,充分调动全社会的力量和资金,也避免了俱乐部因为某一家企业的兴衰而波动。

1996年2月23日,厦门足球俱乐部成立,队名"厦门银城",征战全国足球乙级联赛。但时运不济,接连两个赛季冲击甲B失败。

与此同时,连续三年冲击甲A失败的佛山佛斯弟足球队因为资金问题被挂牌出售。对于厦门足球俱乐部来说,如果能够完成收购,那么球队就可以通过"买壳"的方式实现升入甲B的目标。远华集团介入,带来丰沛的资金,使收购成为可能。

对于俱乐部来说,尽快看到球队的成绩比什么都重要。对于远华集团来说,早一年进入顶级联赛意味着更大的广告效应。

集团满足了佛斯弟的报价,一周之内付清1 680万元。厦门足球迎来新的时代,征战1998年的甲B联赛。

1999 年,在大连足球名宿迟尚斌的执教下,厦门的球队冲击甲 A 成功。同年,远华特大走私案事发,赖昌星潜逃海外,球队被勒令去掉"远华"的名字。

有人算了一笔账,从接手到跑路,五百八十天,赖昌星花了超过一个亿,平均每天十七万,当时北京的平均房价是每平方米两千元左右。

2000 年,厦门足球俱乐部降级,厦门卷烟厂接手,更名"厦门红狮"。

2002 年,厦门红狮获得甲 B 联赛冠军,但当年联赛取消升降级。

2004 年,中国职业联赛体系改革,分为中超、中甲、中乙三级职业联赛。厦门足球俱乐部更名"厦门蓝狮",作为中国足球甲级联赛创始球队之一,获得当赛季季军,但升级名额只有两个。

2005 年,厦门蓝狮获得中甲冠军,重回中国足球顶级联赛。

2006 年,厦门蓝狮冲进中超前八。

2007 年,带领球队冲超成功的功勋主帅高洪波出走长春,高达明接任。由于和体育局在主教练的人选上意见不合,担任了六年俱乐部总经理的卢光瑞愤然离职。

"我认为一个没有指挥过中超比赛的教练员没有资格担任厦门蓝狮的主教练,但是我左右不了人事安排,最后我无奈地选择辞职",卢光瑞说,"我也不知道为什么在烟厂继续投入的情况下让球队托管,这是上面的安排,我很难去理解是什么原因。不过,这也从侧面说明了中国足球俱乐部的不正规。"

这一年 11 月 4 日,厦门蓝狮主场 1∶3 负于辽宁中信,保级希望渺茫。球迷怒不可遏,上百名球迷围堵厦门体育局,要求给个说法,砸了体育局的玻璃。

十天后,厦门蓝狮主场 0∶0 闷平长沙金德。八百名球迷通过呐喊的方式为主队助威,厦门蓝狮拼得厉害,但无奈未进球。赛后,球迷用掌声表达对厦门蓝狮一年努力的鼓励。

这一年,厦门蓝狮 28 场比赛 4 胜 8 平 16 负,进 22 球丢 46 球,倒数第一降级。

其实,倒数第二轮联赛结束时,厦门蓝狮已经确定要降级了。

2008 年,由于没有企业接手,降至中甲的厦门蓝狮解散。厦门消失在中国职业联赛的版图上。

厦门再次成为聚焦的中心,是在 2009 年,中国足坛卷起反赌扫黑的风暴。

曾任厦门队助理教练的尤可为供认,2005 年,也就是厦门蓝狮冲超的那一年,有十一场球有问题。

联赛七轮过后,厦门蓝狮排名第四,落后榜首三分。如果第八轮还不能取胜,他们就将彻底被冲超对手甩开,主场对阵青岛海利丰,不容有失。为了这场提振士气的胜利,厦门蓝狮付出五十万的代价,这些钱后来分给海利丰的球员和高层。

尤可为长袖善舞,既保证球队赢球,又保证对手放水时捞到好处,这被认为是圈内做球的"极致水平"。

这事可能早就有预兆,2007年中超第七轮厦门蓝狮与河南建业的比赛结束后,厦门蓝狮的外援梅尔坎脱掉自己的球衣,向主场的球迷和媒体展示印有"All Referee of Chinese Super League were cheat"字样的背心展示。一时舆论哗然。

2017年,有人做了一个统计,发现现役的厦门籍职业球员仅剩下四位,其中两人在踢中甲,一人在中超预备队,一人在中乙。整个2017赛季,中超一线队没有一名厦门籍球员。

狮吼渐隐,万籁俱寂。

鹭 影

2019年春天的时候,我在厦门网做实习记者,负责足球领域。

我去过停车场里的海滨球场——昏黄的灯光,高高的铁丝网,也去过沙滩上的球场——海天相接,泥沙作伴。

我见过学校里的孩子们临时出场便扑出对手绝杀点球的霸气,也见过他们扑救接连脱手被替换下场的失落。

我听过一个主教练满场的咆哮,因为场上的孩子们"输不起",也听过一个主教练的柔声细语"没事,不急"。

讲一只小白鹭的故事吧。

厦大女足的宣传片正式上线的时候,我又一次想起来已经去了英国的雨嘉学姐。想起来她在不同的场合跟我说想组建一支女足,一支属于厦门大学的女足。她在演武场上把球踢过来,笑我没接好。那时候厦大足协的主席也是一个女孩子,和雨嘉学姐同年毕业,讲起这事只剩下满满的遗憾。

说起来,相当一部分足球比赛其实并未限制性别,按照"法无禁止即可为"的理念看,女生出现在场上是被允许的。厦大足协也有过这样的想法,尝试询问一些球队人数不是很多的学院,尤其是外文学院—新闻传播学院联队(以下简称外新联队):"能不能报女生,然后让女生也上场。"

球队首发门将因失误过多被替换下场(李天昊摄)

"没有这个先例,但是也不妨尝试一下。"

刚入学的可垚当时就在外新联队,高中的时候,她就曾和男孩子同台竞技,甚至出任过后腰等重要位置。但她也知道,对于男生来说,一旦上身体,找对抗,要不要把女生铲倒、弄伤,都是常有的顾虑。以至于常常是女生一拿球,男生就会目送,"在边上看着你带"。

尽管每一个上场的女生,都把自己作为这个球队的一员来看待,从来不希望对方因为自己是女生而谦让:"我上了场,那你就把我当男生看待,把我当男生看待也就是对一个女生在场上最大的尊重"。

出于尊重,女生上场、参与正式比赛的想法最后还是不了了之。可垚继续跟随外新联队训练,参与队内赛、友谊赛,是外新联队出勤率最高的那个。

不能出战正式比赛永远都是可垚的"意难平",高中时候她就渴望代表校队打一场比赛。到大学里,她仍然很想穿一次厦门大学的球衣,为自己的学校打一场比赛。

在厦大,这样的努力一直在进行。联赛开赛,2020年10月,有人建议组建厦大女足。十二个人的小群、六个人的抢圈训练、三对三的对抗赛,上弦场,"最初的模样,梦开始的地方"。

中山大学、天津科技大学、福建农林大学的女足队伍也常常与厦大足协沟通交流，不断为厦大女足的发展提供建议。

11月，厦大足协完成换届，增设女足部，目标是"从足协部门到学校队伍"，可垚做部长。足协里也有人给打了预防针，这不是一件容易的事，这会是一件非常非常艰难的事，"你真的准备好了吗"？

12月，厦门大学五人制足球联赛总决赛的赛前，十位来自两个校区的女生踢了一场表演赛，一群踢球的女孩被看见。

厦门大学五人制足球联赛总决赛赛前，女足队员进行表演赛（李天昊摄）

寒假前，球队面临积极性不高的问题，两个人的训练、一个人的训练都出现过，当时带训练的黄指导在微信群里给大家发了很长很长一段文字，安慰大家"慢慢地做好"。

他会看各种各样的大学生联赛的视频，总结经验，然后教给女足姑娘们。他也会在每一次比赛的赛后给队员们发技战术总结，事无巨细。训练的时候，他是比队员们还要着急的那个人。

2021年2月，厦大女足正式招新，一支二十人的女足队伍正式组建，多位男足校队的球员出任教练、指导。解决球衣、训练服的问题，稳定训练考核体系，也安排理论学习，球队步入正轨。

厦门大学有两个校区，之间的公共交通通勤时间在三个小时以上，训练时间也不过一个半小时，合练实在不容易，坚持下来更难。

上场吧，女孩（林可垚提供）

2021年3月，经足协和各院足球队商议，厦大女足作为正式参赛队伍，参与厦门大学五人制足球联赛。停球转身、持球推进，一条龙过人、半场吊射，首战虽0∶7负于信息学院，但女足迈出打正式比赛的第一步、关键一步。

对于外新联队来说，可垚永远是其中的一员，32号球衣，左边前卫。厦大女足找不到人踢训练赛的时候，外新联队从来都义无反顾。

那应该是厦门大学百年校庆过后的第一场足球赛，4月7日，演武场。约定好的五人制变成十人制，外新联队悉数到场；女足需要加油视频，外新联队给录；女足的宣传片拍摄的时候，外新联队送来球衣，带来设备，也作为演员出现在镜头里。

省赛，是女足建队以来的夙愿，但资金短缺、实力不足都限制她们继续向前走。"我希望在研究生阶段能够真正和队友们参与一次省赛，如果不能参与，那就真正成为遗憾。"穿7号球衣的艺萍学姐说道。

又或许，资金可以筹，技战术可以练，不留下遗憾。

5月9日，直塞，拿球，长驱直入，晃过门将，破门！76号，李雨芹，在对阵信息学院的比赛中帮助厦大女足拿到第一个进球，比分最终定格在5∶9。

也许是一个巧合，也不排除信息学院放水的可能，但赛季首球加5个进球，不亏。

外新联队与厦大女足赛后合影（林可垚提供）

厦大女足 5∶9 憾负信息学院（李天昊摄）

黄指导那晚写在最后面的话仍在这些女足姑娘们的耳边回荡："未来，厦大女足会拥有自己的快乐和荣耀。"

这里好不容易等来一只振翅高飞的白鹭，即使是黯淡的身影，也有人尽全力呵护。

鹭 鸣

李镇伯换掉了自己的微博简介:"不再流窜于马德里和巴塞罗那之间,改为北京厦门来回飞。"

这位毕业于北京大学的《足球报》记者回来了,回到厦门。

2019 年 12 月 28 日,亚足联公布,2023 年第十八届亚洲杯将在中国举办,厦门将作为比赛举办城市之一。

有人在古旧的论坛上发帖说,见到曙光了。因为作为亚洲杯城市,需要青训体系,需要职业队,厦门既然敢申请,一定已经做好了准备。

是啊,已经做好了准备。在厦门趣店集团的组织下,2019 年的厦超冠军东屿行队更名为"厦门鹭岛"队,将参加中国最高级别的业余联赛——中冠,向职业联赛发起冲击。2020 年的疫情前,俱乐部完成组建,李镇伯出任总经理。

另一边,翔安刘五店,白鹭体育场的建设提上日程。计划建筑面积十三万平方米,可容纳六万名观众,预计 5 月底动工。

这一缕曙光最终在 2020 年的 7 月以文件的形式得到确认,厦门市人民政府办公厅制定印发《厦门市足球改革发展实施方案》,方案中提出厦门足球发展的近期、中期和远期目标。其中,近期和中期目标是"力争有球队进入中国甲级联赛甚至是中超联赛,最终达到全国一流水平"。

时间不等人,也不必等什么文件。国内疫情刚刚趋于平稳,"厦门鹭岛"队就开始了全国各地训练的日子。云南、江苏、海南、湖北、广东以及诞生地福建,追着最适宜的气候跑,在等待中冠联赛开赛的漫长时间里,"厦门鹭岛"队低调备战,做好了充足准备。

出于对家乡球队的好奇和期待,2020 年的 7 月 18 日,闽魔球迷会的主要成员和球队总经理李镇伯进行了一次面谈。球迷会带去"厦门鹭岛越来越好"的横幅,它最终被挂在"厦门鹭岛"队的训练场上,队员每天都能看到。

这次互动后不久,闽魔球迷会又组织了更大规模的探营,就在 8 月 1 日,海沧体育中心,"厦门鹭岛"队的球员第一次和闽魔球迷会的球迷见面,"十年曾一别,征路此相逢",球迷会唱起《爱拼才会赢》。出于阵容和战术保密的目的,这次期待已久的会面连一张合影都没留下。

协调这次探营的球队管理、留学过西班牙的总监小隐写下这样一段文字:

上一次在看台上被球迷感动还是 2012 年欧冠在诺坎普，托雷斯进球后巴萨被切尔西淘汰了，但诺坎普十万球迷却整齐地高歌 som—hi Barça 的时候。

场面跟级别虽然没得比，但是八年后这一次球迷用闽南语唱《爱拼才会赢》的时候我突然感受到那种同样的感动。

是小小的火种一点点燃起希望的样子。小鹭岛快快长大吧。

这是一座能在看台上看见大海的球场，也是一座能在田径体育场和专业足球场之间随意切换的新球场。在这之前，只有法国的法兰西大球场和新加坡国家体育场能做到这一点。可以说，这也是中国专业足球场的一次全新征程。

2020 年 11 月 11 日，中冠联赛的分组抽签结果出炉，"厦门鹭岛"队进入死亡之组，和东道主梅县竞技、大国企赞助的宜春江钨威虎、宁夏人海溪同组。

"生死看淡，不服就干。"19 日，"厦门鹭岛"队启程前往梅县。

结果出乎意料，三场小组赛，"厦门鹭岛"队两胜一平，昂首挺进赛区半决赛。从三十个人到单人独行，闽魔球迷会场场不落，黑色战袍飘扬在梅县富力足校的铁丝网、铁栏杆外。

11 月 28 日，"厦门鹭岛"队迎来冲乙的关键战，对阵无锡信捷，一战定胜负。闽魔球迷会组织大巴车远征，"从晋江到水头到厦门到龙岩，一路接人"。

得偿所愿，一粒世界波任意球、一粒世界波吊射，"厦门鹭岛"队延续强势状态，击败无锡信捷，取得升级中乙联赛的资格。比赛结束后，球迷和球员发出振聋发聩的维京战吼："中乙，我们来了！"

两天后，"厦门鹭岛"队以梅县赛区第一、中冠亚军的优异成绩结束这一段征程。

12 月 1 日，球队返回厦门海沧的训练基地，闽魔球迷会的球迷来到基地门口迎接凯旋的鹭岛。火红的鞭炮噼里啪啦地点燃，赛场上取得三个进球两记助攻的球员欧阳雪拿起闽魔的大旗，当场跑起来，开心得像个孩子。

"忽报人间曾伏虎，泪飞顿作倾盆雨。"

17 日那天，"厦门鹭岛"队乘坐的飞机是下午 4：10 分起飞，有人中午饭都没来得及吃就去机场。在高崎的 T4，送了"厦门鹭岛"队最后一段路。

晚上 7：30 左右，飞机抵达长水机场，专门有球迷拿着"厦门鹭岛"队的队标接机。球队没想到，这里还有球迷，还有球迷会，来接这一程。

"莫愁前路无知己,天下谁人不识君"。

李镇伯给了回复:"必赴汤蹈火!"

当晚,有球迷改了《鼓浪屿之波》,想等恢复了主场,在看台上唱给厦门鹭岛助威。

蓝色波浪是我们的颜色
鹭岛是我们的信仰
我们永远战斗在一起
一辈子的兄弟
厦门鹭岛追随着你
厦门鹭岛支持着你
永争第一
爱拼会赢
一个海蓝色 厦门的传奇

作者手记

我说,足球可真美好呀。于内,它有一种归属感,人们凭借它界定主观和想像的社区,构建地方认同;于外,它被用来标记和宣示领地,看台上的人擂鼓助威,高喊自己城市的名字。

这篇文字就是在这个基础上组织起来的。

我翻阅了一些网站的资料——教会的、学校的、鼓浪屿的、球迷贴吧的,尤其是那个古老的、点一下要卡顿很久的新浪体育网站,将厦门职业足球的绝大多数历史保存了下来。一条条消息和报道凑在一起,再进行交叉验证,终于是理清了一条进路。

1872年到建国前后,厦门最早引入足球运动,就像"飞鸟"衔来一粒种子;1996—2008年,厦门职业足球成立、升级,最后解散,恰似"狮吼",余音不散;那以后,职业足球惨淡,民间足球守望相助,我这里截取了一个小小的片段——厦大女足,就像是"鹭影",即使黯淡,也有人尽全力呵护;2019年年末,厦门宣布承办亚洲杯,白鹭体育场开工建设,厦门鹭岛职业俱乐部成立,是"鹭鸣",振翅高飞。

我开始到实地走动。4月4日那天,我扛着400mm的佳能镜头走了几个地方,美国领事馆旧址——番仔球埔——英华书院教师楼——厦门二中——林巧稚故居——厦门市体育中心,等等,用我的话说,走遍1872—2008年见证厦门足球所有重要时刻的场所。19世纪的番仔球埔的草坪正在养护,21世纪的球队主楼却人去楼空,那是一种不一样的感觉,历史和现实在眼前交替上映。

离开番仔球埔的时候,又遇到一个背着一大袋球的中年人,走上去一问,果然是英华书院元老队的一员,互相添加了联系方式。

4月16日,我继续在网上寻找线索,在一个帖子里遇见阿猛——福建闽魔球迷会的重要成员。第二日,我便和他去海沧的福建省足球训练基地为"厦门鹭岛"队壮行。现在想想,这大概是最关键的一步,我认识了许多位关心厦门足球的铁杆球迷,制作巨型TIFO上了电视的财哥、阿星,七十几岁的阿珍婆婆……他们的出现让文字更加有血有肉,有了一个托住所有历史的现实关照,有了生命。

我后来还乘坐公交车去了翔安,见到正在建设中的白鹭体育场,也通过朋友的联系认识了何永三教练,在大雨中进番仔球埔看球。也试图联系过2008年时厦门蓝狮的总教练高达明,但电话无人接听。

说起来,这是我尝试过的,时间跨度最长、涉及人物最多的一篇文字了!

指导教师点评——唐次妹

这篇稿子是"新闻编辑"课程的作业。这是一次对厦门足球史的重构,也是对曾经辉煌的厦门职业足球发展的光辉岁月的还原。

作者本人热爱足球,是学院足球队的队员,对足球有天然的亲近。作者有自己的野心,他想要拍一部关于厦门足球的纪录片,想要呈现厦门足球从1872年鼓浪屿的番仔球埔开始的一百五十年漫长历程，再现这颗在无数人脚下翻飞的球，它的训练基地从鼓浪屿开始到厦门岛再到海沧，比赛场从国内到国外，球员从业余到专业，球队从民间到职业联赛，拥有创造辉煌又黯然落幕的经历。

2019年年底，厦门宣布承办亚洲杯，白鹭体育场开工建设，厦门鹭岛职业俱乐部成立。在这样的背景下，这个报道的新闻价值更为突显。

这是一个非常复杂又曲折的故事，作者前前后后花费了几个月时间去搜集、研究、整理相关素材，找到切入口，寻找和采访老足球队员、球队教练、球迷会、铁杆球迷……历史和现实之间，历史背景成为厦门足球的舞台，教练、球员、球队老板、铁杆球迷等作为其中的重要角色，在这个舞台上上演了一幕幕精彩的故事，正如作者所言："这是我尝试过的，时间跨度最长、涉及的人物最多的一篇文字了。"能够驾驭这么复杂的故事，本身就反映作者的认知水平、逻辑思维和文字能力。

关于厦门足球的图文稿先完成，期待作者的纪录片也能早日完成。

社会观察篇

聚焦"心灵感冒"患者：我和我的"独角戏"

听见她说：镜子、焦虑与怪兽

爱、死亡与怪兽：一个躁郁症患者的自白

一次性陪伴：虚拟恋人伪装下的陪聊者

数读｜第十年，陆生赴台求学按下暂停键

那些在生育歧视中"失踪"的中国女性

古早味的台湾免税市场，为何山寨泛滥

课外班在大学

"利义"，宗亲会的矛盾乱象

占卜背后有何财富密码

青春心向党　百年薪火传

党史动漫以趣促学，红色教育以新促行

聚焦"心灵感冒"患者：我和我的"独角戏"

朱晗钰 章立汸

据世界卫生组织估计，全球有 3.5 亿人患有抑郁症。到 2020 年，抑郁症已成为继冠心病之后的世界第二大疾病负担源。包括抑郁症、恶劣心境障碍、双相情感障碍在内的种种心境障碍，近年来更被冠以"心灵感冒"的称谓，以强调心境障碍其实是常见的精神疾病，需要人们科学认识，持续关注。

2020 年 9 月 11 日，国家卫健委官网发布《探索抑郁症防治特色服务工作方案》，要求各高等院校将抑郁症筛查纳入学生健康体检内容。作为需要加大心理干预力度的重点人群之一，高校学生的心理健康状况引发社会日益广泛的关注。走近"心灵感冒"患者群体，他们的失控、接纳与救赎，往往通过内心"独角戏"的形式不断上演。

"我不接受别人的褒奖"

"实不相瞒，别人的夸奖无法让我感到快乐。"刚刚结束一场线上讨论的张砾摘下耳机，虽已将近深夜零时，她看上去似乎仍神采奕奕，"我内心深处有一个非常强大的超我，'她'是一个完美的形象，也可以说是一个鞭策者"。

在张砾的平板电脑中，有个文档用于记录她每次的情绪崩溃。如果不看其中充斥的绝望字眼，旁人大概会认为这个不起眼的文档只是她学业、工作忙碌的又一证明。在张砾的同班同学徐丹眼中，张砾"像是不知疲倦的 robot（机器人），永远精力充沛"，与她合作的过程便是"很有安全感，因为相信她不管什么事情都能处理得很好，经常感受到被大佬带飞的快乐"。

只有张砾自己知道，在无数个夜晚里，焦虑和失控的情绪纷沓而至，自测表上深度抑郁和焦虑的结论换来一张"双相情感障碍"的诊断单。而诊断前最痛苦的莫过于整宿整宿地失眠,脑海中交织着悔恨的过去和糟糕的未来,伴随着"超我"对"自我"的无情批判,极端的想法和残存的一丝理性不断在激烈博弈,直到太阳升起。

  双相情感障碍,英文名为 Bipolar Disorder(BD),指既有躁狂发作又有抑郁发作的一类疾病。张砾不记得自己如影随形的灾难性思维和无时无刻的自我谴责从何时初露端倪,但抑郁倾向应该早在中学时代便已有苗头,只不过当初较为纯粹的学习状态把问题掩藏了起来。升入大学后,朋辈压力的来袭、发展的不确定性,让张砾内心里的完美"超我"越来越频繁地扮演起批评、督促的角色。"当某件事达不到自己理想的预期时,我满脑子都是——我太糟糕了,简直就是个垃圾,我的未来毫无希望,我的生活再也不会好起来。"

"我把自己包裹起来,抵御外界评价"

  如果说张砾从表面上并不会给人"心灵感冒"患者的印象,那么周跃表露出的状态可能更为反常。完成采访,对她而言,貌似也成为巨大的挑战。周跃在本学期刚刚被确诊患有"轻度抑郁",眼前的她一副疲惫不堪的神情,没有化妆,谈话时眼神也时常飘忽。"这可能是我自救的方式之一。我希望身边人能察觉到我的低落情绪,仿佛在下意识地呼唤他们过来拉我一把。"

  周跃渴望外界的帮助,但她给自己的定位是社恐。"我的父母其实给予我非常宽松、自由的成长环境,他们可能也无法理解,为什么我会成为一个极度不自信、对社交极度恐惧的人",周跃自嘲道。她回忆,可能是中学时曾被同学孤立,让自己变得对外界十分敏感,以致时常用自己的想像来建构外在世界。"比如上课回答问题时,我会特别在意旁人的反应,有时候话还没说完,我便猜测同学们已经开始嘲笑我刚才的表现。再比如,当听到别人对我的表扬时,我会下意识地认为我不配,并尝试通过他们的语气判断是否暗含反语及讽刺。我非常、非常抗拒外界的审视。"

  国家卫健委公开数据显示,在中国,抑郁症患者不少于 9 500 万人。很多人不能正确地认识这种疾病,但周跃正努力去解释自己那些"奇奇怪怪的思考路径"。尽管成绩很好,她却喜欢让自己处于边缘的状态,"最好的情况是大家都认为我是一个菜鸡,不过我确实也很菜"。不被关注,能让周跃在一个小角落里安全、舒适地呼吸,但周跃并不认为这是一种"不争不抢"的状态——

"人本质上是自私、利己的,我不去争取,并不意味着真的摆脱开世俗对'成功''优秀'的定义,只不过我觉得高处不胜寒,处于'成功''优秀'的位置是危险的。"她停顿片刻,有些迟缓地继续说:"或者这么形容,我选择把自己放在很低的位置,这样当别人对我评价不高时,我起码有个台阶下,可以不那么难堪地承认自己确实很笨。这大概就是某种意义上的自我保护吧。"

至于"别人"是谁?"可能就是一个假想敌"。

"我们尝试接纳自己"

张砾和周跃,在受访过程中都曾用"内心戏太多"来描述自己的状态。张砾认为,由于脑海中"超我"和"自我"两个小人打架的频率太高,场景太过熟悉,以致自己能毫不费力地复述出每一段心路历程。周跃则说,多接受几次心理咨询,便能分析自己的"脑回路",对自己看待问题的思考路径也有了相对清醒的认知。然而,任其发展,只会让负面情绪从悬崖跃入深渊。因此,张砾和周跃尝试着改变惯有的思维模式。

"我开始学着给自己找'借口'",张砾笑言:"以前我不接纳自己的任何疏忽、过错,甚至不接纳自己的消极情绪,我觉得自己的难过是脆弱甚至是懦弱的。现在,举个例子,比如老师有一个很好的课题却没邀请我参与,也就是说我错失了一个机会时,我会努力列出好几条老师之所以不考虑我的理由,让自己绕出'我不行'的思维怪圈。如果某件事没做好,我也会试着分析它的客观原因,同自我和解,让自己好接受。"

"我是很典型的灾难化思维",周跃承认:"不管对人对事,我总忍不住往坏处去想。"因为确诊时间不长,周跃处于适药期,服用药物收效尚不明显,服药所带来的生理、心理变化反而常常让她觉得烦躁。尽管适应药物控制的过程本就不太容易,她仍想要更进一步,实现自我改变。"如果一件事还没发生,而我却'预见'它的种种可怕后果,我会试图分析即使真的出现最坏的结果,首先可能性很小,其次它的负面影响也没有那么大。通过这样一次次笨拙的自我安慰,来弱化想像出来的糟糕生活。"

张砾和周跃的"独角戏"仍不时上演,但值得欣慰的是,"戏中人"的低落、哀伤、焦虑的情绪开始转变为自我调节、接纳与救赎。"躁郁的社会里,自我救赎的绿光,抵过一切光鲜,永不褪色",在中国,人们熟悉身体感冒的各种症状,但对"心灵感冒"时常谈之色变、讳莫如深。当心理健康教育进入高等院校、成为所有学生的必修课后,科学认识"心灵感冒",及时发现、干预和治疗"心灵感冒",似乎还有很长一段路要走。

指导教师点评——叶虎

出于对受访者隐私保护,本文受访者均采用化名。

该文聚焦于高校中两位患有"抑郁症"的大学生,通过深入采访,发掘其中的低落、哀伤、焦虑等情绪。在采访对象的讲述中,我们真切感受到"心灵感冒"这种常见的精神疾病确实需要公众去科学认识,持续关注,而非谈之色变,避而远之。报道文笔细腻,善于捕捉细节,既充满人文关怀,又发人深省。

听见她说:镜子、焦虑与怪兽

何小豪

晚上十点,刚洗完头的林姣低着头擦头发,透过头发缝隙,她看见镜子里的自己。黑黄的皮肤和抬头纹里的细小颗粒,在浴室的灯光下格外显眼。她喜欢在镜子面前端详自己,但绝不是浴室里的镜子。

站在这面"刻薄"的镜子前,林姣总会经历从"外貌焦虑"到"自我价值否定"的"绝望":"接受自己'长得一般'是一回事,接受自己的眉毛只有一半、手背和手心的肤色分界线以及向下塌的嘴角就又是另外一回事。"

快速地从镜子前挪开脚步,但焦虑却在慢慢吞噬心底,对于自称"985大学废物"的林姣来说,情况一直都如此。

在外貌焦虑的泥沼里挣扎的远不止林姣一个人。

2021年2月,中青校媒面向全国2 063名高校学生展开问卷调查。结果显示,59.03%的大学生存在一定程度的容貌焦虑。其中,对外貌感到焦虑的女生比例(64.61%)高于男生(46.23%)。

萌 发

外貌焦虑指因外表的社会性评价而产生的焦虑。外貌焦虑者往往担忧自己的外表达不到外界关于美的标准而受到他人消极评价,进而产生焦虑,甚至讨厌自己,拒绝社交。

严重的外貌焦虑者可能产生精神障碍症——躯体变形障碍(Body Dysmorphic Disorder, BDD),一种身体外表并不存在缺陷或仅仅是轻微缺陷,而患者想像自己有缺陷,或是夸大轻微的缺陷,由此产生心理痛苦的心理病症。

婉如,国外某艺术学院在读研究生。一份报告、一篇作业、一场聚会……

都可能引起她的焦虑。如果说学业和生活上的焦虑还处于可控范围,外貌焦虑就是在婉如的生活里不停游走的"幽魂"。

婉如的妈妈是大众意义上的美人:欧式双眼皮、皮肤白,外貌和气质姣好,总是能在人群中脱颖而出。但对于她来说,这似乎不是一件值得骄傲的事。相反,婉如的外貌焦虑很大程度上来源于此。妈妈的"优秀基因"似乎一点也不眷顾她——天生皮肤黑黄、单眼皮、牙齿也不整齐的婉如,像个假小子,"我这款长相,一般男生也都不会喜欢"。

六岁时,幼儿园放学回家的路上,一位第一次见到婉如的阿姨脱口而出:"你和妈妈长得一点也不像啊,你妈妈这么好看,你——"那一刻,婉如把头压得低低的,躲在妈妈的身后,脚尖在地上画着圈圈,一点也不敢抬头。

是男孩子还是女孩子,怎么和爸爸妈妈长得不像……这些来自外界"并无恶意"的疑问伴随着婉如成长,也让她心里埋下不自信与焦虑的种子:"对别人的夸赞太渴求了,稍有微词,都会困扰很久。"第一次有人评价婉如和妈妈长得像的时候,她开心了好几天。但很快又陷入比上不足比下有余的焦虑。

对于目前即将出国留学的新闻系本科生若兰来说,她的外貌焦虑"萌发"于初中,"当时还不知道这个词,但感受却是真实存在的"。

青春期的身心发育让若兰开始注意外表。天生自然卷和蓬松凌乱的刘海,是若兰审视自己的第一道坎。同学们窃窃私语让若兰一度焦躁,她说:"大家都觉得不好看。"

她不自禁地想去拨弄,试图让头发看起来整洁一点。没有护发知识,父母不允许把头发拉直,"在梳妆打扮上花心思"被扣上"不务正业"的帽子,若兰在家长和老师的评判中感到无所适从。

在课间发呆的时候,她常常托着脸颊,幻想以后可以自由打扮了,要打扮成什么样子,而这里头,有一件最重要的事——要把头发拉直。

肆意生长

上了大学后,婉如实现"化妆自由"。在化妆灯的照射下,宛如暗黄的脸庞变得白皙红润,单眼皮因为眼线变得更加有神,鼻梁在修饰后变得挺拔。她小心翼翼地用化妆刷轻扫自己的脸颊和眼眸,用亮丽的口红浸润自己的嘴唇。那一刻,她看见一个新的自己。

之后，婉如认为自己的外貌是"悬崖外貌"——颜值身材都在悬崖边上，尽力维持用心打扮就能"上岸"，稍微颓一点，身材和外貌管理松懈一点就是断崖下跌。

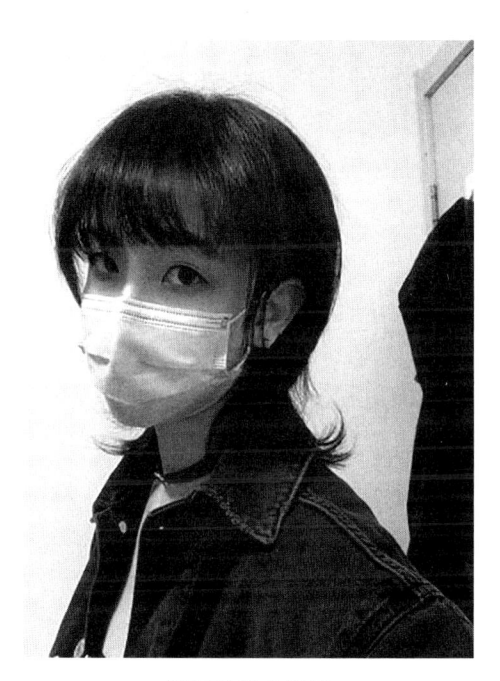

婉如对镜自拍图

但化妆还是没能缓解婉如内心的焦灼，她心底仍有一个不断回荡着的声音："这些也都是画出来的罢了。"在她眼里，身边人毫不吝啬的夸赞都太"主观"了，"她们知道我们在意这个，所以什么也不敢乱说"。

只要经过反光的物体，她的目光总会不自觉地停留，但她看见的，是被焦虑无限放大的痘痘和瑕疵，还有内心深处的自卑。素颜出门的她极其不自信，行为举止都很别扭，生怕别人往脸上多看一眼。

花一两个小时打扮自己，全妆出门是婉如自觉的"高光时刻"，对于外貌的自信从内心溢出，洋溢在脸上的笑容中，但这样的好心情也时常被打破，"经常自信满满地出门，晚上很沮丧地回家"。

大三，一次聚餐时，婉如从反光的手机屏幕中察觉出端倪，赶到洗手间，一照镜子，发现自己贴的双眼皮掉了。此后的一个小时里，婉如在朋友们的交谈中"闭了麦"，低头咬着吸管，直到聚会结束，只有她知道，在沉默的海平面下,她内心在不停地翻滚、吞噬。她下定决心,等自己经济独立了,一定要去割双眼皮。

刚上大学时,婉如有过一段恋爱经历。"有点胖""发际线高"……在感情生活里,对象的一言一语,如同刺一般,扎在她的心上,加剧着婉如的焦虑。

这些"小心思"甚至蔓延到生活的点点滴滴里。和前男友出去旅游时,洗完澡后,婉如总是会重新打开化妆包,摆弄起瓶瓶罐罐,贴双眼皮贴,涂阴影,画眼影,"底妆不上,实在是皮肤受不了,只能放弃",捣腾十几分钟,让自己看起来像"素颜"之后,婉如才敢走出浴室。

外界的评价逐渐内化成为婉如心中的"标尺"。她认为自己的容貌焦虑来源于比较和自以为的他人的凝视。"很多时候我知道我应该接受自己的外貌,应该放弃比较或者过分苛求,但我说服不了自己。"

婉如的情况并非少数,学者杨晨等人指出,外貌焦虑正在成为性客体化经历与女性自我客体化的"纽带"。性客体化指女性的身体频繁地被当作物体来观察与评价,在这种环境中,个体往往会在意自己的外表是否符合"大众审美",由此产生担忧与失控感,可能使个体处于焦虑情绪之中。为了缓解焦虑,个体在迎合外界标准的同时,甚至会将标准内化为自己的思想来审视自己的身体,即自我客体化。由于社会理想体型通常难以达到,时常导致更深重的焦虑。

在互联网时代,"物化"与"凝视"被进一步放大,外貌焦虑的藤蔓在社交媒体上肆意生长着。一边是"A4腰""筷子腿""锁骨放硬币""反手摸肚脐"话题频出,而另一边,"外貌焦虑"被不断提起。豆瓣"我所经历的外貌焦虑"话题下,聚集了近1 974篇不同的"焦虑记录",浏览量高达1 763.6万。

然而,社会"凝视"不仅聚焦在女性身上,也逐渐蔓及男性。在袁瀚和躯体变形障碍症抗争的五年里,"尺子"是他形影不离的好朋友。"三庭五眼"、鼻子和下巴要成多少度、下巴到脖子的距离——关于面部的所有数据像考研资料一样牢牢刻在他的心底。一旦有地方不符合标准,他便心急如焚:眼睛不够深邃,鼻子再高一点,鼻翼再收一些,如果嘴唇再薄一点就好了,下巴不够翘,脸上的皮肤太松了……"我听不到周围任何声音,只能听见我自己的心跳,感觉到浑身的冷汗与鸡皮疙瘩"。对他来说,那种心急如焚,是前所未有的绝望。

豆瓣相关话题截图

无法和解

"一个女孩没有办法因为听到一句'你要自信,你现在就很——'就真的自信起来,真的没有办法,当然,告诉别人'你很美'是十分善良文明的行为,但这个行为对于我们的焦虑没有任何帮助,就像我每天都在告诉自己'我要快乐'一样没用。"对于林姣来说,这些焦虑是无法消除的。

在浙江上大学的奕姚,今年大四,正处于实习期。在她的眼里,和"担心毕业论文写不完""怕实习进度太慢"相比,外貌焦虑是她永远也"无法和解"的。

只要一躺下,就会觉得自己的牙齿不美观,尽管身边没有一个人觉得奕姚的牙齿不好看,但她还是陷入焦虑。就连咬苹果时留下的牙印,也会勾起奕姚心底的自卑。于是,她尝试做医疗美容。

《2020年中国医疗美容行业洞察白皮书》显示,自2015年起,受颜值经济影响,医疗美容市场进入爆发性增长期。2020年,中国医疗美容市场规模已达1975亿元,"95后"成为消费主力军。2020年"双十一"购物节期间,在化妆品品类中,仅面部护理套装一项的销售额就超过110亿元。在消费主义带来的焦虑狂潮中,"化妆拯救颜值,整容逆天改命"的口号正吸引着越来越多奕姚这样的人为美丽买单。

尽管父母认为没有必要做,但奕姚还是偷偷攒了生活费,找到一家能分期的医院。从戴牙套到做中胚、细胞氧疗、去黑头,在过去的一年里,奕姚前后买了多个"套餐"。这个月,奕姚接受了中胚层美容的最后一次疗程,加上此前的两次,她已经花了快 6 000 元。奕姚的医美师告诉她,中胚层美容的主要目的是刺激细胞重新生长,收缩毛孔。

但真正缓解奕姚焦虑的,只有医美师告诉她"产品有效果"的那一瞬间。很快,奕姚的焦虑又卷土重来。"做医美的人很会说话",做完鼻尖之后,奕姚的医美师又接着引导她发现鼻梁的"不足","她告诉我,我还有很多需要修正的地方,等以后年纪大了就来不及了"。

"明知道是用焦虑来让我花钱",但对于奕姚来说,除了看得见的效果外,她想要的其实是通过不断"付出"来平复内心的焦虑。趁着促销活动,奕姚又买了一年的"补水套餐",花了 4 800 元,而下一步,她正在考虑要不要"把自己的鼻子给做了"。

与"怪兽"共处

"社会环境在塑造我们的审美,这是确定的,但我们又如何做到把所有外部因素都排除呢?"在若兰眼里,个体无法与外部世界的"镜子"抗衡。于是,她开始尝试和这头在她身上生长了二十年的"怪兽"和平共处。

大三下学期,若兰结交了几个新朋友。她开始接受朋友见面时的一番夸奖,"哇好美""好时尚"……在被喜欢和被爱中,她开始治愈,正视自己,走出社交困境。慢慢地,看见朋友的打扮后,第一反应也不再是陷入焦虑,而是夸赞。"我想我会长久地与我的外貌焦虑共存下去,一边因为朋友的赞美而欣慰,看见自己的美,一边为尚未完美而焦虑。"

婉如在去年做了一个"征集实验者,十五天坚持发素颜自拍到社交软件上"的课题项目。在实验对象身上看到"似曾相识"的焦躁和抗拒后,她开始反思自己的焦虑,"对别人我可以不以貌取人,对自己,我不想做大众意义上的美女了,想做自己审美里美的那个"。

疫情在家期间,林姣转移注意力,精心照料的绿植开了花,"在不经意之间,它成长得那么安静,仿佛只是在那打着盹,每朵花都不过是一个小小的哈欠而已",花开的宁静照亮了她心底的阴霾,她在日记中写道:"接受自己是一个长得一般的普通女孩,是一件非常困难的事情,而这么困难的事情,我做得不好也实在是情有可原。没什么大不了的,真的。"

"如果对美的追求成为补偿自卑的工具,美可能就悄然消失了。一切追求美的行动都应该以开心和健康为目的,而不是以攀比、治愈自卑、模仿他人为目的。我们不需要因为外貌美才自信,我们自信了,在别人眼中才美。"心理咨询师丁若水在文章中写道。

除了"放过自己"的和解,在与镜子、焦虑和怪兽周旋的背后,质疑的话语也在慢慢出现。

综艺节目《听见她说》中,女主人公直视着镜头发问:一定得是巴掌脸吗,一定得是筷子腿吗,一定得高吗,一定得瘦吗,一定得白吗?"我并非质疑高白瘦,我质疑的是'一定'。"对审美标准的"灵魂拷问",触动了屏幕外的胖与瘦、高与矮、白与黑的大多数人心底关于外表的弦。

在豆瓣"我所经历的容貌焦虑"话题下,一位网友写下自己的困惑:只要瘦下来,一切就会变好吗?

记者手记

文中所出现受访者均为化名。

这是我写的第一篇深度报道。近年来,反手摸肚脐、漫画腰等挑战游戏一次又一次火遍全网,也引发争议。与此同时,"外貌焦虑"正在成为广泛讨论的社会议题。但在互联网风过无痕的狂欢背后,对于那些困在外貌焦虑中的"她"而言,外貌焦虑缘何而来,往何处去,她们又是如何与这头"镜子中的野兽"共处的?

带着这些问题,我在豆瓣上相关话题下找到十几位受访者并尝试联系,起初回复我的只有七八个,有故事、可挖掘的受访者剩下四个。第一次在线上以采访为目的与陌生人交谈,且谈论的话题可能是对方较为敏感的外貌话题,对我而言,其实是一次很大的挑战与尝试。庆幸的是,尽管是无偿的采访,受访者都很乐于向屏幕另外一头的我敞开心扉,分享自己的故事。然而,初步整理的采访结果再次暴露出问题。线上采访的形式极大削减了采访所获的信息量,个人故事的细节无法更好地展开,同时为了保证报道的真实性和可信度,在化名的基础上仍需要添加部分学校或个人信息,于是我再次联系受访者进行补充采访。历时近一个月的采访后,我开始撰稿成文。

最终,作品《听见她说:镜子、焦虑与怪兽》通过"萌发""肆意生长""无法和解""与'怪兽'共处"四部分,讲述与"外貌焦虑"斗争的"她"的故事,试图跳脱"个人困扰",勾连更广、更深的"社会关切"。

指导教师点评——唐次妹

这篇稿子发表在厦大新闻传播学院学生媒体"凤凰新声"公众号上,是一篇质量不错的特稿。作者何小豪对新闻报道、对文字相当敏感。这篇报道应该是其兴趣之作。

容貌焦虑是比较新鲜的题材,也可以说它具有这个时代的鲜活特点。作者因网络上那些A4腰、反手摸肚脐等视频挑战现象关注容貌焦虑的问题,通过查阅与此相关的社会学心理学著作找到解释框架,在此基础上,利用网络社交工具搜索、筛选正处于容貌焦虑中的受访者。找到典型的受访者并充分挖掘他们的故事,这无疑是采访中最难的部分。并不是每一个人都典型(她有没有故事),有故事的人并不一定能表达清楚,需要发掘,用细致、耐心和技巧一点一点挖出来。作者很用心,花了很长时间,采到丰富的素材。

不过正如手记中提到的,线上采访限制了作者对受访者除语言之外其他感观的感受,受访者的生活环境,她在生活中的表现如何,在家如何,出门如何,工作中如何,社交场合如何?这些细节才能真正展现出多样态的容貌焦虑,有助于读者理解主人公的这种焦虑,产生共情。

这篇稿子也很好地诠释了"新闻记者不可能究尽真相,只是一直在追求真相的路上"这句话。

爱、死亡与怪兽：一个躁郁症患者的自白

李沁桦

阿加莎的小说《撒旦的情歌》里有这么一段话："为了逃开那头怪兽，你一直跑，一直跑，但是这样是没用的，你不能一直用后背对着它；你要勇敢地转过身去，才能看清那头怪兽的本来面目。"

世界卫生组织2019年发布的报告显示，在全球范围内，每年因抑郁症自杀死亡的人数高达100万人。抑郁症的发病率是11%，即每十个人中就可能有一个抑郁症患者。躁郁症亦称双向情感障碍，患病者会经历情绪的亢奋期和抑郁期。相比抑郁症，躁郁症患者往往更易被误诊。

这是一位躁郁症患者的自白，她正在慢慢学会正视自己内心那头怪兽。

我开玩笑地对她说，当下社会，"抑郁症"三个字似乎已经不再如过去那样讳莫如深，但却戏剧性地走向另一个极端：抑郁症在某种程度上似乎成为流行病，对待抑郁症患者的方式成为政治正确。

她纠正我："不是的。最无力的人，面对痛苦也有自己的应对方式，只是有优劣之分。不要拿走病人应该对自己的人生负的责任，哪怕是出于关爱。"

四周是高高的教学楼，一栋一栋向我挤过来。我在高楼间一块狭窄的空地里转着圈，一圈又一圈，逃不出去。后面是拿着刀要追杀我的老师，和围观的、脸上带着嘲讽微笑的同学，我瑟缩在角落里，再也无法动弹。刀快要落在我身上了。

我醒了。

我已经很久很久没有做这个梦了。我翻身下床，走到窗边，掀开浅绿色的窗帘，看到落地窗靠近桌子那边积了厚厚一层灰，一只折断了半边翅膀的飞蛾落到地上，对面居民楼的防护网密密麻麻，不远处的双子塔闪着光。

这是我得双向情感障碍，也就是俗称躁郁症的第六年，确诊第四年。

此刻阵雨,明早转多云

四月底的厦门连着下了两周的雨。

对于我这种野蛮人来说,没有比晒不到太阳更令人烦躁的事了。我烦躁地摸出手机。手机屏幕亮了,时间是凌晨三点半。天气预报上写着:"现在阵雨,明早局部多云,最低气温 14 摄氏度。"窗外是绵绵的阴雨,我睁着眼躺在床上,看着天一点点亮起来。

我在张家口出生长大,父母离异之后和爷爷奶奶一起生活。从幼儿园到初一,一串的学校名前缀都是"张家口"。

记忆中的张家口冬天很冷。奶奶喜欢把暖气开得很足,然后早早去睡觉。我趁着他们睡着,偷偷打开窗户,窝在窗台上。冷风吹着脸,有点刀割似的疼,但给我冷静的快感。我就这样在冷风中看书画画,第二天早上醒来就发烧咳嗽。奶奶给我请假,我乐得在家继续看书,逃了不少课。

初二的时候,爸爸把我接到天津去,希望能给我一个更好的学习环境。新学校的生活和学习节奏都很快,我一向是个沉默的人,但渐渐地,我变得更加沉默。可有些时候,我为自己不断涌出的想法亢奋不已,言谈和思考的速度异常地快,经常蹦出一些新奇的想法,话多而且爱笑。我理所当然地讨厌低落的时期,我只认为它的另一面才是正常的。而且,我也只想要正常的那部分。

然而,情况实在变化得太快,快到让我害怕。伴随着那年冬天的到来,我的低落慢慢地向抑郁发展。我开始没缘由地在课堂上哭。老师和同学常常在课堂上惊愕地停下,然后又皱着眉继续,假装什么都没发生。

"她肯定有病",周围的同学和老师都这么说。我整夜整夜地做噩梦,梦里是拿刀的老师和冷笑的同学。

如果是现在经过六年治疗的我,我会很从容地说那不过是躁狂与忧郁的同时作用,两只魔鬼看似水火不容,却又奇妙地在我身体里共存。但时间倒流回到 2014 年,被这种无时无刻都会冒出来的矛盾情绪困扰着,我恳求妈妈带我去看医生。

我们去了一家昂贵的私立医院,半个小时的出租车车程,一路上妈妈不跟我说一句话,她觉得我只是青春期的叛逆。我做了两套测试题,三个量表,被精神科医生草率地诊断为重度抑郁症。医生开了一堆现在看来副作用极大的药。妈妈不说一句话,她觉得丢脸。

我拿到药,背朝着妈妈,一个人翻看说明书,盒子上明确写着"抗精神病药"。那种感觉像是一个人站在漆黑的荒原上,被孤独、悲凉、绝望包围。我吃药,药的副作用很大,头痛、头晕、恶心想吐、食欲下降、嗜睡。

直到两年后,我才在天津安定医院拿到自己的医学诊断书——"双相情感障碍 II 型,病史三年"。我找到适合自己的治疗医生,开始接受稳定的药物治疗和心理疏导。

我的小药箱里最多的时候有八种不同的药,我要非常小心地记住白色的药丸是治疗失眠的,淡粉色的圆片是心境稳定剂和抗惊厥药,白色的胶囊是抗抑郁的药,所有的药都倒在手上,一共二十八粒,有小半把。

2016 年高考,我考上厦大,厦门是一个永远阳光灿烂的城市。我的病也不再那么严重,我不借助药物也能好好睡觉了,一切看起来都在往积极的方向发展。我错误地以为自己已经好了,悄悄停了药。

生活是一个宏伟的竞技场

爸爸一直以来对我都有高期望,给我取的名字是发扬光大的意思。他在微博上面写:"孩子逐渐长大了,也可以一起聊人生和理想了,是一件很幸福的事情。"爸爸的微博头像是他的自拍,我盯着那张小小的照片,不知道该怎么回应。他和妈妈离婚之后迅速建立了一个新的家庭,有了新的妻子和新的孩子,只有我这个女儿是旧的。

在高中时喜欢过的男生、老师的排挤和同学的嘲讽,这些我都没跟爸爸讲。我讲我对这个世界的看法,那些痛苦而绝望的生活缝隙,涌动着滚烫的岩浆。爸爸安静地听着,时不时抬起手来擦去我脸上的泪水。

《日瓦戈医生》里面写:"生活是一个宏伟的竞技场,大家尽可以在那里进行夺取胜利的较量,但必须老老实实地遵守比赛规则。"没有规则就没有生活,可这规则不一定是社会的,也可以是自己的。社会的规则是流动的,而我自己的规则却永远禁锢着我。

我从高考的竞技场下场,顺利通过社会设置的规则。高考完的那个暑假,从北京回家的路上,妈妈用开卡丁车的方式在高速上开着车,爸爸坐在副驾驶座上睡觉。车里稍微有点热,我也很困,一觉睡回张家口。我当时想,我总有一天会怀念这个时刻。

　　去学校之前,我又去了一趟医院。我已经很习惯复诊,按照医生的建议继续吃药,抗抑郁药加到两粒。但后来我又自大轻忽了,认为自己没生病,不想吃药,在文拉法辛胶囊吃完之后擅自停药。

　　被这个病折腾了快四年,我还是看不到希望。在学期末的考试周,我服用了过量的躁狂症治疗剂,平静地躺在床上,做好了独自死去的准备。口腔因为药物的灼烧而腐蚀,我等待着远超过中毒的剂量起作用。我的脑海里什么都没有了,没有爸妈,没有弟弟,没有爷爷奶奶,没有快要将我逼疯的考试和睁眼就要面对的生活。

　　我在虚幻中飘起来,向着光明去。

　　想起五岁的我非要冒雨一个人出去玩,打着伞,曲着身子蹲在草丛和灌木里。伞没什么用,我整个人都淋湿了,看着眼前被雨水打乱的草和润湿的泥土,听着打在地上哗啦啦的雨声,觉得这个世界上只有我一个人。

　　想起六岁的我恐慌发作,四肢僵硬地躺在姥姥家的床上,连腿都挪不动,眼泪藏也藏不住,怕自己就这样死去。

　　想起高中时抗拒吃药的我,一下停了两片半的帕罗西汀。停药后是严重的戒断反应,电击抽搐的感觉让我时刻都感到害怕,怕死怕到癫狂。朋友来家里看我,逆着光坐在我床边,轻轻地抚摸着我的头。我看着逆光中的她,她就像一个天使。

　　光消失了。我听见有人在大声呼唤我的名字。我试图张开嘴,却发不出声音。我的身子越来越沉,堕到无穷无尽的黑暗里。

非如此不可吗　非如此不可

　　死亡对于我来说到底是什么呢?死去是我人生的一部分,我想要这部分也圆满,而不是把它无情地剥离出去,我要谈论死亡。

　　死亡是人生中重要的事情。人生不是到死亡就停止,人生包含着怎样死亡,死亡的时候在想什么,死亡时感受到怎样的痛苦,死的时候是否有所爱的人在身边,是否与自己和他人和解,心中充满了恐惧或是平和。

我心里有一个声音在持续地叫嚣着:

YWEs Muss Sein?
非如此不可吗?
Es Muss Sein!
非如此不可!
我需要时间去思考死亡。

刚刚迈入大二的那个冬大,阳光很暖和,学校里还能看见盛开在树梢的异木棉,红得妖艳而不真实。在辅导员和心理疏导老师的建议下,我选择休学。

我从厦门回到寒风中的张家口。

百无聊赖地躺在家里吃着药,养着病,这样的无力感将把自己逼疯掉。我努力说服父母和家人,同意我在休学期间到马来西亚给缅甸的难民小朋友支教。海风温柔,沙滩碧树红日,我与家人之间隔着荡漾的南海。我脑海中乱糟糟的思绪突然间就变得明了起来。

支教一共花了四十五天。这四十五天里,上午上四个小时的课,下午备课。我常常在写教案的间隙,划亮手机屏幕,壁纸图像是爷爷和奶奶抵着对方的额头,开怀地笑着。那是爷爷奶奶补结婚照的时候拍的照片,两人都头发花白,但笑得很开心。

还有小时候的照片,我穿得一身红彤彤的,戴着一顶小红帽,右手被捏在奶奶手里,抬着头愣愣地看着镜头。那时候奶奶的头发还乌黑发亮,低着头朝我笑。我的泪流下来。这些年我自以为的痛苦挣扎,奶奶也感同身受。她的白发,比去年多了很多。

妈妈每周都给我打电话,在电话里夸我新剪的超短发好看,和我一起听我喜欢的暴躁的音乐。我常常沉默,听着妈妈的呼吸声在话筒里起起伏伏。妈妈接受了我的病,她甚至可以轻轻松松地开玩笑。

还有我的朋友们。

在我最糟糕的那一段时间里,我每天行尸走肉一般生活。别人说话我听着,别人问问题我机械地回答。我以为我伪装得很好,直到我后面回想起来,他们眼里都是掩饰不住的担忧。朋友辣辣说,跟我谈话的时候,她亲眼看到我眼神慢慢地飘走,人早已经不在这里了,就像"梦游一样"。

我笑,笑着笑着泪水就下来了。我不敢求助,心里没敢装着任何人。当时最能给我安慰的幻想是:我一个人到很北方的地方去,不用再见任何人,拿一盒消炎药,去放羊,什么时候病死完事。听起来惨兮兮的,但是这种幻想当时帮助了我,我觉得这样的生活是唯一安全的,不会再焦虑。

支教的时间过得很快,很快就到了最后一天。在临走前的最后一天,我和学生们一起试着炒了一锅火锅底料。孩子们的眼睛都是闪闪发亮的,那是一种即使生活在泥淖中也昂扬可爱的天真。

我太喜欢他们了,不知道怎么用语言表达出来,非常非常希望他们都能有美好的未来。

愿一切痛苦终有归处

休学一年,重新回到学校。本来大一结束就应该分流的我,重新选择专业,读社会工作系。

大概是和高竞争环境没有缘分,我还是想做能和老年人、青少年在一起的工作。花了三年的时间终于上完大学前两年。但我并不觉得有什么问题。我想小小地感谢一下这个曾经带给我烦恼的双向,陪伴我走过了那么多疯狂的夜晚。

每年4—11月,我会呈现躁狂症状,常常整夜整夜地睡不着觉,于是疯狂地画画和写小说,最疯狂的时候我会连着三个晚上不睡觉,敲一万字的小说也不会累;但11月之后,情绪开始逐渐低落,就像冬眠一样。这两种状态下的人,都是我。没有哪一个是真实的我,也没有哪一个是更好的我。

六年下来,我现在有了带着疾病生活的能力,慢慢学会调整和控制自己的状态。双向带来情绪的低谷期和高峰期,但可以通过调整节奏来适应这种状态下的生活,就像有些人要带着糖尿病、高血压生活一样。

对于这些零零碎碎的生活状态,我习惯在各个社交平台上坦诚地贴出来。微博、QQ空间、朋友圈、Lofter,还有一些隐秘的社交平台,所有的平台上的头像都是维克多·崔的专辑封面——黑底,金色向日葵在恣意绽放。

好朋友辣辣问过我为什么这样做,她担心我会因此受到伤害。我说,因为在暴露自己生活状态的同时也是表达,即使如此,我依然能做很多事,协调自己的生活,通过药物或者别的方式来缓解症状。我的生活还是我的生活,而不会变成"双向障碍"。

她一直觉得我是那种真正有牺牲气质的人。我听了就笑,哪有这么理想化的人格。我以前曾经有过雄心壮志,但现在我还是热爱无聊的生活。最大的希望,大概是痛苦的事不发生在别人身上,而自己也能不断积累,拥有缓解别人痛苦的能力。

明天又是新的一天

我现在在社工机构实习。督导是一个很友善的姐姐。有一次我的恐慌发作,她微笑着让我躺在她的大腿上休息了半个小时,我当时就想:我好了,人生圆满了。

我所在的项目是儿童与青少年服务,小组里面有个寡言而敏感的孩子,很依赖我,但她很快就回家乡去了。看到那个孩子眼神里有我熟悉的恐惧,我没办法就这样不管她。我心里什么也不想,坐上了周日中午飞往她家的飞机。

飞机高高地拥抱着太阳,我下了飞机还感觉到眩晕。后来是怎么回的,我已经忘了。我这个陌生的人,突然出现在一个陌生的城市,敲响一扇陌生的门,去拥抱那个孩子,去给她说一句"我在",就够了。

日子流水一般波澜不惊地过去,我画画,去社工机构实习,去踏踏实实地帮助别人。社工机构的督导老师知道我的病,但她不在意,也并不特殊照顾我。她向我强调了可能会碰到的情感上的压力和种种无能为力,问我:"你是否能够承受?"

时代要求所有人都追求努力奋斗,要求所有人非上进不可,要求所有人都踮起脚尖去够到最高的苹果。被时代抛弃,总是会让人恐慌。但这些要求我不想接受,我想摒弃,试图扔掉我所有的优越感,哪怕这种情感会再伤害我。

我点点头。

从实习的社工机构回到住的地方,需要坐一个半小时的公交车。在回程的路上,我站在拥挤的公交车里,火红的夕阳闪耀在远方山丘的更远处,却清晰巨大无比,将我的脸映照得稚嫩。

我侧过头小声地说："看,明天又是新的一天了。"

记者手记

尽管我们日常总会抱怨因学业压力和社交压力而导致抑郁,但那些只是容易排解的抑郁情绪。偶然中我了解到一位朋友因重度抑郁症尝试自杀未果,同龄人对于人生的绝望让我叹惋,也让我萌发了解同龄人的精神状况的想法。

近些年大众对于抑郁症群体的接受程度似乎已经普遍较高,大概在现实生活中很难看到有人不接受或者抹黑抑郁症患者。但另一方面,可能又好过了头,现在人人身边似乎都有一个患抑郁症的朋友。"抑郁症"成为逃避手段或者是心照不宣的政治正确。我们小心翼翼地关心他们,却不知该怎么在日常中对待这些同龄人。

采访路径从采访对象本人开始,到她最亲密的家人和挚友,再到医院的医生、学校的心理咨询师、学院的辅导员、老师、普通同学、社工机构的督导老师等。在不断跟进采访的同时,采访对象细腻的心理状态,不断印证我在支线采访时所得到的消息。采访过程像同心圆,所有的采访内容都以采访对象的病为圆心,不同的人关注她不同的侧面,叠成直径不同的大大小小的圆。采访对象自己也知道身边人的关心范围,她的采访内容牢牢地束缚在同一个临界圈内,是同心圆里最核心的部分。于是我选择以处于圆心的采访对象为叙事视角,来讲述她和周围人的互动。

在确定好写作角度之后,我又反复与采访对象沟通,确保写出来的东西不会触碰难以接受的隐私。采集到的信息从各方面来说一定有所损失,但最后呈现的也是双方肯定后的结果。

写作的时候,我花了很多力气避免为了感动而感动,试着舍弃不必要的修饰性的情绪词或者形容词,以最朴实最真诚的话语去写。我始终觉得,即使是书写一篇看起来个人化的文章,也应该看到人的共性所在。因此我着重刻画了她寻找社会认同、社会价值时的困惑,这其实也是我们同龄人所共有的精神迷茫。

最终成稿虽然也用第一人称,但前后接触了四个采访对象,将他们的经历和感悟融成一个虚拟的"我"。这四个采访对象从某些方面来看非常相似:重度抑郁症或者躁郁症病史2~4年,表面看起来非常阳光,脾气温和、善良而富有同情心,有丰富的兴趣爱好和一大堆交好的朋友,坦诚地对待自己的疾病。

但另一方面,他们有着各自不同的痛苦,在过去的岁月默默承受着超乎年龄的复杂事件、情绪崩溃、坎坷的就医过程,曾经受过的歧视。他们也曾在现、在病症逐渐稳定的时候露出一些情绪的缝隙,在交谈过程中常常露出相似的眼神飘忽,就好像他们已经不再和我处于同一时空中。我把这些小细节都写进文稿里。

我们常常怀着猎奇的心态去读患者的故事而忽略其内心深处最直接、最不加掩饰的想法。采访当然是带着问题去的,但更深入地看待他们作为一个完整的自我的需要,这可能更好。

这篇短短的稿件成稿于2019年年底,但我至今仍与采访对象保持着联系。在2020年的疫情风暴中,我从朋友圈读到有一位采访对象积极地运用自己的专业知识,给处在武汉的小朋友提供心理疏导服务,她兴高采烈地说自己终于在混乱中做了一件有用的事。她依旧令我感动。

指导教师点评——唐沙妹

这是"深度报道"课程的作品,是一篇特稿,讲了一个非常精彩的故事。作者李沁桦对新闻专业有着自己的热爱。在一次私下聊天中,她曾透露,"深度报道"这门课程让她爱上新闻报道这件事情,对新闻记者产生更浓厚的兴趣。所以在大三的实习中,她找了一家媒体机构,跟着实习导师做支线采访,做周边资料,快乐地忙碌着。我在想,她说的这门课程让她对新闻工作产生热爱,更可能是这门课程中,在完成任务的实践过程中她投入了,她收获了,她热爱了。

  选题确定后,采访是一大难点,采访对象有哪些,如何找,核心信源、周边信源都有哪些?因为涉及病人病情、心理、精神、隐私等问题,针对病人的采访要把握到何种程度?如何找到典型的或者说有故事的采访对象,而且最好不止一个。还有对问题的认识,抑郁是怎么回事,躁郁症又是个什么鬼?全球的情况?中国的情况?作者通过查资料、采访心理医生、专家、采访患者亲友、患者本人,对这个问题的认识逐步加深,对患者也更有共情,最后形成的文本才能带领读者去认识,去体会躁郁症患者的痛与挣扎。采访与写作过程中,作者和我多次沟通,探讨遇到的问题,寻求解决的方法,从中我们都有所收获而成长。这大抵是教学相长之义吧。

  最大的失误是,作者将采访到的四位患者的素材糅合为一个虚拟的"人",以之为主人公展开叙事,这违背了新闻真实性的基本原则,更接近报告文学/纪实文学。实际上,这篇稿子可以呈现多个主人公,只是叙事时在不同角色中转换需要技巧。

一次性陪伴:虚拟恋人伪装下的陪聊者

达格妮

凌晨

被疫情扰乱的阳春三月迎来又一个清晨。闹铃叮铃铃响起,大学生小叶(化名)从梦中惊醒,来不及揉眼睛,下意识地拿起枕边的手机,翻开备注名为"叫早"的列表,点开第一个对话框,清清嗓子,在微信发出"滴"的一声后,刻意压低声音,对着屏幕问候早安——"早上好宝贝,该起床了"。

早晨六点的房间依旧昏暗,屏幕切换间闪烁的光打在他困倦又疲惫的脸上。他动作不停,手指滑动着,熟练地点开下一位联系人,机械地重复着这句话。

就这样,小叶作为网络陪聊的一天开始了。

日出

等小叶给列表里的一串客户打完电话,发完语音,日光也已经照在窗帘上。

他在去年三月左右被同样从事这行业的朋友阿落(化名)拉入伙,开始从事这项"兼职"。阿落说,疫情期间,人们大多数都觉得内心空虚又无聊,没什么社交活动,现在网络陪聊这行业一下子就变得炙手可热,每天陪人聊聊天就能赚钱,问他要不要一起干。

小叶犹豫了一下,觉得有点儿麻烦。但他转念一想,反正现在不能出门,在家待着也是待着,与其坐吃山空,不如找点儿事干,还能排遣无聊。他有些心动,但还有点拿不定主意。

手指敲打屏幕的声音在房间里回荡着:"干这个,大概能赚多少钱啊?"

阿落回复得很迅速:"看什么服务和档次,按照你的声音和服务态度分几个档,我这个档位不连麦一小时六十,连麦就九十。"小叶之前没接触过这方面的工作,但他之前也干过其他兼职,大多数既辛苦又薪水微薄。

他惊讶道:"这么贵!"

"这不是最近疫情吗,人傻钱多的妹妹都无聊得很,所以我们陪聊的价格可是一涨再涨啊。"

小叶追问:"做这个有什么要求吗?"

白色的对话框显示:"声音好听,打字快,会聊天,足够了!"

接着对面又调侃式地发过来一张表情包,动画片里的王子笑得得意洋洋,上面还配着一行字:"多处几个女朋友怎么了,我打字快又不是聊不过来。"

小叶一拍脑门,决定干了。那朋友立刻就把他拉进了一个针对陪聊的审核群里。

进群以后,管理员之一问他有没有什么才艺,比如会不会唱歌之类的,小叶回答没有后,很快一个好友申请就弹了出来。

看头像是刚刚问他问题的女生,两人经过短短的介绍,小叶才明白,审核资格的过程就是把对方当成客户,和她聊天。他们连打字加语音地聊了十分钟左右,因为小叶很会讲话,又有梗,所以把对方逗得很是愉快,气氛也十分融洽。

谈话结束后没多久,对方便宣布他"通过"了,依照评估结果划分为第二档次(即60元档),可以开始接单了。

通过审核后,他就又被拉入一个"员工群",群里有男有女,但总体来说男生比较少。他们的头像有风格一致的相似感,用真人和漫画图片做头像的各占一半,从列表一眼望过去,光看头像就能看出来每个人走什么风格。

群里有些冷清,只有在偶尔接单的时候才会热闹那么一两秒。

没过多久,小叶就接到他的第一个单,这个单的要求就是纯聊天,逗她开心,因为适合新手,所以审核人才派发给他。他接单后很快就加了对方的微信,看头像是个有名的动漫女主,估计应该是个年纪不太大的小女生。毕竟还是新手,打了个招呼后,他又犹豫了一下,才拨下语音通话。

他清清嗓子,用低沉的气泡音问好,对方很快就回应,声音活泼,她说因为待在家里太无聊了,所以想找人聊聊天。聊着聊着,小叶也放下紧张,妙语连珠,逗得对面直笑,一个小时很快结束了,临走时对方还承诺,一定给他五星好评,下次还点他。

很快,他就上手了,第二个、第三个单子……空闲的时候,小叶一天能接五六单,几百块钱轻松收入囊中。

上午

上午十点的时候,小叶还在一边上网课一边勉强应付着手机对面的客人。

与此同时,阿落也没闲着。作为这个职业里的"老手",他做起陪聊来更为老练,对这份工作的了解也更加深入。他算是看着这个行业成长起来的,在这个群里也是"核心层"之一了。

在成为陪聊者之前,阿落在六年前就意外进入了语c圈。

语c圈,指以文字为载体,主要通过肖像、语言、行为、心理、细节描写,从静态与动态、客观与主观、反衬与对比等多方面,对所作的人物、事件和环境来进行具体描绘和刻画,是角色扮演的一种。它以文学演绎为基础,以社交平台为虚拟世界进行文字互动,成功地为无数想像力丰富的网友们构建出虚拟的精神家园。

七八年前,语c刚刚在国内出现,当时的语c爱好者大多数集中在贴吧,志同道合者会加入QQ群,逐渐形成组织。语c圈和配音圈的成员有许多重合的,圈里的成员一般是初高中生,音色较好且各有特色。除了日常"披皮"聊天外,他们偶尔也会去接一些配音工作,或者在群里一起"pia戏"。

随着时间流逝,当初只为爱好聚集在一起的初高中生变成需要考虑工作和收入的成年人。于是,有那么几个脑子机灵的一带头,他们便依照贴吧上常常看到的陪聊帖子,在淘宝或其他平台开起专职陪聊的小店。

作为几乎无成本的行业,陪聊店在电商平台上很快遍地开花。那时候,只要在淘宝搜索关键词"陪聊",网页立刻就会推送出来一大堆服务。当年的陪聊行业并不景气,即使价格低廉,大多数人还是不太理解为什么要花钱和陌生人聊天。

但很快,一些"不法分子"就盯上这个业务,使得部分陪聊变成公然销售"电话性爱",乃至于上门卖淫的渠道。近年来,在经过无数投诉后,电商平台监管愈发严格,如今用户在上面搜索"陪聊"时,平台只显示出空白页面。但这种业务依旧存在暗处。

原来,店主们不停地换商品名字,最常用的有"小哥哥小姐姐""叫早人工闹钟""督促减肥"。这些店家还采用"游击战"的策略,"打一枪换一个地方",每隔一段时间就要把服务下架,重新开一个销售页面。

阿落当年也曾经本着"玩票"心态接了几个单子。由于挣得不多又颇费时间,他很快就忘掉了这一茬。

然而,由于新冠疫情要求居家防疫,加上"bilibili"等青年亚文化网站上出现陪聊的体验视频,这项业务一下子就火了起来,从无人问津变成供不应求——价格从原来的一天五到十元,变成一小时至少二十元。

商人嗅到商机。语 c 圈、配音圈的贴吧也一下子热闹了,招募的帖子一夜之间如雨后春笋般冒了出来。恰好最近有朋友从事相关业务,阿落便选择加入朋友的队伍。依靠"老手朋友"和"语 c 圈大佬"的身份,他顺理成章地进入核心层。

当被问及为什么选择这个工作,阿落的回答是:"在家闲着也是闲着,如果和小姐姐说说话还能赚钱,那何乐而不为呢?"

晌 午

趁着午时客人少,阿落才挤出一些时间,就虚拟网聊的审核制度进行了更深入的解答。阿落说,这项业务客户中女性占 80% 以上,因而男性陪聊者供不应求,对于男性陪聊者的准入审核也会相对宽松。

据阿落介绍,陪聊者的长相并不重要,但声音一定要好听,要能聊得起来。如果对方要求发照片,他们有一套隐私的图库,里面都是各色美男美女的照片,且这些图片都是百度识图无法搜索到的。

不同的陪聊者被划入不同的价格梯度。会唱歌、有才艺的陪聊者往往比普通陪聊者的价格高。被分到相应的档次后,档次也并非一成不变:每个月都会根据陪聊者的人气、接单数进行评定,达到一定水平则可以"升级"。

核心成员,在接单之余也需负责准入审核。但核心成员不会"在这个店里"接单。阿落知道,包括他在内的很多核心成员,都会给自己起个"艺名",然后挂名去别的店里接单。究其原因,他觉得:"被朋友知道在干这种工作还是有点没面子……毕竟大多数人一提起陪聊想到的都是黄色产业。"

下午

每一个客户的性格、要求都不甚相同,很难应付的也不在少数,有时候很让人心力交瘁。刚入行的新手经验不足,在应对客人这一点上就时常出现问题。老手阿落却经验老到,应付起不同类型的客人已经"得心应手"。

下午的单子依旧不少,阿落审视着群里新单子的要求,挑拣着接下了几个。

按照客户的需求,阿落将这些客户大体上分为五类。第一类是无聊想要聊天、打游戏的,第二类是心情不好需要倾诉的,第三类是想要"体验一下甜甜的爱情"的,第四类则是需要叫早和督促减肥、学习的,最后一类则是想"搞黄色"的。

面对这五个不同类型的客人,阿落的聊天策略也不尽相同。

对于无聊想要聊天、打游戏的,他会先观察对方的头像和朋友圈,找到自己熟悉的点来展开话题,或者聊游戏,比如"哇你的头像是猫诶!我也好喜欢猫啊""哇我看你朋友圈里发的去×××旅游的照片,我也好想去诶"。

对于心情不好需要倾诉的,他便会做安静的倾听者,在适当的时候给予反应,一定要附和对方,偶尔说一些自己的故事,但这些故事,"大多数都是现编的"。

想要"体验一下甜甜的爱情"的这类,就比较需要放飞自我,有的时候对方会提一些要求,比如"我想要小奶狗",他就会换一种比较甜的声音,依照对方的要求来称呼"姐姐"之类的。阿落说,他觉得接这种单比较令人疲惫,客户的要求千奇百怪,还要不停地"发嗲",对着耳机发出亲吻声。

阿落直言,这种兼职陪聊是不会和客户产生任何思想上的交流的。毕竟在完全不了解对方的情况下,半个小时、一个小时地聊天,自然聊不出个所以然。而且,不要指望和陪聊者走心深谈。即便是老手接单,也不过是接的单多了、套路深了,并不会在聊天中付出真心。不同于面对面的交往,接好几单而同时与不同客户聊天的陪聊者不在少数。

伪装出的甜言蜜语和志同道合,甚至能让对方产生心有灵犀的错觉,可这些实则都是伪装的外表。在阿落的工作经验里,"迎合客人的所有观点"只不过是为了赚更多的钱。

日 落

日落前的黄昏,总让人感到奇异的孤独感。

小顾(化名)无聊地刷着手机,又一次看到推广"虚拟男友"的软文,她不由得想起之前的经历。

小顾第一次接触陪聊是在去年。她偶然看到朋友圈中有人从网上"购买"了个男朋友,作为没尝过恋爱滋味的人,她立刻心动了,"想体验一下百依百顺、帅气会讲话,还不用负责的男朋友"。

找朋友要了链接后,她惊讶地发现只需要五块钱就能"购买"一天的男朋友,很快就点击购买。客服让她填写了自我介绍和对商品的需求,她认认真真地填写了很多,不久就有一个验证消息为"男朋友"的好友申请发了过来。

她有点兴奋,礼貌地寒暄了一下,对方就开始一口一个"宝贝",虽然她感觉有些奇怪,但也没多想。

他们很快就攀谈了起来。她好奇地追问对方为什么要从事这个工作,对方就开始"讲述"自己的故事:他和女朋友在酒吧认识,前不久他被"绿"了后分手。因为自己觉得太伤心又丢人,他就把好友列表删得七七八八,后来一时找不到人聊天,所以才兼职干这个。

聊没多久,他说要去工作,很长时间没了音讯。直到晚上才又一次上线。小顾很快就察觉到对方的不走心——同样的故事讲了一遍又一遍,宛如坏掉的机器人,回复时间越来越长,每句话都是敷衍。对方的不走心不认真令她失落又沮丧,于是她便删除了这位"男朋友"。

疫情期间,她又一次偶然在QQ空间里看到这项业务,看着订阅号po出各种有趣、暖心的对话,她心动了。

顺着上次的链接点进去,却显示店铺已经倒闭,但她还是顺藤摸瓜地又找

一次性陪伴：虚拟恋人伪装下的陪聊者

到提供相关服务的页面，而这一次咨询客服，她却得到一张分类详细、价格高昂的单子。

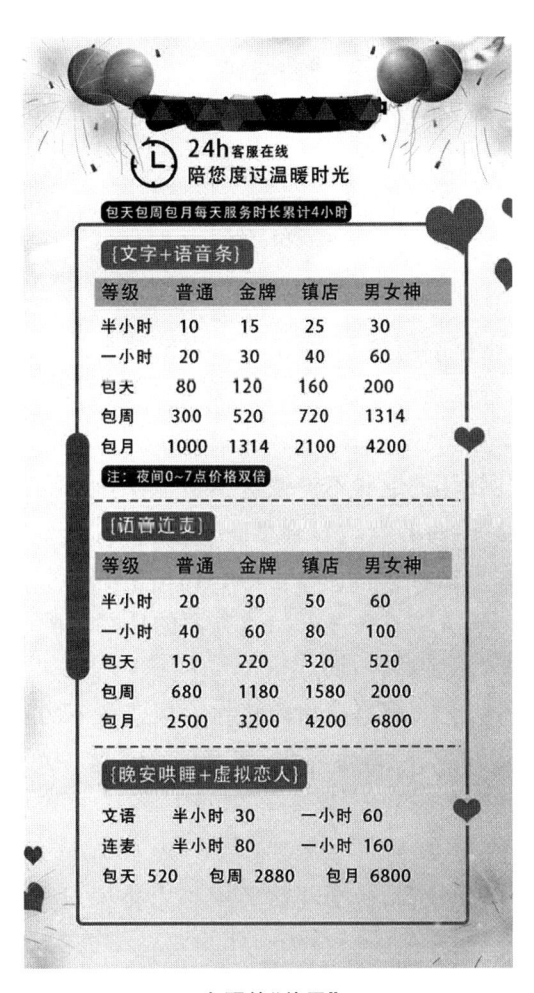

24h客服在线
陪您度过温暖时光
包天包周包月每天服务时长累计4小时

【文字+语音条】

等级	普通	金牌	镇店	男女神
半小时	10	15	25	30
一小时	20	30	40	60
包天	80	120	160	200
包周	300	520	720	1314
包月	1000	1314	2100	4200

注：夜间0~7点价格双倍

【语音连麦】

等级	普通	金牌	镇店	男女神
半小时	20	30	50	60
一小时	40	60	80	100
包天	150	220	320	520
包周	680	1180	1580	2000
包月	2500	3200	4200	6800

【晚安哄睡+虚拟恋人】

文语　半小时 30　一小时 60
连麦　半小时 80　一小时 160
包天 520　包周 2880　包月 6800

小顾的"单子"

她咬咬牙，点了一小时的"镇店"级别的陪聊服务。还是和上次一样的流程，但这位陪聊者显得专业得多。对方不仅快速察觉出她的喜好，语音里一口一个"姐姐"，还根据她的朋友圈一直找话题，时不时暧昧地令儿句，把她捧得飘飘然。

一个小时飞快地结束了，对方撒娇道："我都快要爱上姐姐了，下次一定还要点我呦！对了，一会儿给五星好评嘛……"

243

小顾欣然同意,对方承诺没事的时候还会找她聊天,这也让她心花怒放。

但自从给完好评结束订单后,无论她发什么,对方都对她爱答不理。这也让她意识到,那一小时的快乐实质上只是赤裸的金钱交易。

她被甜言蜜语冲昏的头脑很快清醒,原本想要下单包月的动作也停了下来。她果断地删掉这位买来的男友,回到现实世界。

深夜

夜色降临。在暗幕的掩映下,城市里高楼间亮起色彩斑斓的灯,可一扇扇方格大小的窗分隔着孤独的人。这时候,通过陪聊满足情色要求的客人是最多的。

阿落说,店里"明面上"绝对不许接这类单子,不然会被投诉。万一遇到这种人,就需要随机应变,打打岔或者直接向客服反映。

有时候,这类客户比较直接,一打开语音都能听到对方在"娇喘",可能还有震动声,有的则是聊着聊着突然开始这方面的话题。阿落强调说,一旦遇到这种情况,无论如何,不要顺着对方走。

在记者的反复追问下,阿落说出隐藏在这项业务下的另一套"运作方法"。

"如果对方声音好听,喘得也好听,我可能会在这一单结束时留下自己的微信号,单独联系。"

他说,这个叫作"接私活"。

私活的价格一般比较高,他会在聊天中尽力挑逗对方,玩"语爱"或者"文爱","语爱"和"文爱"是全新的性行为。作为"网交"的一种,"语爱"一直见不得光、只在小圈子里悄悄流行。

"语爱"过程中,双方会在电话中讲述性内容来满足情欲,如利用性提示开展叙述性、扮演性的性对话,讲述色情故事,描述性爱的感受,或谈论私人的性话题,甚或是以互相聆听对方手淫的方式,使对方产生性幻想。"文爱"则类似,通过文字会话工具进行性挑逗与性刺激,进而满足对方的情欲。

从事这一行业的人,一定程度上对这些事情都是心照不宣。阿落说,大家各取所需,毕竟商人逐利,只要不影响生意,这些事情都是被默许的。

谁能想到,表面上用于排遣寂寞、聊天的"绿色产业",实则在暗中为色情服务的黄色产业搭起桥梁。陪聊行业宛如冰山，向外展露的只是海面上的一角，海面下暗潮汹涌，盘根错节。

腾讯严厉打击文爱、磕炮等不良网络行为 封停相关QQ群280多个

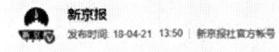

新京报
发布时间：18-04-21 13:50 新京报社官方帐号

《新京报》2018年4月21日关于"语爱"的相关报道

根据《中华人民共和国治安管理处罚条例》和全国人大常委会《关于严禁卖淫嫖娼的决定》的规定，不特定的异性之间或者同性之间以金钱、财物为媒介发生不正当性关系的行为，包括口淫、手淫、鸡奸，都属于卖淫嫖娼行为，对行为人应当依法处理。《决定》第六十六条还规定，卖淫、嫖娼的，处十日以上十五日以下拘留，可以并处五千元以下罚款；情节较轻的，处五日以下拘留或者五百元以下罚款。

按照上述法律，如果双方自愿聊天，即使存在金钱交易，只要不出现欺诈和性行为，也不构成违法。涉及"网交"，即便双方（成年人）自愿进行，但只要存在金钱交易，则属于卖淫嫖娼。还需要指出的是，一旦双方中有未成年人，无论是否进行金钱交易，都违反相关法律。

实际上，明面上的毫无错漏和"打一枪换一炮"的做法，使得社交平台难以对其进行管制。虚拟网络的隐私和便利，成了这些人逃避法律监管的有力武器。

随着疫情缓解，这项迎合居家寂寞的业务逐渐失去热度，但现代人对于社交的恐惧与需求之间的矛盾，使这项服务的生命延续下来。无论是在陪聊者还是需求者那里，虚拟网络的交谈能提供"释放自我"的快乐，而不用担心后果或者羞愧、后悔等负面情绪的困扰。

中科院社会心理研究所的林春教授早年在接受千龙网采访时就公开宣称："网络陪聊"的出现是因为它满足了部分人的社会需求。"现代社会人的压力大，如果告诉身边的人会有很多尴尬，因此他就会选择用网络陪聊的方式进行倾诉，以达到缓解压力的需求。"

陪聊行业的盛行，或许在一定程度上反映了当代年轻人只欲享乐而逃避现实责任的心理。但更大的问题在于,"陪聊"和"网交"行业正在互相交织与渗透,逐渐成为净网行动将触及更大的暗礁。

子 夜

零点已过,新的一天又来临了。

"谢谢宝贝～记得一会儿一定要好评哦",小叶掐着嗓子凑近手机的收音口,面无表情地听着耳机中传出的女生娇笑。

黑沉无光的房间里,小叶的眼中只有手机屏幕反射出的机械光源。一边揉着青黑的眼底,一边干脆利落地挂了电话。他又急匆匆地点进工作群里,接了新单子。

毫不留情地删掉了上一单的微信号后,小叶换上甜蜜的语气,准备迎接下一位客人了。

记者手记

这篇报道是大二下学期我在唐次妹老师的"深度报道"课上完成的。

选题讨论的时候,我提了三个选题,都与互联网和年轻一代有关,选择虚拟恋人这一选题因为我恰好在朋友圈看到有人发布相关的体验,在好奇心驱使下,我又去详细询问了对方的体验,才发现"陪聊"远不像看起来那么简单,网络上陪聊业务其实一直都存在,没想到在疫情期间又火爆了起来。

我向唐老师具体阐述了三个不同选题的思路后,她建议我选择这一个,首先因为时间近,恰逢疫情期间,时间节点很近;其次是这个选题之前的报道寥寥无几,可以挖掘出不少新思路;最后则是因为我恰好有一个深度信源,就是文章中的"小叶"。

采访中也碰到一些问题,虽然文章中有两个信源都是我多年的好友,相对没什么保留,但容易跑题,经常问着问着就偏到聊其他的事情中了,笔记做得也有些抓不住要点,扯回前一个问题的时候,思路基本被打断,所以后期写报道的时候还得补充遗漏的信息点。尤其是文中的小叶,第一次访谈时我们连线了大概三个小时,才得出一些关键信息。另一个陌生的信源又实在不熟,采访时略有些尴尬,且因为我当时采访技术也不很纯熟,对方的态度也偏向有所保留,所以相比之前的两位,这次我选择用微信发语音联系,少了连线时的拘谨,也让对方有时间思考问题。所幸最终还是在反复的提问和要点提炼中得到答案。

另一个问题是,敏感信息涉及色情违法时,信源都偏向保留,只透露一点皮毛,但我觉得这个要点非常值得深挖,于是在承诺匿名且不断地从侧面引导和提问下,才得到相关的细节和内幕。

文章中涉及法律的部分,我咨询了法律的专业人士,多方考虑之后,形成了文中的表述。

在写作过程中,我选择用更具故事性的文风来操作,这也是受普利策特稿奖作品《凯利太太的怪兽》的影响。从时间节点作为小标题,一部分是因为上文的影响,另一部分是我在写作中,被"叫早"这个服务引出的灵感。这篇文章我修改了三遍左右,初稿发给老师后,返回来时有些"惨不忍睹",基本都是红线和批注,后续的每一遍改正,都得到老师的耐心指导和朋友的帮助。

总而言之,这篇报道的产生非我一人之力,而凝聚了老师的教导、朋友的帮助和采访对象们的倾力相助,我也很感谢"深度报道"这门课,给了我一个平台去写出自己想写的报道。

指导教师点评——唐次妹

达格妮这篇稿子是"深度报道"课程作业。陪聊曾经是老年孤独者的专属,但随着移动社交媒体的发展,陪聊需要者从老年人转向青年人,从线下转为线上,陪聊的内容也从陪伴、精神抚慰转向伪装恋人。

网络陪聊业务在淘宝上以各种隐蔽的方式在出售。2020年春疫情期间,这种业务经历爆发式增长。

达格妮看到这一现象,发现里面暗藏的玄机,于是她大胆地决定做这个选题。因其神秘以及陪聊暗含的情感、恋人、虚拟、购买等意味,选题极容易落入满足读者猎奇、窥私欲的低俗套路中。避免低俗化、猎奇化,就需要找出现象背后的本质,挖掘出这一问题背后的意义,这是一大难点。

采访是另一大难点,陪聊这一业务本身就是灰色的,踩着法律的边界在走路。找到这项业务不容易,找到当事人更不简单,让当事人开口更是难上加难。还好作者有一个"深喉",作者以细致、耐心和坚持克服了很多困难,基本完成采访任务。这种坚持和突破困阻达成采访目标的能力是新闻工作者非常重要的业务能力。

达格妮做到了!

数读|第十年,陆生赴台求学按下暂停键

冯韦隽

2011年4月1日,台湾"大学校院招收大陆地区学生联合委员会"分别公布了硕士班、博士班与学士班(本科生)招生简章。这是台湾地区高校首次开放大陆学生赴台攻读学位,打破了过去只允许大陆学生赴台短期交换的规定。

开放大陆学生求学元年,第一批登"台"尝鲜者有928人。2019年,大陆赴台攻读学位的学生已升至2 259人。

图1 台湾大学校园(冯韦隽摄)

开放大陆学生赴台求学的第十年,新冠疫情使民进党上台以来的两岸教育往来受到更大冲击冲击。2021年2月6日,台湾当局以新冠疫情为由宣布暂停大陆居民赴台,而台湾各高校已于2月底至3月初陆续开学,使得大多数在台湾就读的大陆学生无法正常返校。

4月9日,中华人民共和国教育部发布消息称,综合考虑当前新冠肺炎疫情防控及两岸关系形势,决定暂停2020年大陆各地各学历层级毕业生赴台升

读工作;对已在岛内高校就读并愿继续在台升读的大陆学生,可依自愿原则在岛内继续升读。大陆高校当年对台招生政策不变。

本文以第十年为节点,回望大陆学生赴台求学的数据简史,呈现那些年在台大陆学生的多面图景。

大陆学生赴台面面观

根据台湾教育主管部门最新公布的统计数据(图2),大陆仍为目前台湾高校境外学生的主要来源地。其中交换生为主的非学位生为大宗。2018年,大陆约有9 006名学位生赴台,而赴台的大陆非学位生则多达20 954人。

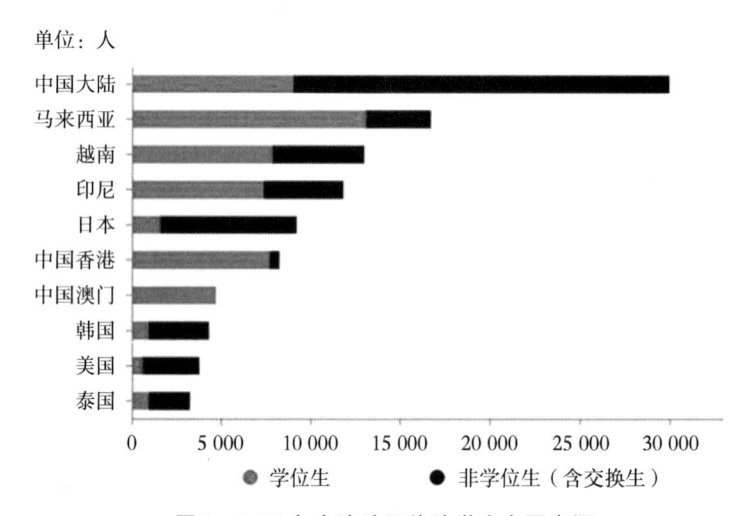

图2 2018年台湾地区外地学生主要来源

数据来源:台湾教育主管部门统计处(最新数据)。

2011年,北京、上海、江苏、浙江、福建、广东六省市成为首批大陆学生赴台就读学位的试点省份。按照规定,户籍在这六省市、台湾承认学历学校的本科毕业生可报考台湾有关高校的硕博士学位;六省市参加普通高校招生统一考试的高中毕业生可报考台湾有关招生院校。

2013年,大陆学生赴台就读的试点省份新增湖北、辽宁两省。目前,户籍所在地为上述八省以内的大陆学生可赴台攻读学位。

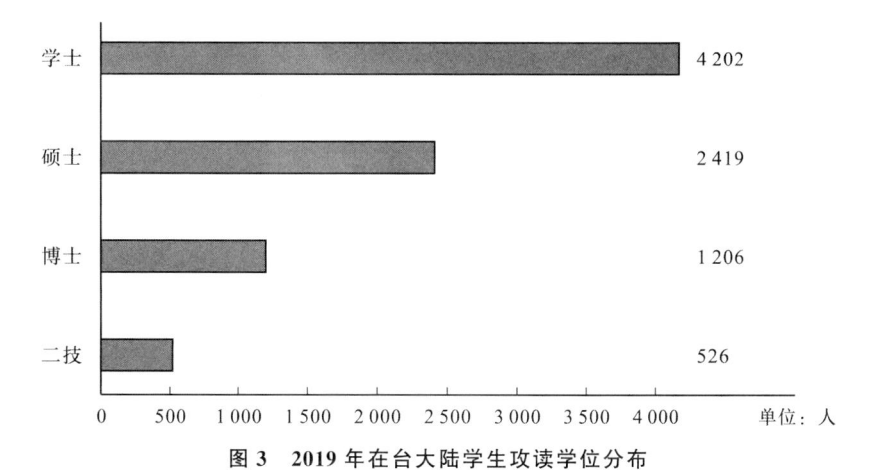

图3 2019年在台大陆学生攻读学位分布

学位	人数
学士	4 202
硕士	2 419
博士	1 206
二技	526

资料来源：台湾教育主管部门统计处。

注："二技"指台湾招收专科学校毕业生或具同等学力或学力考生入学,修业为期两年,修业期满成绩及格者,可取得学士学位证书。

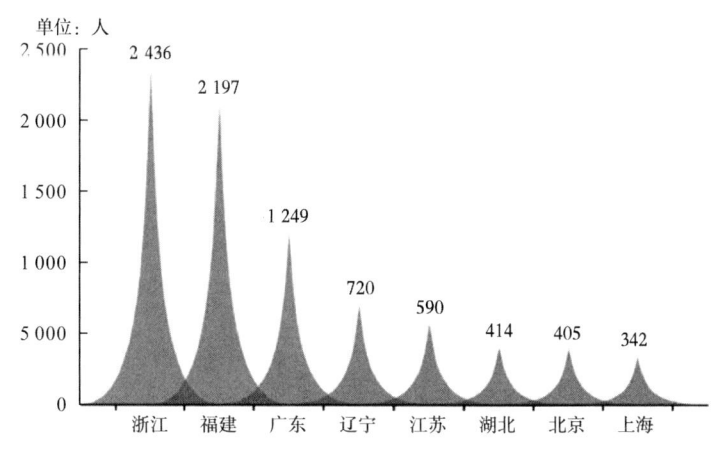

图4 2019年赴台大陆学生(学位生)主要来源地

浙江	2 436
福建	2 197
广东	1 249
辽宁	720
江苏	590
湖北	414
北京	405
上海	342

资料来源：台湾教育主管部门统计处。

2019年大陆赴台的学位生中,数量最多的为本科生,占比约为50.3%。尽管最终注册人数总体仍处于低位,但淡江大学国际事务副校长王高成7月7日接受台湾"联合新闻网"采访时表示,今年大陆学生报名人数确实较往年踊跃,尤其大陆学生热门科系如财金系、国企系、大传系、资工系,特别明显。

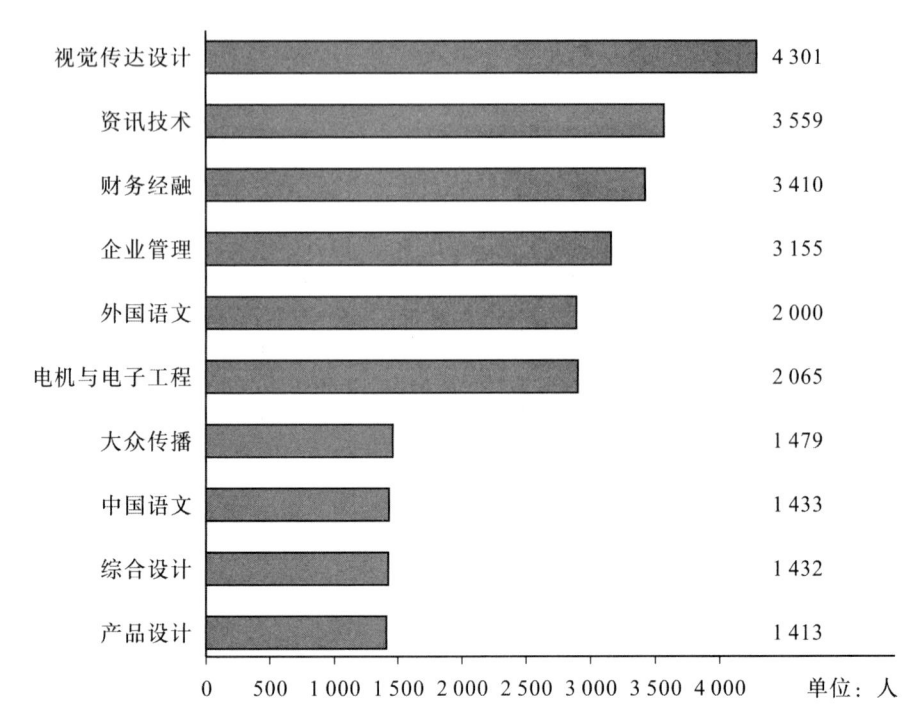

专业	人数
视觉传达设计	4 301
资讯技术	3 559
财务经融	3 410
企业管理	3 155
外国语文	2 000
电机与电子工程	2 065
大众传播	1 479
中国语文	1 433
综合设计	1 432
产品设计	1 413

图5　2019年大陆高中毕业生赴台就读十大热门专业

数据来源：台湾"大学问"网站。

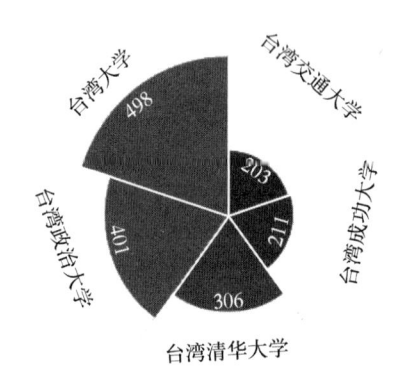

学校	人数
台湾大学	498
台湾交通大学	203
台湾成功大学	211
台湾清华大学	306
台湾政治大学	401

图6　2019年台湾"五大名校"大陆学生（学位生）数量

数据来源：台湾教育主管部门统计处。

赴台求学经济门槛不低。以台湾"五大名校"中大陆学生数量最多的台湾大学为例，大陆学生需缴交的学费比照其他国际学生，本科学位生每学期需缴交的学费、学杂费以及学分费总计从 12 453 元人民币到 19 313 元人民币不等。

根据"海峡两岸招生服务中心"公布的《2019 年台湾地区大学校院学士班联合招收大陆地区学生简章》，报名申请赴台读大学的大陆学生需提供财力证明，以表明申请人本人、申请人父母或法定监护人之人民币 10 万元以上之存款证明，或大专校院、民间机构等提供全额奖助学金之证明。

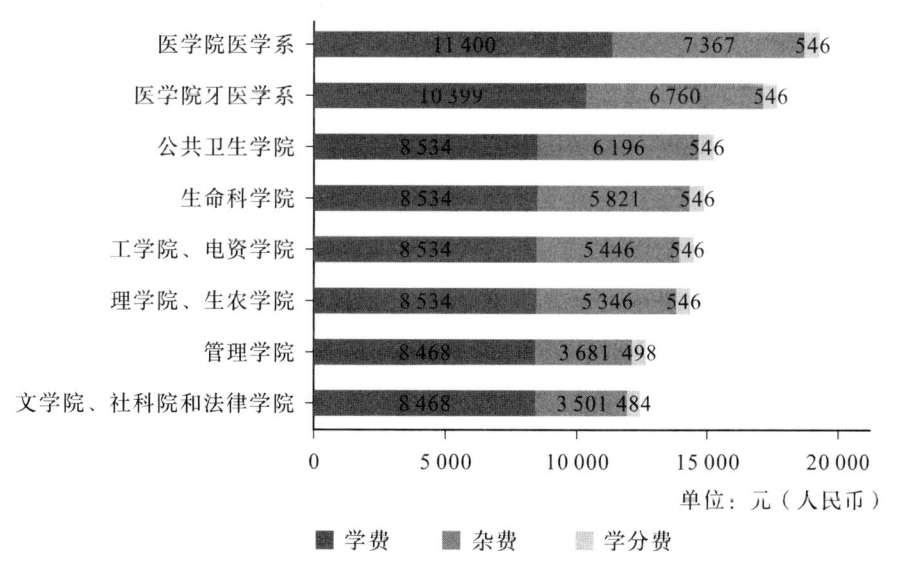

院系	学费	杂费	学分费
医学院医学系	11 400	7 367	546
医学院牙医学系	10 399	6 760	546
公共卫生学院	8 534	6 196	546
生命科学院	8 534	5 821	546
工学院、电资学院	8 534	5 446	546
理学院、生农学院	8 534	5 346	546
管理学院	8 468	3 681	498
文学院、社科院和法律学院	8 468	3 501	484

单位：元（人民币）

图 7　2019 年台湾大学生各院系大陆学生（本科学位生）每学期缴费数额

数据来源：台湾大学官网。

注：新台币/人民币换算比率为 1∶0.2372，截至 2020 年 05 月 20 日 14∶10。

大陆学生登"台"竞争如何

自 2011 年以来，台湾高校大陆学生招生经历了总体增加转向逐渐下调的趋势。2016 年蔡英文当选台湾地区领导人后，大陆赴台的学位生数量明显下降。

从竞争激烈程度看,2011—2019 年,各学段大陆学生平均录取率约为 50%;约有 8.7% 的大陆学生在被录取后放弃注册名额。

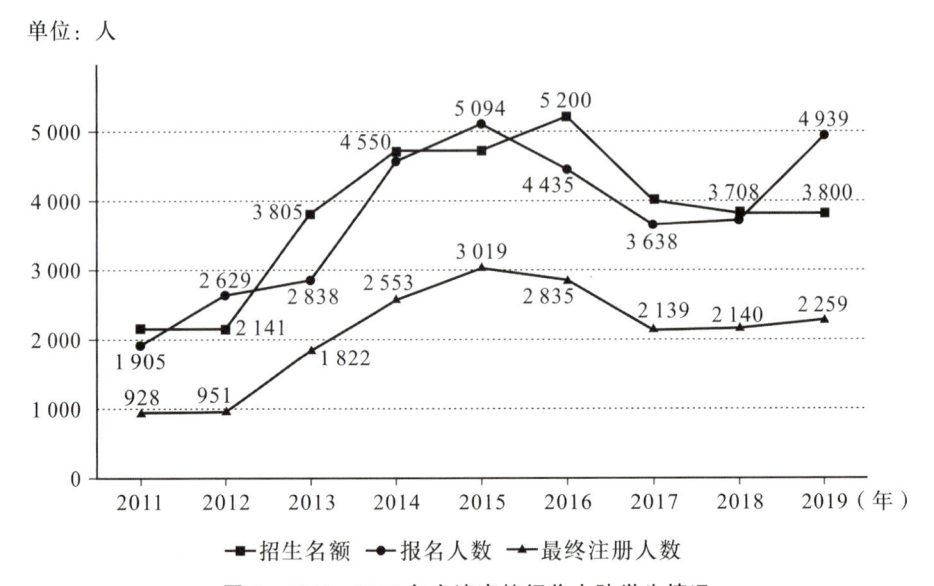

图 8　2011—2019 年台湾高校招收大陆学生情况

数据来源:台湾"陆生联招会"。

图 9　2019 年台湾高校招收大陆学生招录情况

数据来源:台湾"陆生联招会"。

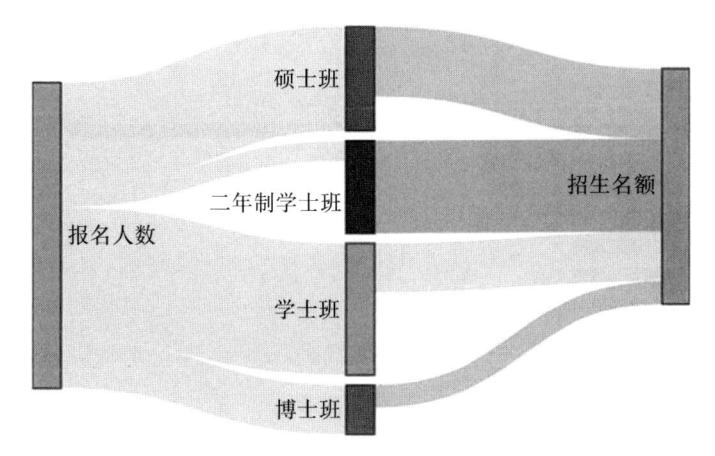

数读│第十年，陆生赴台求学按下暂停键

图 10　2019 年台湾高校招收大陆学生名额与报名人数
数据来源：台湾"陆生联招会"。

台湾教育主管部门采取循序渐进的方式认可大陆高校学历。台湾教育主管部门最初于 2011 年公告了以"985 高校"为主的 41 所，2013 年增加了以"211"为主的 70 所大学，2014 年再增加音乐、艺术、体育等专业学院 18 所。据 2016 年台湾教育主管部门公布的最新资料，台湾认可的大陆高校数量已达 155 所，较 2014 年增加 26 所。

而按照中华人民共和国教育部就"大陆承认的台湾高等学校学历范围"的政策咨询答复，2006 年 3 月，大陆已经单方面宣布承认台湾教育主管部门核准的台湾高等学校的学历。

谁在筑起两岸教育往来的高墙

台北商业大学校长张瑞雄 5 月 6 日在台湾《中时电子报》上撰文分析说，陆港澳生无法来台，对两岸的高等教育交流产生负面的影响：第一是不少大学学费短收，损失高达好几亿元，让原本就受少子化严重影响的台湾高教雪上加霜；第二是目前只是限制学位生来台，若两岸关系持续恶化，不排除交换生也要受限制，两岸大学交流完全中断，两岸的大学生更加隔阂。

自 2011 年以来，大陆学生报名及录取人数迅速攀升，尤其在 2014 年和

2015年达到历史高峰。在民进党上台之后的这一届,报名及录取人数首次出现退潮,下降比例明显。

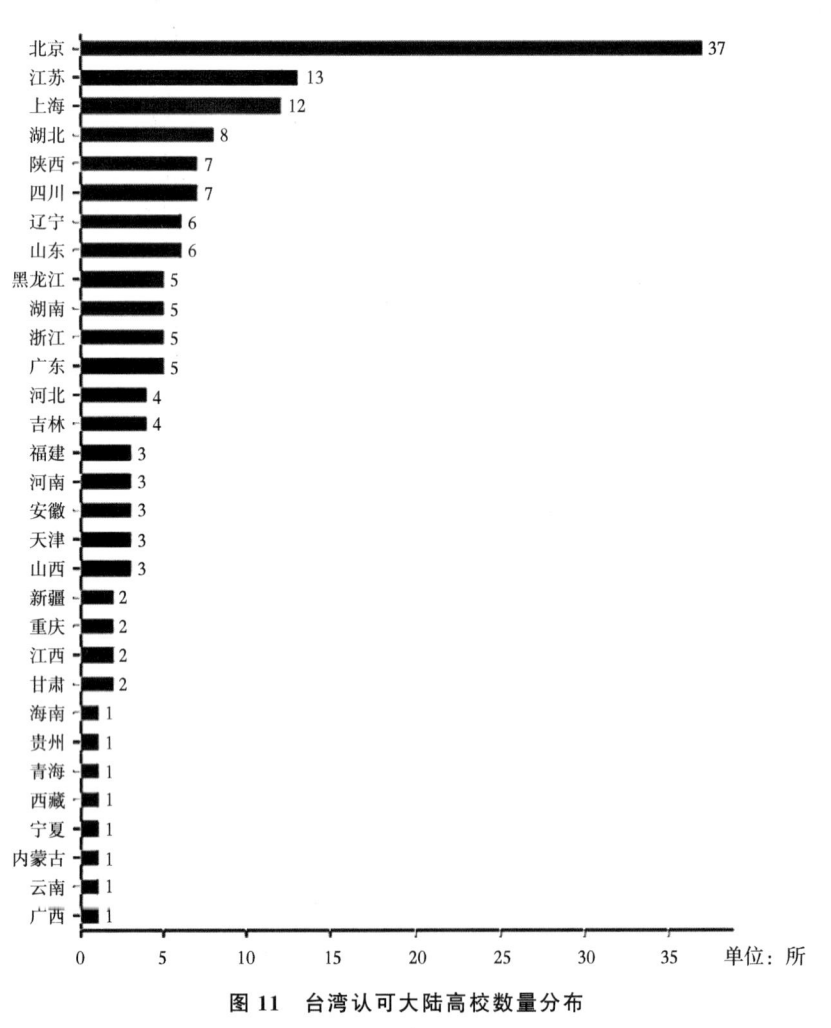

省份	数量
北京	37
江苏	13
上海	12
湖北	8
陕西	7
四川	7
辽宁	6
山东	6
黑龙江	5
湖南	5
浙江	5
广东	5
河北	4
吉林	4
福建	3
河南	3
安徽	3
天津	3
山西	3
新疆	2
重庆	2
江西	2
甘肃	2
海南	1
贵州	1
青海	1
西藏	1
宁夏	1
内蒙古	1
云南	1
广西	1

单位:所

图 11 台湾认可大陆高校数量分布

数据来源:台湾教育行政主管部门官网。

开放大陆学生赴台攻读学位以来,针对大陆学生的法制屏障始终未下降。早在2008年,台湾教育部门正式向立法机构提出将"两岸人民关系条例""大学法""专科学校法"(即"大陆学生三法")修正案,将三者排入修"法"议程。

为推动上述法案通过,台湾当局还专门提出"三限六不"政策。尽管最终以"一限二不"(即限制承认医师学历、大陆学生不得报考"安全机密"相关系所、非台籍学生不得参加"公务员"考试)入"法",但"三限六不"仍然作为教育部门的行政命令规范招生工作。2010年8月,台湾立法机构修正通过"大陆学生三法"。

陆生在台

"三限"
- 限制采认大陆优秀院校
- 限制大陆学生赴台总量
- 限制采认医学和关系国家安全领域的专业

"六不"
- 不加分优待
- 不提供奖助学金
- 不影响岛内招生名额
- 不允许校外打工
- 毕业后不可留台就业
- 不开放报考证照

图12 相关规定示意

台湾开放大陆学生赴台求学初期,因政策限制而无法纳保。2012年台湾当局曾提出修正"两岸人民关系条例",希望将大陆学生的身份由"停留"改为"居留",继而可让大陆学生比照侨外生根据健保法规定纳保,同样享有四成的政府保费补助。但该提议未获台湾立法机构通过。

随着两岸往来增加,大陆学生社会保障福利有所改善。2016年9月24日,台湾当局决定修改《全民健康保险法》(健保法),让大陆学生比照台湾侨生、外籍学生(统称侨外生)纳入健保体系。但修法后,无论侨外生或大陆生,保费须每月全额自付1 249元新台币(约合人民币296元),同时取消此前外籍生享有的政府分担四成的补助保费。此外还规定,留台6月以上的大陆学生方有资格纳入健保。同样值得注意的是,该政策不改变大陆学生在台湾仍是"停留"而非"居留"的签证身份。

　　反观大陆,除了招生优惠政策外,台生在陆高校求学期间可得到教育激励、社会保障等方面的较好支持。2005年起,在大陆高校就读的台湾学生与大陆学生按照同等标准收费;招收台湾学生的大陆高校和科研院可享受专项补助和奖学金。2013年10月又宣布台生可自愿纳入城镇居民基本医疗保险,与大陆学生按同等标准缴费,由当地财政为台生"医保"提供支持,解决台生在陆就医问题。2019年11月4日,国务院台办、国家发展改革委经商中央组织部等20个有关部门,出台《关于进一步促进两岸经济文化交流合作的若干措施》,其中规定在大陆高校任教、就读的台湾教师和学生可持台湾居民居住证同等申请公派留学资格。

　　近年来,大陆方面持续为台湾学生提供更多就学机遇。国务院台湾事务办公室在2019年2月27日举行例行新闻发布会时介绍称,自2019年起再调整台湾高中生毕业生申请报考大陆高校的标准。具体措施包括:第一,扩大招生范围。自2019年起,凡持有相关证件并参加当年学测考试,语文、数学、英文三门科目任何一门成绩达到均标级以上的台湾高中毕业生,都可直接向大陆高校申请就读;第二,增加招生院校的数量。2019年具备招生台湾高中毕业生的大陆院校有336所,含16所预科招生院校,较去年增加了20所。

　　2020年5月20日,台湾地区领导人蔡英文宣誓连任就职。展望民进党执政的又一个四年,两岸教育往来将何去何从?

　　大陆学生赴台求学第十年,尚待两岸重拾互信与互谅,共同按下重启键。

记者手记

　　本次数据新闻报道中,我第一次独自完成选题策划、数据采集和分析、可视化呈现和报道书写,在锻炼中也受益良多。

　　由于本人曾在台湾政治大学交换一学期,对台海两岸相关议题颇感兴趣。得知大陆教育部暂停大陆学位生赴台就读后,又零星听闻

2020年秋季学期厦门大学赴台交换的名额多数被取消,遂开始搜集相关资料,了解两岸教育往来的历史。2020年是台湾开放大陆学生赴台攻读学位的第十年,在好奇心驱动下,陆续在台湾相关网站获取公开数据,开始着手进行资料整理和分析。

凭借曾在政治大学传播学院学习"资料新闻学"课程(数据新闻学)课程所掌握的技能,全篇报道的数据获取和分析并未遇到较大困难。数据的目的性采集和选题的目的性呈现相辅相成,一方面从数据中根据数据栏位挖掘出议题的多个面向("大陆学生赴台面面观"),从面上呈现大陆学生赴台如来源地、攻读学位、院校分布等各种属性;另一方面根据选题需要进一步搜集更多数据、交叉分析,兼具历时和共时地呈现大陆学生赴台的竞争程度及其和台湾政治生态的相关性,试图将报道从现象呈现导向解释性分析。最后,本报道还在数据可视化之外,以信息可视化方式更简明地呈现大陆学生赴台的十年大事记,充实报道内容和价值。

数据新闻是新闻报道实务的重要前沿,其重塑新闻生产的流程和传播样态,有极高的探索价值。通过本次数据新闻实践,主要有以下几点体会:

一,数据新闻的发展与社会信息公开程度密切相关。随着政府部门、社会组织的数据开放,有助于数据新闻记者利用权威、透明的公开数据制作新闻报道。当然,大陆(内地)的数据新闻发展还有较长的路要走,需要社会信息系统中各方的共同努力。

二,数据新闻的未来趋势在于互动和大数据,而目前的数据新闻产制仍主要局限在静态的新闻作品和基于有限的数据集。从传播载体看,不论是本次的杂志抑或是微信公众号,都不利于新闻报道完全意义上的融合、交互呈现(公众号不能嵌入交互的数据图代码);而海外优秀数据新闻往往以网站专题形式呈现,甚至能实现个性化的互动新闻。从数据来源看,包括本次数据新闻报道在内,国内主要数据新闻的数据来源主要局限在有限的几个数据集,在大数据的获取和分析上还需要更多技术锤炼和思维升级。

三,数据新闻归根结底是新闻报道(news story),区别于数据报告。这一点,也是本报道最大的局限之一。由于时间限制,本报道只能集合公开资料完成对数据的文字诠释,没能挖掘数据背后更有人情味、具象化的故事,更偏向"冷冰冰"的数据分析报告。实际上,好的数据新闻不仅要有美观的数据/信息可视化图,还要有能引发读者关切乃至共鸣的故事。对数据的盲目崇拜,恰恰违背新闻业的人本传统,将个体悲欢抽象为简单的数据,这或许是未来数据新闻发展值得反思的地方之一。

指导教师点评——唐次妹

这是"新闻编辑"课程作业。

厦大新闻传播学院并未开设数据新闻的相关课程,所以做数据新闻,全靠同学自己求索。冯韦隽是第一个在厦大尝试做数据新闻的人,他把自己的这种努力带到他发起创办的"凤凰新声"编辑部里,将数据新闻作为特色栏目,他和编辑部同伴们的努力已经看到初步的成效。

数据新闻最大的难点在于数据的挖掘和呈现,当然,如果仅只有一堆数据,对一般读者来说也没有太大意义。因此,数据新闻必须克服只重数据的问题。这篇报道试图突破大陆学生赴台求学的现象而到达本质,除了数据呈现外,还结合其他背景资料对数据所蕴含的意义进行解释。

作者克服种种困难,学习和掌握了数据挖掘和数据呈现的工具,克服数据控制和封锁,终于获得所需数据,数据呈现结合背景资料进行解释,呈现出十年来大陆学生赴台求学这一艰难曲折的旅程及其问题。

那些在生育歧视中"失踪"的中国女性

陈静文 等

被"定制"的性别

"没有儿子，死而有憾"，生下二女儿四个月后，陈梓妍（化名）的丈夫这样对她说。在梓妍怀二胎之前，丈夫曾提出直接做试管婴儿生个儿子，但遭到她的拒绝："可以自然怀孕，为什么要借助外力？"被拒绝后，丈夫不再提通过试管婴儿技术"定制"胎儿性别的话题。但自那时起，她的丈夫再也不吃米饭而只吃面食，试图以此改变身体的"酸碱度"来提高生男孩的概率。但所谓"酸碱度"的偏方并未见效，二胎仍是女孩。

如今，面对已经拥有两个女儿的梓妍，丈夫仍然要求不再适合生育的她通过试管婴儿生个男孩。生育带来的痛苦，抵不过丈夫的一句轻描淡写："那能怎么地，谁还没受过伤？！"对于丈夫的固执，梓妍感到深深的失望与无奈。"在那个人眼里，你的青春、因为做试管可能面对的痛苦和伤害，甚至你十年的寿命，都不如一个男孩让他高兴。"

梓妍的丈夫执迷的试管婴儿技术，实际上指第三代试管婴儿技术。这种技术可以实现胚胎植入前的遗传学检测：在体外受精技术的基础上，对配子或胚胎进行遗传学分析，检测其是否有遗传缺陷，选择未见异常的胚胎植入了宫。

中国科协主办的"科普中国"网站在《做试管婴儿能选择男女吗》一文中介绍称，由于试管婴儿移植用的一般是发育 3~6 天的胚胎，胚胎实验室内的胚胎学家只凭肉眼或者显微镜无法识别胎儿性别。此外，X 和 Y 精子外观形态在显微镜下并无区别。不过,从技术角度上讲,三代试管婴儿技术确实可以进行性别选择,但只有当子代性染色体有可能发生异常并带来严重后果时,才允许进行性别选择。通过实施三代试管婴儿技术进行胚胎的性别选择,可以避免假肥大性肌营养不良等性连锁遗传疾病的传递。

尽管合法使用第三代试管婴儿技术有助于优生优育、防控出生缺陷,我国法律并不允许将包括第三代试管婴儿技术在内的生殖辅助技术用于无医学指征的性别选择。但在"百度"中检索"试管婴儿性别选择",记者查找出大量关于第三代试管婴儿技术服务的国内中介机构网站。为了避开国内法律规制,这些中介机构声称可以为客户提供海外合法的试管婴儿性别选择服务。

尽管存在伦理争议,非医学需要的试管婴儿性别选择在泰国、美国等国家并不受法律限制或得到有效规管,上述国家往往成为中介机构推荐的主要目的地。根据路透社2014年的报道,一些泰国医疗服务提供者称,性别定制的需求正以每年20%的速度增长,而能满足需求的诊所数量也在不断增加。

记者以想生男孩为由,咨询一家试管婴儿中介机构获知,前往泰国"定制"男宝宝的全流程费用为16万,移植胚胎前可以确定胚胎性别。客服人员称,通过胚胎活检筛查全部染色体,性别准确率可以达到"99.99%",并补充说"医学上没有百分百的说法"。客服人员还表示,全流程最快两个月即可完成。

当记者提出要查看试管婴儿服务的合约内容时,客服人员则要求记者先按照要求提交体检项目报告,才能进一步敲定细节。客服人员发给记者的体检项目表格显示,"以上检查项目仅供泰国医生参考","重要的检查项目去到泰国需要重新检查,结果以泰国当月为准"。据此前报道,国内中介实际上无法把客户的医疗体检报告给曼谷当地医生;到了泰国,医生说不合适,就白去了。

部分中介机构的网站还宣称,其与"众多取得世卫JCI认证的著名医院签署了合作协议,保障客人在泰国期间的治疗质量、用户隐私等权益"。但早在2014年就有报道指出,曼谷卫生局严格禁止医院与中介合作,国内任何中介其实都不可能和曼谷的医院有合作关系。国内中介公司,能做的只是提供住宿,翻译安排,预约医院。

如今,在"天眼查"上查询公司名称或经营范围中包含"试管婴儿"字样的民营企业,可发现,类似的试管婴儿中介机构在国内的数量已达85家。仅在深圳市,中介机构就达到34家,占比40%。而自2003年以来,中介机构每年新增数量一路飙升,直至2020年增量才有所下降。

记者从中国判决文书网上看到,从 2014 年至今,国内涉及试管婴儿"性别定制"的民事案件达十余件,其中涉及非法代孕的有 6 件;涉案金额从三千到一万不等。

在境外通过试管婴儿技术进行胎儿"性别定制",万一出现纠纷怎么办?2001 年颁布的《人类辅助生殖技术管理办法》二十二条规定,擅自进行性别选择的,由省、自治区、直辖市人民政府卫生行政部门给予警告、3 万元以下罚款,并给予有关责任人行政处分;构成犯罪的,依法追究刑事责任。但在现实生活中,由于中国和境外法律法规有差异,国内法庭在受理境外试管婴儿的相关纠纷案件时,往往只能将其作为民事诉讼,要求国内中介公司对原告当事人进行相应的金额赔偿;涉及非法代孕行为的,则因该行为违背公序良俗和法律程度,将相关合同视为无效。

谁带走了"失踪的女孩"

"你差点出不来,你知道吗?"今年初,当亲戚在家族微信群里抛出这一句时,大三学生杨洁雅(化名)感到十分错愕。按照亲戚的说法,洁雅出生前,由于家庭条件不好,自己的一位"哥哥"已经被父母堕掉;而再次怀孕后,由于堕胎导致母亲的身体欠佳,于是洁雅才留了下来。她出生之后,洁雅的奶奶一次都没来看望过她,过年时给她的红包也比男孩少。对于洁雅的出生,父母一直避而不谈。但庆幸的是,父母对她的照料十分用心。

和洁雅相比,她同学大姨的女儿们则没有那么幸运:为了生男孩,同学的大姨一连怀了八个女孩,最后自己养两个女孩,堕掉五个,一个送人。"如果是出生在安徽重男轻女极其严重的家庭,被打掉可能比生下来幸福",洁雅如是说。

在人口社会学的研究中,"失踪女性"或"失踪女孩"指胎儿性别鉴定及人工终止妊娠导致的出生前女胎丢失,或女孩在营养、疾病治疗、生活照护以及溺杀和遗弃等方面遭受歧视性待遇导致的出生后缺失的总和[1]。在当今中国,由于性别偏见的存在,非法的性别鉴定和性别选择的介入技术使得许多女孩被人为剥夺了降临于这个世界的权利。

---

[1] 原新、胡耀岭:《中国和印度"失踪女孩"比较研究》,《人口研究》2010 年第 4 期。

"失踪女孩"并非是近年来才出现的性别歧视现象。在20世纪80年代以前,除却战乱、疾病等因素,出生后的歧视是导致女孩失踪的主要因素,溺杀女婴的现象十分普遍。1950年后,由于新中国政府倡导男女平等,采用法律禁止等措施,溺杀女婴和忽视女孩的歧视现象有所改善。在二十世纪六七十年代,由于科学技术的限制,胎儿性别鉴定和性别选择性人工流产几乎并不存在。但80年代以后,随着B超等医疗检测技术在中国普及,非法的胎儿性别鉴定和性别选择性的人工流产逐渐增多。该问题伴随着人口性别比的跃升。

2001年,国家计生委在31个省、自治区、直辖市进行了计划生育/生殖健康抽样调查。有学者基于该次调查数据分析了20世纪70—90年代的性别选择性人工流产比例(性别人流指数),发现该指数在70年代为0,80和90年代先后上升至8.92%和23.22%,这显示出性别选择性人工流产对出生性别比的作用随着时间推移逐步增强[1]。

2011年以来,二孩政策逐步放开,生育的不同孩次也影响了性别选择性人流的情况。一项基于1997—2017年四次全国生育状况抽样调查数据的研究指出,对于第一孩为女孩的二孩母亲,在两次生育之间进行人工流产的比例明显高于第一孩为男孩的二孩母亲。研究者称,前者受到儿女双全期待的影响,为实现第二孩是男孩的愿望,便选择人工流产——若第二胎怀的是男孩,则生育;若是女孩,择人工流产[2]。

按照《关于印发医疗卫生机构和计生服务机构禁止非医学需要胎儿性别鉴定和选择性人工终止妊娠行为各项管理制度的通知》规定,对妊娠十四周以上欲人工终止妊娠的孕妇需到卫计局开具正规引产证明,以证实胎儿有缺陷或为死胎,或者孕妇有不能继续妊娠的疾病,以避免因性别鉴定而导致的非法人流,之后才可到正规医疗机构实施手术。但据此前报道,部分并不具备营业资格的黑诊所却在利益驱使下为一些孕妇进行非法的人工流产。

近年来,国家相关部门加大了对非医学需要进行胎儿性别鉴定和性别选择性人工流产的打击力度。2014年9月,卫计委就会同公安部、工商总局、食品药品监管总局起草了《禁止非医学需要的胎儿性别鉴定和选择性别人工终

---

[1] 屈坚定、杜亚平:《性别选择性人工流产对出生性别比影响强度的定量研究》,《中国人口科学》2007年第2期。

[2] 蒋志新、于典、刘鸿雁:《中国已婚育龄妇女人工流产趋势与特征——基于1997—2017年4次全国生育状况抽样调查数据的分析》,《人口研究》2020年第6期。

止妊娠的规定》，禁止任何单位、个人组织介绍或者实施非医学需要的胎儿性别鉴定和选择性别人工终止妊娠（"双非"）。

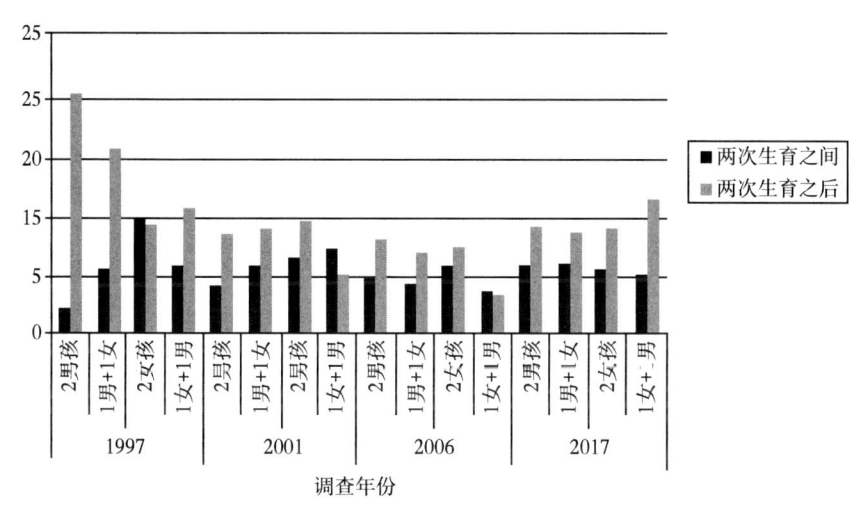

已婚育龄妇女两次生育之间或之后的人工流产比例

图片来源：蔚志新、于典、刘鸿雁：《中国已婚育龄妇女人工流产趋势与特征——基于1997—2017年4次全国生育状况抽样调查数据的分析》，《人口研究》2020年第6期。

但中国的"双非"现象却屡禁不绝。除了部分黑诊所提供非法的胎儿性别鉴定服务外，广东、江浙等地还曾出现影楼等非医疗机构打着孕婴摄影的幌子，非法使用彩色超声诊断仪为孕妇进行非医学需要的胎儿性别鉴定的乱象。在中国判决文书网中以"胎儿性别鉴定"为关键词进行搜索，2010年至今有相关案件数量571例。

另一方面，为了躲避境内性别鉴定规制而跨境进行生育交易的行为也并不鲜见。"界面新闻"2019年4月的报道显示，由于内地和香港的法律体系对胎儿性别鉴定的规定不同，内地孕妇借道香港进行"寄血验子"的性别鉴定地下市场依然繁荣。部分内地孕妇花费约4 000元港币，将母体血液样本送往香港进行Y染色体检验，以此辨别胎儿性别。

记者近日在"百度"上查找香港接受"寄血验了"的检测机构名称发现，不仅出现大量赴港"寄血验子"的经验帖和广告资讯，还出现一个检测机构名称对应若干不同的"官方网站"的现象。而2015年的《关于加强打击防控采血鉴定胎儿性别行为的通知》中就已经要求加强对互联网搜索引擎网站的管理，禁止提供涉及胎儿性别鉴定广告信息的检索结果;对涉及的非法中介网站、网络论坛等进行查删,依法处理相关违法违规网站。

与非法鉴定胎儿性别相比,通过服用特定药物试图干预胎儿性别的方式则是更为隐蔽的性别选择介入技术。记者在淘宝电商平台发现,部分保健药品、民间秘方声称能够提高生育男孩的概率。记者在淘宝店铺看到一款名为"碧某元素片"、单瓶售价399元的保健品。客服人员介绍说,该产品有助于提高备孕母亲体内的钾元素和钠元素,而体内钾元素可以帮助卵子和Y染色体的精子结合。客服人员声称,药品搭配其提供的备孕方法,怀上男孩的成功率可以达到90%。

除了在电商平台公开销售,这类号称可以"提高生男孩概率"的药物还在网络社群拥有一定市场。在腾讯QQ输入关键词"生男孩",便可查找出名为"生男孩秘方传统中药""生男奇方传授群"等一系列QQ群,群成员数量在数十人到两百多人不等;部分QQ群的介绍中还声称:祖传老中医传下来的纯中药,无任何副作用。

生男药方到底靠不靠谱?知名科普网站"果壳网"曾撰文指出,宣称"包生男"的药物,要么谋财不害命,以维生素丸或糯米丸冒充,无效即退款;要么谋财又害命,顶着"转胎药"的名字,干着致人流产、畸形、生病的勾当。

文章表示,所谓"转胎药"声称能将胎儿性别转变为男性,实则给胎儿身体带来巨大损害。由于其所含的甲基睾丸素是雄激素类药,会导致女性胎儿生殖器官发育异常,结果导致性染色体还是女孩的假两性畸形。在药物影响下,女孩可能会出现男性化外观、多毛症、经血不能正常排出、血尿等问题。而给孕妇服用雄激素同样伤及原有的胎儿,该药物能切断胚胎和母体的联系,造成流产。

中国生育的性别天平还在倾斜

在知名母婴论坛"妈妈网"上,不乏内容标题为"分享生男孩的经验""多吃碱性生男孩""麻麻(妈妈)饭量大更容易生男孩"等所谓备孕经验贴;但也有帖子抗议性别歧视下的生育:"太蠢了!为了生男孩巩固在婆家的地位,她竟然打了五次胎……"

一面是"重男轻女"观念主导的生育性别选择,另一面则是中国依然存在的男女性别比例差。从 20 世纪 80 年代中期算起,我国就曾因出生性别比偏离其界定值域,长期居高,成为世界上那女性别差失常程度最严重、持续时间最长的国家①。尽管自 2006 年以来,中国总人口性别比已经连续十四年下降;但从全国范围看,部分地区的性别比例依然悬殊——天津市、广东省和上海市分别以 123.17、118.05 和 107.86 的性别比位居全国前三。当前依然存在的生育性别歧视,为中国的性别平衡带来不小的阻力。

中国生育上的性别歧视还折射出中国较大的性别社会差距。2020 年达沃斯世界经济论坛发布的《2020 全球性别差异报告》显示,2020 年中国妇女的经济参与程度、机会程度、教育程度分别排在第 91 名和 100 名。

在中国,生男还是生女会影响女性在家庭中的地位及其健康状况,带来"母以子贵"的现象。一项基于中国健康营养调查数据的研究表明,第一胎性别影响母亲的家庭地位,在农村、独生子女、低收入家庭中,小孩性别对母亲的家庭决策地位的影响要高于城镇、多子女、高收入家庭。当妇女的家庭地位随着生育男孩而提高后,其家庭中食物支出份额会增加,该妇女营养摄入增加,其身体健康状况会得到改善②。

对于女孩而言,"重男轻女"的观念还直接影响着女孩的健康成长。一项在 2010—2016 年对中国家庭追踪调查数据的研究结果显示,第一胎男孩的健康状况要显著好于第一胎女孩。"重男轻女"的观念不仅直接导致女孩的健康投入减少,还可能促使其父母继续生育,从而间接地减少家庭对女孩的健康投入③。

家庭内外存在的系统性性别歧视,影响着部分中国女性的生育偏好。知名健康科普公众号"丁香医生"一篇题为"流产,转胎,连生六娃⋯⋯为'生男孩'她们不顾一切"的推文中,名为"Dan 熊"的用户留言获得 2 400 多人的点赞:女孩比男孩的成长风险更高,更容易受到社会的伤害,这使得女性要么不想生育,要么希望生男孩——这样自己的孩子可以免受社会性别歧视和社会伤害风险。

---

① 汤兆云:《选择性生育与我国出生性别比的偏高》,《中华女子学院学报》2007 年第 1 期。
② 吴晓瑜、李力行:《母以子贵:性别偏好与妇女的家庭地位——来自中国营养健康调查的证据》,《经济学(季刊)》2011 年第 3 期。
③ 廖丽萍、张呈磊:《"重男轻女"会损害女孩的健康状况吗——来自中国家庭追踪调查的证据》,《经济评论》2020 年第 2 期。

全面二孩时代,中国生育天平能否平衡

中国人民大学的刘爽教授在分析作为制度化价值取向的"男孩偏好"时指出,从家庭制度方面,在中国社会,长期以来家庭成为人们个人生活和社会生活的中心,而家庭的传承制度又构成家庭制度和模式的内核,这种传承制度以父子关系为主轴,以血缘关系为纽带。这导致中国的家庭制度不仅形成特有的生育动力和指向性,也成为社会价值取向和伦理道德观念实现的重要载体[①]。

刘爽认为,当人们在生育文化和家庭制度基础上进行出生育决策和选择生育行为时,他们处于以人生价值投入为核心的级序结构中,必须"因义务而寻价值",因此要完成人生义务必须生孩子,生男孩。为了维护"面子",获得肯定和归属,国人的生育选择行为不得不带上"他导性"[②]。

有学者从生育功能论角度指出,中国严格的父系家族体系下,男孩具有经济功能、社会文化功能和宗教功能,这共同构成男孩偏好的诱因。一项对于2009年陕西省三个县的调查数据显示:随着经济社会发展,子女的经济功能(家庭经济支撑)通常会弱化,或被逐步完善的社会制度替代;但子女的文化功能(提供心理安慰和提高亲代的社会地位)和宗教功能(延续宗族与个人生命)却有非常强烈的刚性,所以不易被取代[③]。

除了文化传统、家庭制度和功能论,较高的人口性别比是否和我国长期实行独生子女的计划生育政策有关?学者杨成钢认为,性别选择是对现有生育政策环境下家庭孩子效用的性别表达,是家庭孩子数量的性别替代,也是生育家庭的文化适应,还是个体家庭与国家生育政策的博弈[④]。在重数量控制、忽视性别结构调整的计划生育政策下,生育意愿的变化开始影响性别比。若要同时满足意愿生育子女数量减少和意愿生育性别结构"儿女双全"这两者,唯

[①] 刘爽:《对中国生育"男孩偏好"社会动因的再思考》,《人口研究》2006年第3期。

[②] 刘爽:《对中国生育"男孩偏好"社会动因的再思考》,《人口研究》2006年第3期。

[③] 杨雪燕、李树茁、尚子娟:《儿子偏好还是儿女双全——中国人生育性别偏好态度构成及其政策含义》,《妇女研究论丛》2011年第3期。

[④] 杨菊华等:《生育政策与出生性别比的失衡相关吗》,《人口研究》2009年第3期。

有对生育性别施加影响。因此,生育性别选择的技术手段介入,导致出生性别比的升高,乃至失衡。

国家卫生计生委家庭司家庭处处长蔡菲认为,部分计生政策更宽松的地区性别比不一定比计政策紧缩的地区小,因此限制生育数量的政策并不一定导致出生性别比升高。导致我国出生人口性别比升高的主要原因还是性别选择性的引产:20世纪初,一些人利用生育二胎的时间间隔,在生育第一个女孩后不满四年就怀孕第二胎,妊娠中期后想办法对胎儿性别进行鉴定,是男胎就千方百计生下来,是女胎就称未达到生育间隔属于意外怀孕,主动接受引产手术[①]。

然而,在放开二孩政策后,中国人口性别比是否变化,歧视性的生育选择是否会减少?2013年,在实施"单独二孩"政策后,中国社会科学院人口与劳动经济研究所副所长张车伟在接受"中新网"采访时曾表示,过去的性别比失衡,一方面受重男轻女传统思想的影响,也与过去统计当中对女孩漏报有一定的关系。此外,由于过去计生政策限制生育数量,所以有些家庭不得不在生育性别之间进行选择。"单独二胎"放开后,性别比会大大缓解。根据卫健委此前公布的数据,2014年我国出生人口性别比为115.88;随着2015年"全面二孩"政策的实施,2019年我国出生人口性别比已经降至110.14。但世卫组织认为,生物学上正常的出生性比是每100名女性生出102～106名男性。按照这个标准,中国出生人口性别比的再平衡还有很长的路要走。

需要指出,性别歧视和生育偏好的完全消除,似乎并非通过简单的政策调整即可完成。尽管二孩政策的放开削弱了当前开始快速上升的一胎出生性别比,但还有学者预测:该政策很有可能强化头胎为女孩的家庭在二胎上选择男孩偏好[②]。

"失踪女孩"和其他形式的生育歧视并非中国独有的问题现象。对于性别平等和性别比的再平衡,韩国和中国台湾地区采取的措施已经有所成效。80年代,韩国国会出台了一系列旨在维护女童权益,反对歧视女性,提高女性地位的法律;对于利用B超进行胎儿性别鉴定者,发现后处以重金或停止医疗

---

① 杨菊华等:《生育政策与出生性别比的失衡相关吗》,《人口研究》2009年第3期。
② 李树茁、胡荣、闫绍华:《当代中国家庭生育性别偏好的影响机制研究——基于六普数据的实证分析》,《人口与发展》2014年第5期。

机构执业[①]。与大陆有相同的重男轻女儒家文化台湾地区,不但对进行出生性别选择的医院和诊所进行重罚,还通过修订法律,允许女儿在未出嫁前可以继承家庭的财产并通过公共部门加强老年人的福利并为老年人提供养老保障——这些措施使台湾地区2001年的性别比已趋于正常。

总之,要让中国的"失踪女孩"平等、健康地来到人世间,一方面要通过严格的法律规制,加强针对"双非"的跨省跨境整治力度,管束让性别选择性生育的灰色地带;另一方面要加强教育引导、移风易俗,逐步改变性别歧视观念。长远地看,还需要采取系统性的措施改变社会生活中的各种性别歧视现象,让女性和男性拥有平等开放的社会资源和社会机遇。

记者手记

2021年1月,内地女艺人在美代孕的新闻热点引发各路媒体对性别和生育议题的关注。不论是旧媒体抑或新媒体,不追踪热点事件、回应公共关切的就不是好媒体。但问题在于,代孕议题的信息开掘已经相对饱和的条件下,我们还能从哪些角度出发进行报道?

新华社高级记者刘荒老师2018年在我校小学期开设"新闻实践中的选题策划"课程时,提到新闻选题策划的联系观:关注事件相关的层级链条、相关变化。此次事件中,公众对于代孕议题的关切和舆情,实则指向更大的性别与伦理问题:代孕产业不仅折射新自由主义全球化遮掩下的国别、区域和阶层不平等问题(从事代孕的多为欠发达国家或发达国家的贫困妇女),也反映生育作为商品化劳动而采用的性别权力结构。我们循着这个路径打开思维,继而在整个生育议题的问题域中寻找性别歧视关联问题。

于是,我们把目光聚焦在与代孕密切联系的试管婴儿技术。报道前的资料调查发现,民间大量传说使用第三代试管婴儿技术能"定制性

---

① 李树茁、胡莹、闫绍华:《当代中国家庭生育性别偏好的影响机制研究——基于六普数据的实证分析》,《人口与发展》2014年第5期。

别";医疗类垂直媒体"丁香医生"也曾发文揭露婴儿性别定制乱象,但该文尚停留在问题现象的表层描述,我们希望从现象出发深入深究,发挥数据新闻的宏观思维优势来拓宽事实图景,提高报道精确性。

在形成报道结构的过程中,我们从新近的问题着力,介绍了近年来的与试管婴儿相关的性别定制产业的发展情况,进而讨论中国生育中长期存在的性别选择现象。值得一提的是,我们在资料调查中发现人口社会学研究的重要概念"失踪女孩"(missing girl),据此查询到世卫组织关于全球"失踪女孩"的相关数据,使中国生育的性别选择现象得到更全面与权威的数据支撑。这也是数据驱动新闻(data-driven journalism)的应有之义:带着问题找数据,将数据分析作为报道推进的根本动力。

接着,我们按照平行结构依次介绍媒体曾公开曝光的几种性别选择手段:非法胎儿影像检查、"寄血验子"、药物干预……为了以数据说明非法胎儿影像检查的问题现象,我动员组织了编辑部内外的四五位同学参与中国判决文书网的数据抓取和清洗中,前后花费了一天时间完成这部分数据的处理。这也说明,数据新闻生产确乎是大型的协作性过程,这一方面体现在专业技术的协作(数据爬取和数据可视化工作的合力),另一方面则体现在众包的数据处理(尽管我们的"众包"尚显初级)。

深度报道要谈现象,更要谈影响和原因。随后,我们透过数据分析将报道引向深层的性别结构领域。在这里,我们以性别比为关键词进行纵向和横向的比较,借助专家学者观点分析阐释数据和现象。在说明生育政策对性别比之影响时,呈现不同的专家观点以供读者判断,力求在专业问题上保持客观与平衡。

这篇数据新闻是我院学生媒体"凤凰新声"第一次尝试用较大规模协作的数据来进行新闻报道的成果。回顾这篇报道,可取的探索和进步有之,不可忽视的缺陷亦有之。这次数据新闻生产中,我们第一次尝试结合深度报道和数据新闻,具体探索使用新技巧(如网站数据的抓取和清洗分析、复合型长图的制作)。当然,我们还将人口社会学的概念与理论引入新闻报道中，以增强报道对问题现象的分析。但要反思的是，这篇报道也存在许多问题：因理性分析多、采访案例少而导致"论文风"有余而"叙事性"不足，不利于阅读和传播；报道篇幅过长，结构之间的衔接尚可优化；有鹜求面面俱到之嫌而导致部分问题的叙述语焉不详……总之，数据新闻中数据采集不能取代实际的采访调查；不论媒介形态如何融合演进、记者采纳的报道技术如何新颖，讲好故事、讲清楚问题的能力始终是对记者不变的要求（冯韦隽执笔）。

指导教师点评——唐次妹

"凤凰新声"编辑部发来稿子让我提修改意见的时候，我就在心里感叹，这届编辑部很行！行在哪里？

一，选题。正如冯韦隽在手记里提到的，他们从明星代孕生子的八卦新闻里敏感地捕捉到中国生育观念的变迁，这是一个很严肃的社会问题、人口问题。于是他们开始找文献，扒数据，发现生育市场上的诸多问题——性别鉴定、试管婴儿、代孕……以及那些进入公众视野的"被失踪"的女性，在不断抓取数据，查找文献过程中，他们改进了自己对这一问题的认识，最终站在一定的高度来审视这一问题，从浩繁的数据资料中截取一片片相关的拼图，带领读者一起拼出这数十年来生育过程中"被失踪"女性的图景。

我在转发朋友圈的时候写了一段引语："同学们做得很用心！从浩瀚的、隐蔽的信息里找到一片片拼图，再用心地拼出一个可供理解和认识的图景……"还有一句没有说出的话是"它会带领读者从更高层级去理解和思考这个问题"。生育歧视中的性别选择问题，古今中外都存在过，甚至至今在一些发展中国家和地区（包括中国）仍能看到这个幽灵在徘徊，这一问题仍然值得关注。

二，文本。既有数据作支撑，又有具体的故事细节以吸引读者，是一次数据新闻与深度报道的结合尝试。

三,团队协作。这是一次较大规模的协同作业,也是"凤凰新声"编辑部首次尝试以协同的方式操作数据新闻。数据新闻的数据抓取和数据可视化既考验操作软件技能,也是一项非常庞大的工程,单靠个人很难完成,这次协作的成功,为今后凤凰新声特色栏目"数读"选题的操作提供了一个可资借鉴的样本。

四,作品的价值。这篇作品数据资料翔实,对问题的认识也有相当的高度。

(该篇署名作者为陈静文、安越洋、魏琦、陈佳、李亚迪、冯韦隽)

古早味的台湾免税市场，为何山寨泛滥

詹远航

756路公交车，从厦门火车站开往大嶝岛，全程约两小时，这是厦门岛内到大嶝对台小额商品交易市场唯一一趟公交车，驾驶这趟公交车的司机王师傅是大嶝本地人，问及大嶝免税市场商品价格和质量怎么样时，他提醒道："在这里面买东西要谨慎一点，箱包烟酒假货都多，卖得也不便宜，我们都不在这里买东西。"这让本次去采访的记者多了几分疑惑：有海关监管的正规免税市场怎么会假货泛滥？

大嶝对台小额商品交易市场曾是大陆唯一的对台小额商品交易市场，但顶着"唯一"头衔的大嶝市场近年来却饱受诟病——山寨货多、价格虚高，曾经的大嶝，是周边居民采购商品的热门地点，为什么变成这样？要了解免税市场，得先从它的历史开始讲起。

从战争前线到交流前线

大嶝岛，位于今厦门市翔安区，1954—1979年，厦门解放军在与隔海相望的金门进行了整整二十五年的炮战，距金门仅一千多米的大嶝、小嶝、角屿三岛曾是金门炮战的最前线，被誉为"英雄三岛"。炮战停止十几年后，随着两岸关系逐渐缓和，经济交流的需求也日益增长，大嶝对台小额商品交易市场应运而生。1998年5月，国务院办公厅和中央军委办公厅联合批准设立这个市场，可谓是"小市场，高规格"，大嶝岛也借此成为对台交流的前线。

在市场里主营金门菜刀的郑老板是福建漳州人，当年为做生意来到大嶝，他还记得市场刚开市的样子，当年的市场就是一排两层铁皮房，下面开商铺、上面做仓库和晚上睡觉。当时的市场开得热火朝天，来自全国各地的商人都跑到这里开店做买卖，希望能从"全国唯一"的政策里获利，颇有淘金地之感，卖的台湾商品在当时的大陆人眼中也算品种丰富且新奇。但由于台湾方面政策影响，售卖的商品来源不明，走私货与山寨货混杂其中，十多年前就有记者刊文指出："市场自开业以来，国内箱包、手表等高仿精品的营业额就占据了市场年交易总额的50%以上，到了2005年之后更是达到了60%左右。"因为涉及侵犯知识产权，这些高仿精品也是大嶝市场名声不好的原因。

交易市场门口（詹远航摄）

2008年，海峡两岸"大三通"启动，厦门政府也决定扩建这个市场，由象屿集团负责改建，建成台湾免税公园，希望把这里打造成海峡西岸最大的旅游购物主题公园。

不严格的海关

大嶝小镇的门口，挂着中国海关的公告，提醒每人每日可携带6 000元以下人民币总值的台湾商品出市场，每人每日带出的卷烟不得超过4条（800

支),酒精度在12度以上的酒类商品不得超过2 000毫升。市场进出口的门禁处则有告示牌,游客要出示健康码并刷身份证进入。

记者当天到达时,入口的门禁完全敞开着,门口只有一个安保人员检查体温,并无任何安检环节,在记者前方,约十个人的旅游团未刷身份证,也不登记就直接进入市场。当记者询问是否需要刷身份证时,他表示:"直接进去吧,不用刷。"

不设检查的出口(詹远航摄)

同样的,海关出口处也只有一名安保人员,同样不用经历任何安检和货物检查环节,连类似地铁站的安检机也没有,出口处可以说是"畅通无阻"。当记者问到为什么不用安检,安保人员强调他们已经进行过合规检查,符合海关规定。大件货物进出时,他们才会检查。如此松散的海关,在采访一开始就为市场蒙上一层阴影,让人怀疑这里海关报备是否合规。在市场主营"金门高粱酒"的店铺里,记者就遇到专门"带货"的阿婆,她们有十几人,据店员透露,她们是专门来这里帮别人带酒出海关的,按照海关限额,500ml的金门高粱酒每人可以带4瓶,带一次她们可以获得10元的酬劳,由于门口并不严格要求出入刷身份证,所以这些阿婆每天能这样携带酒类商品进出几次是未知数。

萧瑟的古早味市场

在免税市场里面,处处可以感受到萧条。进出的游客很少,偶尔有几个十几人的旅游团进来走一圈然后不购买商品两手空空离开。走进市场右拐,就看到据说曾经生意兴隆的台湾小吃城已经关上卷帘门,里面售卖台湾小吃的店铺也都已经关店。

关门的小吃城(詹远航摄)

台湾小吃城旁边,就是三层楼的台湾食品城,有大概二三十个商家经营烟酒食品以及日用品,商品大同小异且很有上世纪复古气息。花色各异的塑料拖鞋、用塑料袋简陋包装的毛巾、产自台湾的味精、简单包装的洗衣液,这些通常放在超市角落里的商品,被摆放在店铺的玻璃柜台里和显眼的地方,竟然成了主推产品。超市里的这些商品仿佛在提醒记者:这不是台湾高端商品免税市场,而是乡镇墟集。

一家小超市的老板告诉记者:"现在客流量越来越小了,一是因为网络购物发达了,人们不需要来这里购物,二是疫情期间来的游客少了很多,好多店都撑不下去关门了,不知道自己还能坚持多久。"

店门口柜台上的塑料拖鞋（詹远航摄）

市场里有很多主营数码产品的店铺，不过在一家写着主营手机、相机、平板电脑的"数码城"店里，只能看到几台老旧型号的相机，标签已经发黄。本来是台湾比较有竞争力的电子产品，在大嶝市场里却不多见，店里堆满了儿童玩具和望远镜。由于紧靠金门，用望远镜望对岸是大嶝岛的一个卖点，所以这里的很多店都堆着大大小小的望远镜，但很多都款式老旧，塑料感很强，很少游客购买。

数码馆（詹远航摄）

网络平台上有一句对这个市场的评价很贴切:"感觉自己回到了一个90年代的商场。"

"免税价无优势"

市场对外打出的口号是"免税价就是台湾价",强调免税的优惠力度大,商品原汁原味,希望以价格优惠取胜,可市场里的价格实际并不占优势。

三层楼的台湾食品城里只有零星几个人购买商品,记者路过这些商铺时,店员都非常热情地招揽客人,希望能抓住今天本就不多的顾客。大部分商家都在售卖台湾相关食品和烟酒,记者在多家店铺询问金门高粱酒的价格,同样的一款58度金门高粱酒,价格从168元到208元不等,这个价格与厦门市内一些旅游景点的纪念品店里的并无太大差距,而在电商平台上查询,这款酒的价格最低也是168元,市场的"免税"似乎并未使这款酒更便宜。当记者询问店员为什么免税之后还是跟外面价格差不多时,店员回答:"我们的酒是绝对保证正品的,台湾的商品嘛,本来就比大陆贵,免税之后也没法便宜太多,我们还提供邮寄服务,可以给你寄回家,邮寄也是很花钱的。"接着,店员表示,如果买的数量多一点或者不开发票可以适当打点折。同样的,食品城里售卖的很多食品对比电商平台并无明显价格优势,所以这里并不是那么吸引游客。

赵春燕是一家台湾商品超市的店员,她是北方人,儿子在厦门上班,她也就跟着在大嶝找了一份店员的工作。当被问到顾客人数和销售额时,她告诉记者,多的时候一天能有几千人,少的时候就只有几百人,"我们没和旅行社签合约,他们有的店跟旅行社有合作,旅游团多,给的回扣也多,我们主要接待散户,生意不好做啊"。当记者询问他们卖烟酒会不会是假货时,她拿出烟草专卖许可证,对记者说:"我们是经过合格报关,有专卖证的,肯定不会是假货。"至于本地人所说的"假烟很多",由于记者并无专业知识,所以也无法验证。

台湾食品城（詹远航摄）

积重难返的山寨商品

在2010年的规划中，免税公园的前景很美好，但实际上，新修好的免税公园仍然面临山寨货泛滥的问题。2014年，《中国质量万里行》杂志曾专门发过报道揭底大嶝小镇的山寨货问题，当地工商局也多次打击山寨货。但交易市场中存在山寨货的问题并没有改善，来源不明商品，仍然大量存在。在挂着"全球豹品"招牌的店里面，售卖的皮带上印着爱马仕、捷豹、古驰等各种大牌标志，其实挂的标签牌是"卡塞贝尔"等台湾品牌。

再往店里走，挂着长排皮衣，销售员介绍，原价几千上万的皮衣，现在反季节会员价，只卖一千多，衣服上也确实可见原有标签上用笔把"7040元"字样划掉，贴上"会员价1830元"的标签，店里还经营化妆品，店员介绍主要是来自韩国、泰国等地，可是查看化妆品产地，发现很多都是广州等地生产的。当问及有没有来自台湾的产品，店员反复强调品牌来自台湾，避而不谈产地："我们的品牌是台湾品牌，质量很好的。"

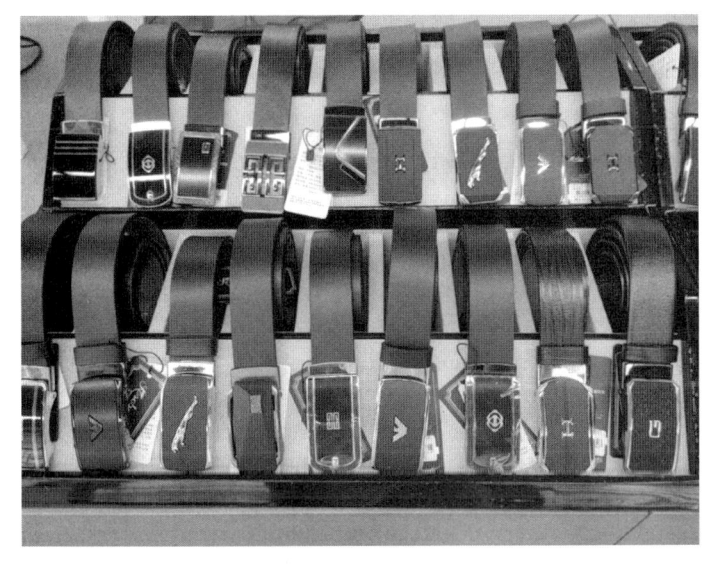

古早味的台湾免税市场，为何山寨泛滥

印着各种名牌标签的山寨皮带（詹远航摄）

皮衣（詹远航摄）

纵观全店，虽然产品种类众多，但大多是贴牌产品，产地主要还是福建或者广东。大嶝岛上没有能够提供大量牛羊皮的养殖场和相关工厂，皮具也并不是台湾的主要特产，所以这个上千平方米的店面里专门售卖的皮带皮衣皮

281

包就非常值得怀疑。店里面布局曲折,并不像正常店铺,更像旅游团过来时故意制造长路径让顾客驻足的商场。

除此以外,在"名品箱包城"二楼的店面里,门口展示的多是仿冒大牌的包包、帽子,挂着一些不知名的号称来自台湾的小厂商标签。由于人不多,这里的店老板都非常热情地邀请记者进入选购。很多店虽然写着主营箱包手表,其实手表并不多,主要还是各类仿名牌箱包,或者是儿童玩具。

店门口摆的山寨包(詹远航摄)

在大嶝交易市场,还有很多店主营金门菜刀,仔细翻看产地,其中很多并不是金门产,而是漳州或者泉州等地生产的,贴上金门菜刀的牌子,价格也并不比网上的便宜,店主拿出菜刀合格证给记者看,证明产品质量。但这种合格证并不与刀配套,只是打印件,老板把合格证放进装菜刀的盒子里,真实性并不能完全保证。

早期的大嶝交易市场,许多商品就是山寨商品,走私来路不明,设立这一市场最初是想"让台湾人买大陆商品,大陆人买台湾商品",但其实台湾人因为交通不便和商品有限种种原因而不来这里购买商品,市场主要针对大陆游客。开业之初,台湾商品稀缺,商家为了保证利益,在商品中夹带利润高昂的假货,导致市场风气开始走偏。在经历多次媒体报道和市场监管方查处之后,监管方多次声明"市场内已无假货",却总也打而不绝。

菜刀合格证（詹远航摄）

疫情期间，市场的人流量断崖式下降，许多店铺倒闭关门，在顾客很少的情况下，为了生存下去，许多商家选择跟进贩卖假货。遍布山寨货的现状更给游客不好的印象，市场已经积重难返。

未来之路

大嶝对台小额商品交易市场从曾经战火纷飞的土地上兴起，又渐渐走向没落，作为早期两岸交流的重要部分，它的兴起与没落，也反映了两岸关系的浮沉。

2010年，《海峡两岸经济合作框架协议》签署生效，台湾商品进入大陆的关税降低，大嶝交易市场"以小三通促进大三通"的阶段性使命结束。彼时厦门岛内通往翔安区的翔安隧道已经开通，大嶝岛上也有了厦门新机场的规划，大嶝与金门之间的大桥也有了建设规划，大嶝市场的前景一片大好。只是这十年来，《海峡两岸经济合作框架协议》的彻底落地受台湾"反服贸运动"影响一直未能实现，且已经到十年之期，是否续期还未可知；厦门新机场和金嶝大桥的建设也因为扑朔迷离的两岸关系而被暂时搁置。

2021年6月25日,厦门地铁三号线正式开通,从厦门火车站连接到翔安区的蔡厝,未来三号线将延伸到大嶝岛的厦门新机场,位于翔安机场附近的大嶝市场或许可以借此机会,依托空运和地铁的便利交通进一步转型升级。把原汁原味的金门商品卖给来大嶝岛的人,改善市场形象。做生意,诚信最重要,希望这里可以少一点山寨货,多一些实在的优质产品。

记者手记

应受访者要求,文中人物使用化名。

偶然知晓台湾免税市场位于大嶝岛,感觉和大众印象中的免税店形象非常不一样。2021年,这个免税市场里只有竞争力并不强的日用品、山寨货和不透明的价格,陷入客流减少进而山寨货增多的恶性循环。从另一个方面看,现在的大陆消费者也不喜欢这里的商品了,这是大陆改革开放以来飞速发展的侧面写照——曾经诱人的台湾商品,现在看来却是落后于时代,台湾和以前相比变化不大,可大陆已经不是曾经的大陆了。

指导教师点评——吴琳琳

一篇报道的成功,还不完全归于写作方法,记者扎实的采访、深入的思考同样非常重要。正应了那句行话:一分写,三分跑,六分想。詹远航的这篇报道《古早味的台湾免税市场,为何山寨泛滥》,对于大嶝岛的台湾免税市场进行较为扎实的采访,结合相关背景资料和自己的思考进行分析和报道,思路较为清晰,从市场的小处出发,揭示改革开放以来大陆的发展和两岸关系的变化,有深刻的意义。建议可以再补充市场管理人员和相关质管人员的采访信息,文章结构可以再优化。

课外班在大学

车儒昊

大概每个不想去课外班的小学生都曾听父母说过"考上大学就不用再上辅导班"之类的话。或许事情在从前的时候确实是这样的,但是如今,越来越多的大学生正走进课外培训班。现在,这是他们自己的主动选择。

忙碌的大学生与繁荣的教育产业

大二学生小元刚刚结束他的课外 PR 软件培训课程。这个共有 30 节课的线上 PR 学习课程是他自己报名的。小元是福建重点大学的本科生,因为公众号的推荐,他在寒假期间花了 79 元报名学习。对于课程教师的授课和答疑水平,小元比较认可。他说:"老师都是很有经验的人,对于很多问题都能直击要害。"在此之前,他还曾在大型培训机构接受过雅思考试培训,前后将近一年。

据艾瑞咨询《大学生消费洞察报告》,超过七成的在校大学生参加过课外培训课程,其中主要包括英语培训、专业知识培训、考证培训。大学生上课外培训班已经是非常普遍的现象。

而在行业内部,英语培训、专业知识培训、考证培训三种不同类型的培训课程消费者规模差距不大,整体上已是"三分天下"。同时,入学时间与参加培训课程的意愿间呈现清晰的正相关关系。这种联系与读研、就业带来的压力显然分不开。

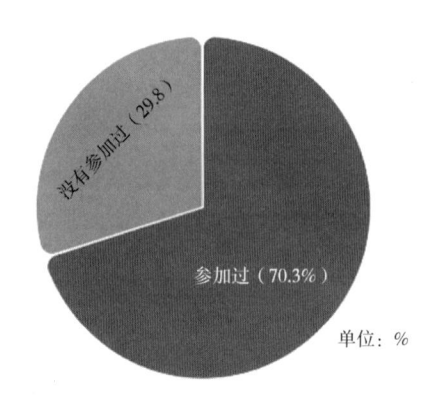

● 参加过（70.3%）　　● 没有参加过（29.8）

图1　在校大学生参加课外培训课程的情况（截至2018年）

表1　中国大学生大学在读期间所参与的课外培训课程（截至2018年）

培训学生占比(%)	英语课程	专业知识培训	考证培训
大学一年级	27.7	27.3	23.1
大学二年级	30.9	29.1	28.7
大学三年级	34.5	32.5	32.4
大学四年级	40.0	32.5	30.3

就读于北京一所重点大学的小嘉在大二上学期的时候开始考虑读研期间留学欧洲。为此，他报名了上某知名培训机构的雅思考培课程。目前，课程已经结束，小嘉正在计划报名雅思。

"互联网＋教育"

相比于成熟、稳定的线下校外辅导及备考行业，线上教育产业的快速发展格外引人注目。2014年，中国居民校外辅导及备考总支出中，在线校外辅导及备考支出仅1 016.2亿元，占比22.7%。到了2018年，这一支出增长为2 601.2亿元，比2014年翻了一番，占总支出36.8%。据沙利文数据中心预测，线上校外辅导及备考支出将会在2022年首次超过线下支出。

突然爆发的疫情不仅影响大中小学的教育模式,也进一步刺激线上教育产业的发展。小元参加的雅思考培课程就在疫情期间安排口语部分的直播网课。疫情得到控制之后,小嘉报名其他课程时仍然选择线上课程。这不仅有防疫安全的考虑,也有便捷的原因。

从培训机构的角度看,线上教育模式为中小型企业乃至个人创造了机会。与小元所参加的线上 PR 培训课程类似,很多小型培训机构依靠"网络广告宣传—线上缴费报名—网盘领取学习资料—QQ、微信群聊答疑"的经营模式发展起来。这些小型培训机构的共同点是:不开发官网、APP,利用微信、QQ、百度网盘等平台节约成本;收费低廉且大量提供免费内容吸引潜在消费者;机构主体模糊,客户与该机构的联系全部通过微信、QQ 等软件,甚至难以获知教师及培训机构的真实名称。

大型教育企业更多采用"线上线下两手抓"的策略,一面大规模发展线上教育,开设网课;一面继续发展线下教育产业。同时,大型企业普遍拥有自己开设的网站、APP、小程序等,开设的网课相对正规。

这种"互联网+教育"的新兴线上教育模式也存在缺陷。对于本就相对自由的大学生群体来说,线上教育课程格外需要自身努力。当被问及 PR 课程的学习效果时,小元承认"没有学完""现在还是不太会"。小懿已经顺利通过雅思。她参加过线上的雅思考培课程,效果不好,之后又报名参加线下的"一对一"雅思考培课程,学习后通过考试。她得出的经验是:"网课很需要自律,大多数人最后都是白花钱。"

针对大学生的诱惑

信息不透明、制度不完善是这种模式的另一个缺陷。一些培训机构有意或无意地游走在法律边缘。在公众号、b 站或其他平台上购买广告是相对传统的宣传方式。一些机构希望得到更多。

现在,几乎所有大学的课内外活动都通过微信群、QQ 群联系。一些培训机构正在尝试通过上述群聊发展客户。他们雇佣大学生或社会人士"打入"学校相关群聊,将学生拉入该机构的宣传群。此类群聊经常有意或无意地伪装成学校官方组织的活动,取名以某某学年开头,管理员备注设置为某老师、某年级某某学生,散发"咱校学生会拉赞助""同学互相通知""老师都很忙,大家积极点""还剩几人未领取"等误导性言论。

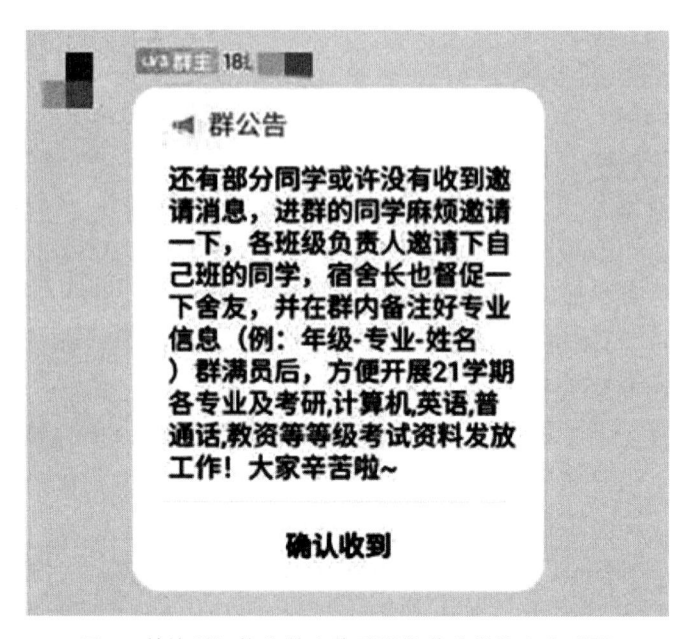

图 2　某培训机构将其宣传群聊伪装称学校官方群聊

在某大学学院举办的校内活动 QQ 群内,记者被一位身份不明的陌生人邀请进入名为"21 技能训练－线上报备"的 QQ 群。该群共有数百人,群主及管理员分别备注为"李东敏""督促:李奕东""孟老师""统计:林思雨",群公告称:"基本都已经联络完毕,最后几分钟时间,身边未知情的同学可以互相告知一下,9:50 左右开始正式下达。"群内全员禁言。

过了几分钟后,"孟老师"发言称:"线上学习课程由学校统一组织,老师进行协助记录。这是一门艺术设计课程,通过线上进行,时间自由安排,要求各班成员添加此微信领取下免费课程,各部门各班班长做好统计,汇报于我!"之后,备注为"李东敏"的 QQ 群主发布新的群公告称:"此次活动仅组织今天一次,机会来之不易,逾期可能再也参加不到类似的活动了,未添加的同学可以添加一下避免错过。"公告下附一个昵称为"嗒"的个人微信二维码。该群管理员不断"督促"学生扫描指定的二维码。"督促:李奕东"称:"后续为了便于同学们学习,课堂老师会统计名单,以便于统计同学们的学习进度。"

记者按照要求用微信添加"嗒"为好友。"嗒"在通过记者的好友请求后，再次向记者提供了一个个人微信二维码，称这是老师的微信。记者添加这位"老师"为好友后，又添加"老师"的企业微信号为好友，昵称为"班主任－小瑞老师"，企业微信号信息显示属于山东某教育企业。接着，"小瑞老师"将记者拉入名为"某某教育PS试学班2102（禁广告）"的微信群。该群每天发布该企业的"精品体验课"链接和相关学习资料。

"老师"通过微信好友聊天向记者介绍并推销该企业的课程。他宣称，报名学习课程后可以通过该企业接单，完成制作海报、设计Logo等工作获得收入。他向记者推销的课程原价12 800元，助学价8 700元，付费可以分期，首付100元，共分12期。对于其分期付费模式，他称"咱们公司自己的教育分期或者跟百度合作的教育分期都可以"。

当记者向"老师"询问该企业与某大学之间的具体联系时，"老师"称"不清楚，有合作也是他们宣传部门的"。此后，记者通过该企业官方披露的联系电话致电该企业，其工作人员宣称"我们有校企合作"。当记者向其询问与前述该大学的具体合作内容时，工作人员直接挂断电话。记者向某大学有关部门求证，目前暂未发现该大学官方与该企业有合作关系。

最近，因为种种原因，线上教育企业"爆雷"的消息多次引发担忧。线上教育产业需要进一步规范化发展，大学生报名课外班也需要理性进行。

记者手记

在我和我的大学生朋友们中间，报课外班的情况并不少见。学英语、学PS、学考研考公的人都很多。但是，包括我自己在内，很多人并未真正从课外班中获得自己想要的东西。这一部分人源于忙碌或懈怠——没有足够的时间或毅力。另一方面，某些培训机构在公德甚至法律上也有待商榷。贩卖焦虑、诱导消费的行为十分常见。而如今，互联网时代又将课外辅导产业推上新的风口。

也许，无论机构还是学生，都需要更冷静地看待大学课外班这个并不新鲜的新兴事物。

指导教师点评——吴琳琳

罗丹有句名言"生活中并不缺少美,缺少的是一双发现美的眼睛",同样,新闻到处存在,只是需要慧眼去发现。课外班问题同样也是发生在大学生身边的话题,但较少被报道,这篇报道以亲身经历出发,进行选题和报道,采访较为扎实,多方核实信息,结合相关背景资料进行分析,有较为独立的思考。但文章的结构可以进一步调整。文章的三个板块关系不够清晰,可以进一步优化。

"利义",宗亲会的矛盾乱象

伍 杨

"又要高考了,你们说今年捐多少钱呢?"四十六岁的中溪在餐桌上向家里人吐苦水。"张进捐了两万,我怎么也要跟上吧。"

"你娃儿都毕业了,又拿不到奖学金,捐那么多干嘛!"妻子用力放下饭碗,桌上的气氛有些尴尬。

这已经不是妻子第一次因为宗亲会的事情对中溪表达不满。

2018年,经同姓合作伙伴——张进的介绍,事业小成的中溪了解了同姓氏的宗亲会。中溪说,因为责任感和自豪感,他决定加入宗亲会,贡献自己的一份力量。

尽管宗亲会并不经常出现在媒体报道中,但不是新鲜的事物。早在19世纪,它就在东南亚华人社会中兴起,逐渐由最初的祭祀祖先、调解争端演变为集慈善救济、事业扶持等多种功能于一体的复合型社团。20世纪70年代末,宗亲社团出现联合的总体趋势,世界性宗亲组织纷纷建立。近年来,青年一代华侨华人逐渐加入,为宗亲会带来新气象。

慎终追远是中华民族的重要理念,以血缘为纽带、以宗族为基础的姓氏文化也是中华民族文化的重要组成。一直以来,海外华侨华人通过各种形式回国寻根谒祖,寻觅亲情乡情,宗亲组织在华侨华人与祖籍地间发挥着纽带作用,牵线搭桥;与此同时,越来越多华侨华人回国(来华)发展,支援家乡经济、文化、教育事业,开展人文交流活动,宗亲社团在其中穿针引线,起到积极影响。

谈到宗亲会,中溪脸上总是带着微笑。他介绍说,宗亲会成立的初衷有两个,一是明昭穆,让族人了解自己的辈分,二是奖励学子或助学,主要是奖励那些高考表现好的学子或者帮助特别困难的家庭。有些族人遇到重大的疾病或灾害,也要帮扶救助。"去年,云门村山体滑坡,一家四口被掩埋,除一人外全部遇难。我们宗亲会便提供了资金和精神上的支持,帮助他走出困境。"在中溪眼中,宗亲会是互帮互助,血浓于水的慈善组织,它重视教育、扶贫和丧葬,是广大宗亲的福音。

根据中溪的描述,宗亲会应和睦,无私贡献,帮扶他人。然而,宗亲会真的是一片赤诚吗?

首先,上述这些救助措施并非所有宗亲都能享受的。事实上,这些福利只向加入宗亲会的会员开放。加入宗亲会微信群,必须缴纳至少100元的会费。加入宗亲会核心的企业协会,则至少要缴纳8 000元作为会费,上不封顶。

在当地,与中溪同姓的族人有18 000多人,宗亲会中的会员有将近300人,企业协会里只有12人。宗亲会的覆盖率不到2%。虽然覆盖率看着不高,但借助媒介的发展,各种姓氏的宗亲会已经依托网站、微信群等遍地开花。各宗亲会纵横交错,质量参差不齐,其中不乏违法乱纪的现象。

2021年上半年,民政部公布了2021年第一批涉嫌非法社会组织名单中就包括"中华余氏宗亲联合会"在内的十个相关宗亲组织。此前民政部门曾公布过多批涉嫌非法社会组织的名单,包括众多的"姓氏宗亲会","中华余氏宗亲联合会"甚至邀请著名作家余秋雨出席庆典活动。该宗亲会的负责人承认涉嫌违法,存在财务明细公布不及时的情况,并已注销此前在背后为该联合会收集会员缴费和"乐捐"资金的相关公司。此外,还有老赖利用宗亲会会长的身份为P2P平台吸引投资,最终因集资诈骗罪获刑12年;还曾有涉黑组织头目出资5万元成为宗亲会会长,利用宗亲会网罗成员,乱象层出不穷。

"我们这里不存在这些情况。我们是湖广填四川的时候从那边迁徙过来的,一脉相承,都是一家人。"我们向宗亲会的秘书长了解了宗亲会的现状——公积金还有数万元,正在筹建祠堂;事项的开支都记在账上,随时可以查验。他谈到,从事宗亲事业不分老少,只要有善心,有爱心,有奉献精神,就能为宗亲会出力。

宗亲会起源于优良传统,也包含封建糟粕。大男子主义、酒桌文化令许多年轻人望而却步。攀比竞争、勾心斗角、结党谋私等乱象又使得宗亲会的形象污浊不堪。

谈到捐款时,中溪的妻子的情绪有些激动:"其实他就是好面子。"

中溪加入宗亲会两年多,与企业协会的众人打好关系的花费和大大小小的捐款已经达到数万元,其中人情往来的费用占多数。这些费用帮助中溪结识了许多有权有势的族人,在许多事情上能够得到方便。此外,每次捐款,中溪都不想在数额上输给张进,以此维持自己企业协会会员的脸面。

这种人情往来在中国社会里并不罕见,但在宗亲会这种重视传统的组织里尤为显著。为拉人头,有些宗亲会大搞封官加爵,所谓主席副主席、会长副会长,都要认捐,只要捐钱,管你是什么身份,来者不拒。会长副会长等明码标价,一个村里有十几个副主席、副会长。有的宗亲总会里有十几岁的顾问、副主席,会员理事更是无数。有这些身份不一定有实权,但听起来十分有脸面,这种脸面在三亲六戚也中颇有影响力。

许多非法组织打着宗亲会的旗号为非作歹,骗取钱财,把本该充满温情、互帮互助的宗亲会搞得乌烟瘴气,严重破坏宗亲团结、社会和谐,冷了无数族人的心。即使遵纪守法的宗亲会,也存在攀比竞争、拉帮结派、收受贿赂等情况。即便大部分的宗亲会都在扶贫助学,做实事,做好事,但到底也不过是权利场。

没有规范的管理,这些问题就可能一直存在。矛盾就在于目前并无法规、政策来约束对宗亲会,唯一能搜索到的相关条例《关于氏族宗亲会活动的具体指导性意见》也被民政部认证为虚假条例。

宗亲会的前路在何方?中溪没考虑过这个问题,他想要的,是"利""义"兼得。

"哎呀,大家都是一家人,本来就应该相互帮忙。"中溪满不在乎地轻笑着,窗外的阳光透进来,照亮了他的半边脸庞。

记者手记

本文人物均为化名。

在考上大学那年,我收到宗亲会的奖学金,就对宗亲会这种组织产生兴趣。一方面,许多宗亲会都在从事发放奖学金等慈善帮扶事业,另一方面,我又发现许多年轻人不了解对宗亲会。宗亲会和年轻一代有裂隙,有种上一代人独自狂欢的感觉。于是我就想去深入了解宗亲会,了解它的具体机制和参会人员的想法。通过查阅资料和采访发现许多宗亲会其实挺灰色的,许多个人和组织打着宗亲会的名义行违法、犯罪之事;即使守法的宗亲会,在慎终追远的同时也承载了一些封建糟粕。这本身是一件很矛盾的事,它其实需要大众的监督,但目前它得到的关注太少,所以我想写这样一篇文章。

指导教师点评——吴琳琳

伍杨同学的这篇报道的选题新颖独特,从多元角度生动形象地科普了大众以前很少关注的议题——姓氏宗亲会。这篇报道通过采访获取相关的一手资料,注重使用生动的直接引语和细节描写,充分运用背景材料来说明宗亲会的来龙去脉以及发展中面临的问题。

占卜背后有何财富密码

陈 佳

因为工作上的失误,小丽一度陷入经济困难。去年十月,焦虑的小丽想要多挣点钱,她偶然在知乎上刷到了一个教授经营副业的视频。小丽说:"它上面正好有什么塔罗牌、风水、情感挽留之类的,我正好对塔罗牌感兴趣的,就付费了。"小丽随即发送了三份文档过来——价值499元的课程资料,对于这些昂贵的课程资料,小丽表示:"我后面都没怎么看,里面有些还不太对。"她甚至戏称自己当时"人傻钱多"。不过这些资料也并非毫无用处,也正是因为这个,小丽才萌生学习塔罗占卜的想法。

然而像小丽这样为占卜买单的人不在少数。中国青年报社会调查中心联合问卷网曾对2 033名受访者进行调查,70.3%的受访者称身边喜欢占卜的人多,其中16.0%的受访者觉得非常多。中国科协发布的《第三次中国公众对未知现象的抽样调查报告》显示,每四个中国人中,至少有一个人相信占卜。

从投币到人民币,公域流量到私域流量的转换

在b站,以"占卜"为关键词,可以搜索到上千条相关视频。视频内容大多和恋爱、学业及近期运势等相关,再冠以"未来三个月你会有什么好事""你的正缘是什么样子""他/她想和你在一起吗"等标题,就收获几十万甚至上百万的播放量。

其中,情感问题最受关注。up主"兀生塔罗"发布的名为"测一生良缘几何,愿有情人终成眷属",封面为"你会经历多少次恋情"的视频获得最高播放量,高达328.6万。

占卜up主需先设定风格与IP定位,最好是神秘、接地气或者洋气高大上,

一般而言,"塔罗牌占卜××""××塔罗牌占卜师""塔罗师××"最为常见。简介中含有"美国塔罗牌协会 ATA 认证塔罗师""中华塔罗协会 CTA 会员占卜师""国际占星大会成员 UAC"等会显得高大上。当被问及占卜师接触塔罗牌的时间时,最少说两年,但不超过五年,因为时间设定会直接反映出塔罗师的年资。

名为"龙女塔罗"的 up 主在 b 站同类视频 up 主中粉丝数最多,拥有 26 万粉丝,其视频播放数则达到 2 048.9 万。占卜类视频 up 主们上传互动测试视频,观众只需要点开视频,简单选牌,就能看到自己的"命运"。

视频开头,占卜师会暗示观看者通过发送弹幕"领取好运"、一键三连等方式来增强与塔罗牌的连接与感应,吸取塔罗的能量,使占卜更加灵验,以此建构仪式感,完成占卜师与占卜受众的互动与情感联结。

同时,占卜师会强调本次视频占卜为大众占卜,与占卜师联结不深的人,结果不一定准确。与大众占卜相对应的,是 b 站这个平台本身拥有的庞大的用户群体与流量池,即公域流量。如果占卜受众想要更加准确的结果,需添加占卜师的私人联系方式进行私人占卜,从而将公域流量转换为私域流量。

在小丽提供的占卜课程资料中,讲师对百度贴吧、小红书、知乎、咸鱼这些引流渠道进行了分析整理。小丽认为这种引流模式值得借鉴,如今,她已经通过抖音、快手、b 站、百度贴吧等平台将流量引入微信个人号,进行占卜接单。

私域流量的培养,占卜的千层套路

除了 b 站,另一个活跃的占卜平台是微信。根据新榜数据,目前占卜类微信公众号共有 860 个,综合排名最高的微信公众号周阅读总数则可以达到 57.14 万。在 6 月 4 日的占卜类关键词微信搜索指数中,有 800 多万次的"星座"搜索量。

微信个人号则是占卜师私域流量培养的主要阵地。占卜者添加占卜师微信后,占卜师会通过一套固定的操作流程进行一对一的占卜。首先询问占卜者问题,提供牌阵建议,三档牌阵最为常见,且每档价格不等。

占卜过程即为信息灌输的过程,其中有三个裂变消费核心:第一,仪式感是为后期裂变消费做铺垫;第二,让对方接收到心诚则灵的消息;第三,占卜者、占卜师与塔罗牌是有链接的。

占卜师还需要"养"微信号朋友圈，先设置为三天可见，时间长了再设置为一个月或半年可见。朋友圈前期素材有重要用途，利用平台信息差，从其他平台快捷获取信息。

当私域流量积累到一定程度时，占卜师在朋友圈发布占卜结果与反馈，宣传自身占卜效果。部分私域客户对占卜师产生情感依赖，不仅会二次消费，还会用人际口碑传播的方式带来新流量。

学员培训，门槛不高利润巨大

记者以学员的身份联系上为占卜学员提供培训的全职塔罗占卜师李彦。李彦自称从2016年开始全职做塔罗，她刚开始接触塔罗纯属兴趣，招生教学则是从去年开始。

课程为全阶课程，售价3 980元，包括理论和实践两个部分，理论课为录制好的在线学习视频，实战课则是一对一的辅导解牌。

学习塔罗占卜的门槛并不算高，"如果说边学习边实战，正常情况下一个月左右可以出单，有基础的一周以内就可以出单"，李彦说。

李彦发来的课程大纲中还介绍说其课程适用于各个阶段的学员学习，无论是进修还是零基础新手："通过本次课程学习，你将能正式打开神秘学的大门，成为一名职业塔罗师！"

小丽也有购买塔罗占卜课程的经历，不过"他并不是教你怎么学塔罗占卜，而是教你话术，就是塔罗牌每张都有基础牌义，他全部整理好给你，有人找你占卜你就粘贴复制给他就好"。

另一位兼职占卜师石虎在2008年读大一时就开始学习塔罗占卜，今年五月他开始从QQ群、微信群招收学员。"一开始为一些群成员占卜，他们觉得准就主动找我，都是自愿的。"学员学费为8 000元，采取直接把个人整理的学习资料发给学员的方式，一般一周左右就能出单，而目前他已经招收到5位学员了。

当被问及塔罗占卜行业的发展前景时，李彦结合自己的相关职业经历说："我本身就做推广出身，我从2014年就开始做互联网了，所以说互联网很多项目我都是知道的，就是想着哪些前景如何，然后发展如何，这些我都知道。"

李彦还表示她之前做过关于塔罗市场调查："你直接在微信上面搜索微信指数,然后在微信指数里面,你就可以看到每天有多少人通过微信这个入口来搜这个关键词,这个就是人群,那这个就是市场。"

随即,李彦发来一条标题为"采新手入门塔罗必看:如何学习塔罗占卜,塔罗牌真的赚钱吗"的微信公众号推文。推文中明确提及占卜师的收入:"平均一个微信号每日好友添加 30 个以上,我们的单价是 198 起步,当日转化率一般在 20% ～ 30% 左右,按照 20% 的转化率,那就是 6 个付费的,一天收入 1 000+,月入 3 万也很轻松。"

推文还使用百度指数 PC 端与微信指数的数据来说明:"塔罗这个行业目前来说是一个非常值得我们深耕的一个行业,无论你是想作为一个爱好兼职还是全职来做,都是非常不错的一个选择。"

记者以学员身份询问塔罗行业是否存在竞争压力大的问题,李彦认为:"我本人觉得压力还好,没有那么大压力,因为塔罗刚刚进入我们国内市场,没并没有多久,这个我感觉你不用担心,因为任何行业它都有二八定律,任何行业只要存在,都有竞争,没有哪个行业是没有竞争的。"

淘宝兜售周边,收费环环相扣

淘宝是占卜服务较为活跃的平台,销量 2 万+ 的就有三家店铺,业务范围则包括"合婚算八字、事业、财运、婚姻、学业、健康"。店铺的风格雷同,皆由戴着眼镜、手捧书籍、正襟端坐且看起来学识丰富的老者形象为封面。

记者在淘宝拍下了价格 2 元的"在线一对一塔罗牌占卜星盘测试爱情事业"订单,据该店铺客服介绍,店中有毕业于塔罗牌发源地——意大利占星学院的七年专业塔罗师,占卜的价格却不是 2 元,而根据客服发送的牌阵另拍,比如记者选择的学业属于第一项测算问题,价格为 68 元,则需另外拍下 34 件后才能安排"老师"占算。

该店的粉丝数为 36 人,记者拍下该店唯一的商品,共有 1 875 人付款。而在商品评论区中,该商品的好评数量高达 1.5 万条,仅 4 条差评。这 4 位差评用户反映说"体验很糟糕""说了跟没说一样""推荐另一个号给你继续花钱"。

除了提供占卜服务,淘宝还兜售占卜周边产品,包括水晶配饰、魔法蜡烛、水晶能量法阵。受访者小丽提供的占卜教学课程资料中提到,水晶配饰中水晶手串最常见,接受度也最高,普货可以随便搭配销售。水晶一般在占卜后咨询者问有什么办法的时候推荐,可以定制,但价格高很多,也可以随便找个水晶店或者淘宝买。居家水晶摆件较少见,出一次最少四位数起。

融资数千万,占卜成为创投风口

早在2012年,全球第一家上市的风水公司就在伦敦证券交易所上市,即新加坡的风水公司新天地集团。公司的风水命理服务包括家居和商业风水,紫微斗数、婚庆择日、七彩晶灵、星宿塔罗、姓名学。

据投资界报道,算命服务平台"高人汇"创始人袁钰腾曾估计:"中国约有14亿人口,16~50岁的目标用户占比约45%,其中付费用户约16%,他们年均占卜算命最低消费为1 000元,合计下来就是一个超1 000亿的市场。"

企查查数据显示,我国目前约376家注册企业从事"星座、占卜、算命"相关业务。从注册时间看,从事占卜相关业务的企业主要成立于2017—2020年。其中,2018年注册了319家,是近十年来占卜相关企业注册量的峰值。在注册状态上,近一半的企业处于注销或吊销状态。从注册地域分布上看,广东与四川两地从事占卜相关企业数量最多。值得一提的是,天眼查上占卜相关企业注册资本为100万元以上的有47家。

在记者根据铅笔道数据整理的部分占卜类企业融资情况中,一些企业的融资金额达到数千万元。铅笔道是国内专业的创投信息服务商,为客户提供投融资数据等信息服务。

部分占卜类企业融资情况

项目名称	融资类型	融资金额	投资机构/人
占卜娃娃	天使轮	300万	——
神棍局	Pre-A轮	未披露	微影资本、易合资本
	天使轮	未披露	原链资本
占心APP	天使轮	数百万	其乐文化传播公司
灵机文化	天使轮	500万	许东威

续表

项目名称	融资类型	融资金额	投资机构/人
蓝星漫	A 轮	千万级	未透露
	Pre-A 轮	暂不透露	东方富海领投
奇岛塔罗学院	种子轮	90 万	创新谷
	天使轮	200 万	——
多多甜	种子轮	未披露	AC 加速器
	天使轮	500 万	——
起名通	天使轮	数百万	未披露
1314 茶(答案茶)	A 轮	2 000 万	未披露
口袋神婆	A 轮	1 500 万	——
	Pre-A 轮	未透露	连力资本
	天使轮	500 万	隆领投资
	种子轮	100 万	PreAngel
星座女神	A 轮	3 000 万	左驭资本领投,水木资本、小米科技、韦玥创投跟投
	Fre-A 轮	500 万	娱乐工场
	种子轮	暂不透露	个人
明鲤	天使轮	300 万	——
	种子轮	70 万	暂不透露
高人汇	天使轮+	400 万	——
	天使轮	123 万	蚂蚁天使众筹

数据来源:铅笔道 DATA。

占卜背后,年轻人无处安放的焦虑

百度指数数据显示,在占卜搜索年龄段分布中,64.35%的人年龄在 40 岁以下。超过一半的占卜搜索人为女性,且女性群体的 TGI 值较高。在搜索城市排名中,北京、上海、广州、深圳位居前列。

在事业进取方向上的迷茫,在感情上的患得患失与学业的困扰都使人们感到不安,人们向占卜寻找寄托,以求心安。占卜师的任务也延伸为解决焦虑与疗愈,有时甚至扮演倾听者的角色。

该选择家里让从事的稳定的工作,还是自己创业,二十六岁的淑媛仿佛站在人生的十字路口,迷茫与无奈感充斥心头。大学毕业后她做了几年销售,对于这份工作淑媛并不满意,她想要自己创业,却找不到合适的方向,也没有足够的积蓄与资金。为此淑媛处于持续性焦虑中,她向占卜师倾诉,希望通过占卜来找到未来的方向,但四五次占卜过后依然未能如愿。

占卜中,感情是求测最频的问题。"有的人感觉把占卜师当树洞,感情上的问题巴拉巴拉跟你说得没完没了",占卜师卡罗这样说道。一个月前,卡罗遇到一位刚与女友分手的客户,当占卜的结果和现实都显示女友无法挽回时,"他还是一遍又一遍地和我说他有多爱他女朋友,我也劝他想开点,但还要天天找我倾诉,真的是被他搞到崩溃了"。

有的人占卜学业。"我到底能不能保研,我能保研到哪所院校",小新这样问占卜师。这个问题困扰了小新很久,今天她要通过占卜获得一个答案,把占卜结果作为自己的目标院校。在一番询问、抽牌与解牌后,占卜师表示她只有报考南方或西南方名字属火的大学。对此,小新深信不疑。

作者手记

文中所有人物皆为化名。

最开始想到这个选题是我在刷 b 站的时候,当时 b 站向我推了封面为"测一测你的正缘"的视频。在好奇心驱使下,我点了进去。后来我又在相关视频推荐里看到很多类似的占卜视频,主题大多为爱情、学业或者未来几个月的运势等。于是我在 b 站以"占卜"为关键词进行搜索,发现相关占卜视频竟有上千条,便对于此类视频产生兴趣。

通过 up 主在其账号主页留的微信联系方式,我联系了几位占卜师,在采访后发现不只是 b 站,占卜还活跃于淘宝、微信、豆瓣等平台,甚至还有相关注册企业以提供占卜服务作为主要产品。占卜这个行业到底是如何盈利的,背后究竟有何财富密码,为何有这么多人去占卜,带着这些疑问,我开始搜集相关数据,试图以可视化的方式将占卜背后的数据直观地呈现给读者。

指导教师点评——吴琳琳

作者善于观察和发现，占卜这个选题较新颖。行文注重有逻辑，层层递进，作者先按照媒介平台介绍各个占卜现象，然后上升到产业分析，最后引申分析驱动产业的社会心理症候，即年轻人无处安放的焦虑。财经新闻报道，不能只简单报道各类报告统计中的数字，因为这样读起来会相当无趣。一篇好的财经新闻报道需要找到好的故事，这篇财经新闻报道中，既能选取典型例子进行采访分析，又较好地结合相关数据深化报道，使文章写得既有一定深度又较容易让读者理解。但占卜作为产业的部分还可以通过加强采访，进一步深挖。

青春心向党　百年薪火传

易蜀鋬

在中国共产党即将迎来百年华诞之际，党史动漫专题片《血与火：新中国是这样炼成的》6月1日起正式上线。专题片共三十集，每集时长在三分钟左右，聚焦从中国共产党成立到新中国成立二十八年的革命奋斗史，通过生动逼真、清新简洁、精美流畅、高度还原的画面呈现历史细节，以符合青少年阅读习惯的叙述方式讲述党史故事，阐释红色信仰。

已经上线的二十几集专题片《血与火》中，精良的制作为观众们呈现出一幕幕历史图景——建党伟业、安源大罢工、京汉铁路工人大罢工、南昌起义、秋收起义、三湾改编、红军长征、抗日战争、解放战争……动漫专题片用高度凝练的剧情和清晰明白的解说，让观众了解中国共产党历史上至关重要的众多标志性事件。

在片中，毛泽东、周恩来、朱德等党的领导人形象不再是书本中的文字，而化身为栩栩如生的动漫形象。画面、配音和配乐赋予党史人物和党史事件血肉，变得更加鲜活。和观众一样，动漫中的党史人物同样有家人，有朋友，有情感，有理想，有抱负，有奋斗。动画用通俗易懂、平易近人的形式表现早期共产党人的抉择、信仰、舍小家为大家的崇高理想信念，在党史教育方面具有极高的价值。观看专题片的同时，人们既能深刻认识到党早期发展中遭遇的艰难险阻，也能从克服困难挑战的实践中获得有益经验。

百年风雨兼程，初心未曾改变。面对艰难险阻甚至生死考验，一代代中国共产党人表现出不畏强权、坚持斗争、不怕牺牲的革命乐观主义精神。无论是在点燃希望的南湖红船上，还是在南昌起义的枪炮声中；无论是在实现历史转折的遵义会议上，还是在反抗军阀和帝国主义压迫的浴血奋战中；无论是在艰苦卓绝的长征路上，还是在摧枯拉朽的解放战争中，中国共产党人始终走在为中国人民谋幸福、为中华民族谋复兴的人间正道上。

身处21世纪的今天，物质与精神高度富足、科学与技术迅猛发展，这是离实现中华民族伟大复兴最为接近的时代。通过观赏这部动漫专题片,有助于引领青少年继承革命先烈的光荣传统,以青春之心向党,让百年薪火相传。以青春之我,耀理想之光!

作者手记

因为自己从小就喜欢看各种动画节目,所以直到现在,也对动画这一表现形式情有独钟。文科生的背景也让我一直对历史有种莫名的亲近感,多次想过如果能够有人用精美的动画作品呈现历史,那一定能够让那些经典的事件、著名的人物,甚至是尘封在时间长河里的不为人知的细节,都被广大观众熟知。

《血与火》让人惊喜——它就是这样一个作品,用简洁的篇幅巧妙去除历史的沉重感,用精美的制作呈现共产党成立后经历的种种艰辛和先驱者们坚韧不拔、艰苦奋斗的精神,这些精神值得称颂,值得传唱,它们是供养一代代青年人继续建设祖国的重要养分。

因此,我从《血与火》这一动画作品本身出发,简单介绍动画的内容并作出评价,希望能以我文字微薄之力量,呼吁更多青年人去了解党的历史,去了解这一段绝不该被时间尘封的"国家往事"。

指导教师点评——吴琳琳

这篇评论作品从动画《血与火:新中国是这样炼成的》围绕讲述的内容开始,简洁地介绍了动画多个篇章的内容和传达的精神。语言表达清楚凝练,评论主题明晰,主旨突出——即《血与火》是一部表现中国共产党历史和革命先烈精神的优秀作品,中国共产党的爱国主义精神、革命精神和不畏牺牲、无私奉献的精神值得中国青年代代学习和发扬。

评论中运用大量排比的修辞方法,用文字串联起作者想要说的话,并让这些话在层层递进的关系中越发有力量。

党史动漫以趣促学,红色教育以新促行

蔡佳莹

光芒点亮奋斗初心,坚毅的面庞彰显革命信仰。一帧帧精美流畅的党史动漫,铺开从中国共产党成立到新中国成立间,二十八年的奋斗华章。6月1日上午,党史动漫专题片《血与火:新中国是这样炼成的》第一集《开天辟地》在人民网官方微信、官方微博等平台上线播出,反响热烈,十分钟内播放量破万。

值此"两个一百年"奋斗目标历史交汇的关键节点,正当中国共产党百年华诞的重大时刻,在中央网信办网络传播局等的指导下,人民网联合多家传媒出版公司首次以动漫方式展现党在这二十八年间的的浴血奋战史。

2月20日,习近平总书记出席党史学习教育动员大会时强调:"要鼓励创作党史题材的文艺作品特别是影视作品,抓好青少年学习教育,让红色基因、革命薪火代代传承。"该片正是习总书记指导下的生动实践。

该党史动漫"三结合"模式令人耳目一新。该片共三十集,每集三分钟左右,每日持续更新一集。结合学习与动漫娱乐、碎片化学习和持续性学习相结合,个人自学与社群分享相结合的"三结合",有利于广大人民群众更好地把握党的百年奋斗历程,从而真正领悟习总书记所言"学史明理、学史增信、学史崇德、学史力行"的深刻含义。

顺应信息技术的变革与快节奏生活,党史动漫通过网络化、碎片化、移动化的微观看体验,盘活历史资源,讲活党史故事,整活教育方式,让党史教育常态化,让创新的权威宣讲下沉到青年人当中,让红色教育的多元体验浸润广大人民群众内心,使其在建党百年之际磨砺青年的使命担当。

"觉醒,启航,信仰,远征,抗战,解放,崛起",这些简约的章节文字,承载着历史的厚重,展现出革命年代枪与火的斗争较量,细数着党奋勇拼搏的高光时刻。《开天辟地》《南昌城头一声枪响》《星火燎原》等党史故事动漫主题鲜明,画面精美,通过画面语言进行视觉化再现,喜闻乐见,震撼人心。这是对党史基本脉络的全方位回顾，也是对党的精神谱系的系统性梳理。在动漫中追溯党组织发展的足迹，够迅速汲取党的精神力量，深刻理解"敢为人先、不惧危难、锲而不舍、一以贯之"的精神内涵，矢志不渝地传承党的优良传统。

现如今，青少年与年轻干部对党筚路蓝缕、披荆斩棘的创业历程缺乏直观认知。这些主要受众群体对视频化、网络化的信息语境更加熟悉，因此，党史动漫使用创新的教育形式。如《觉醒年代》《山海情》等的影视剧引发社会广泛好评，也证明网络影视片是进行党史教育时的有力"教具"。

然而，微观看并不等于浅思考，创新形式也不等于无限想象。党史动漫是启发群众学习党史的火苗，引导群众完成从"要我学"到"我要学"的转变。在与党史的切身交融中，青年人寻求与前辈的共情共鸣，深刻理解中国共产党为中国人民谋幸福、为中华民族谋复兴的初心和使命。党史教育也应当尊重历史原貌，一些自媒体为赚取流量哗众取宠，丢失了教育需还原历史真相的基本的原则与应有之义。

"这一次盛会，像黑暗中喷薄而出的旭日，给中国的命运带来曙光。"在身临其境的党史动漫体验中，得到穿越时空的力量，引导人民群众深刻领悟中国共产党为什么"能"、马克思主义为什么"行"、中国特色社会主义为什么"好"，在学党史、悟思想、开新局、办实事中发挥示范引领作用。

党史动漫以趣促学，红色教育以新促行。党史动漫拓宽了党史学习路径，扎实推进党史学习教育走深走实，让红色文化入脑入心，激励广大群众以昂扬姿态奋力开启全面建设社会主义现代化国家新征程，以优异成绩迎接建党的一百周年，在历史变革大潮中牢记初心使命，获得乘风破浪的正能量，推进中华民族伟大复兴历史伟业。

作者手记

正值建党百年的光辉时刻，动漫专题片《血与火：新中国是这样炼成的》激起了我极大的好奇心。该片讲述的若干个党的光辉时刻令我心潮澎湃，一股强烈的民族自豪感油然而生，于是，我便决定为这部专题片写一篇新闻评论作品，将这部党史好作品推荐给更多的人。该片以通俗易懂、活泼有趣的形式向人民群众党史,更重要的是,能给党的接班人——青少年儿童带来爱党、敬党思想的启蒙,我认为这是一件非常有意义的事。

指导教师点评——吴琳琳

这部作品以党史教育创新模式作为切入点,用"三结合"的表述提炼出党史动漫的教育创新模式,语言简练,总结到位,令人耳目一新。同时,作者思考较为全面,能结合习总书记的号召、数字技术的发展等时代背景来分析党史动漫的意义,并与当前热播剧《觉醒年代》等进行横向比较,能更贴近读者。作者也进行了思辨分析,如"微观看并不等于浅思考,创新形式也不等于无限想像",思维缜密。全文中心明确,内容丰富,不失为一篇佳作。

后 记

早于二〇二一年,我和孙慧英老师在整理新闻学专业申报国家级一流本科专业建设点的相关资料时,就萌生出编辑一本学生作品集的念头。当时,我们看到"新闻采访""新闻编辑""深度厦门"等新闻实践课程上形成的一些学生作业在选题、叙事结构和语言表达方面已经具有相当的水平与风格,发自内心地觉得这些由厦大新闻专业学生写作的作品与故事应该让更多人看到,而不是停留于教学文件夹中。于是,我们向余清楚院长表达了这个想法。余院长曾任人民网总编辑,是资深媒体人,有长达数十年的新闻实践经历。听完我们的汇报,他当场表示这是一件非常值得做的事情,新闻专业的培养目标就是培养优秀的新闻人才,而优秀新闻人才的重要判断标准就是好的新闻作品。

在余院长的支持下,我们立即组成一个"小小编辑部",唐次妹老师、叶虎老师、吴琳琳老师等讲授实践课程的老师都加入这个编辑部中。在编辑团队的共同努力下,编辑工作进展飞快,一个月内我们就收集了四十余篇学生作品,而后我们对作品进行了筛选,保留了三十二部学生作品。

然而,难题也在我们审校这些作品时浮现。作为课程作业,这些作品无疑是优秀的,但是,当我们用新闻作品的标准来审读这些作品时,它们又的确存在些许不足。是对这些作品进行大幅修订,还是维持原样?我们讨论、斟酌了很久,最后,还是选择后者,主要对作品中的一些表述上的错误、不当之处进行修改,对重要新闻事实进行再次核实,但不对作品的视角、结构和行文风格进行颠覆性调整。这一决

后记

定的主要考虑,是想将这些作品蕴含的未经雕琢的原始生命力和同学们质朴的新闻理想原本真实地呈现于读者眼前。同时,我们也附上作者收集和指导教师对作品的点评,供读者了解这些作品背后的故事以及作品的成败得失。

面对厦大新闻学专业的第一部作品集,各位老师在校对过程中都格外谨慎和认真,当然这种谨慎和认真也让我们付出时间上的代价。当这部作品集以最终书稿呈现于我们面前时,已距那个小小念头的闪现过去三年有余。在这三年时间内,一批又一批优秀的学生作品不断出现,却难以被收录到这部作品集中。所以,我们希望这本作品集作为美好的开端,也期待未来有更多让我们感动、惊喜的学生新闻实践作品陆续面世。

再次感谢编辑团队的所有老师,感谢厦门大学新闻传播学院给予的支持。除了序中提到的各位学院领导和老师,还要一并感谢新到任的林升栋院长。前几天与林院长见面时,他还专门询问了作品集出版的进展情况。现在,这本集聚着学院、学系众多老师们关注与期待的学生新闻实践作品集终于即将付梓出版,感恩激动之心无法言表!

谨以此书献给厦门大学新闻学(国际新闻)专业四十周年!

殷琦

二〇二四年十二月一日